公元787年，唐封疆大吏马总集诸子精华，编著成《意林》一书6卷，流传至今
意林：始于公元787年，距今1200余年

意林®轻文库

青春最美，梦想出发
中国式好看轻小说优鲜品牌

私人定制少女馆
琅玕馆：浮生十二愿（上）

莲沐初光 著

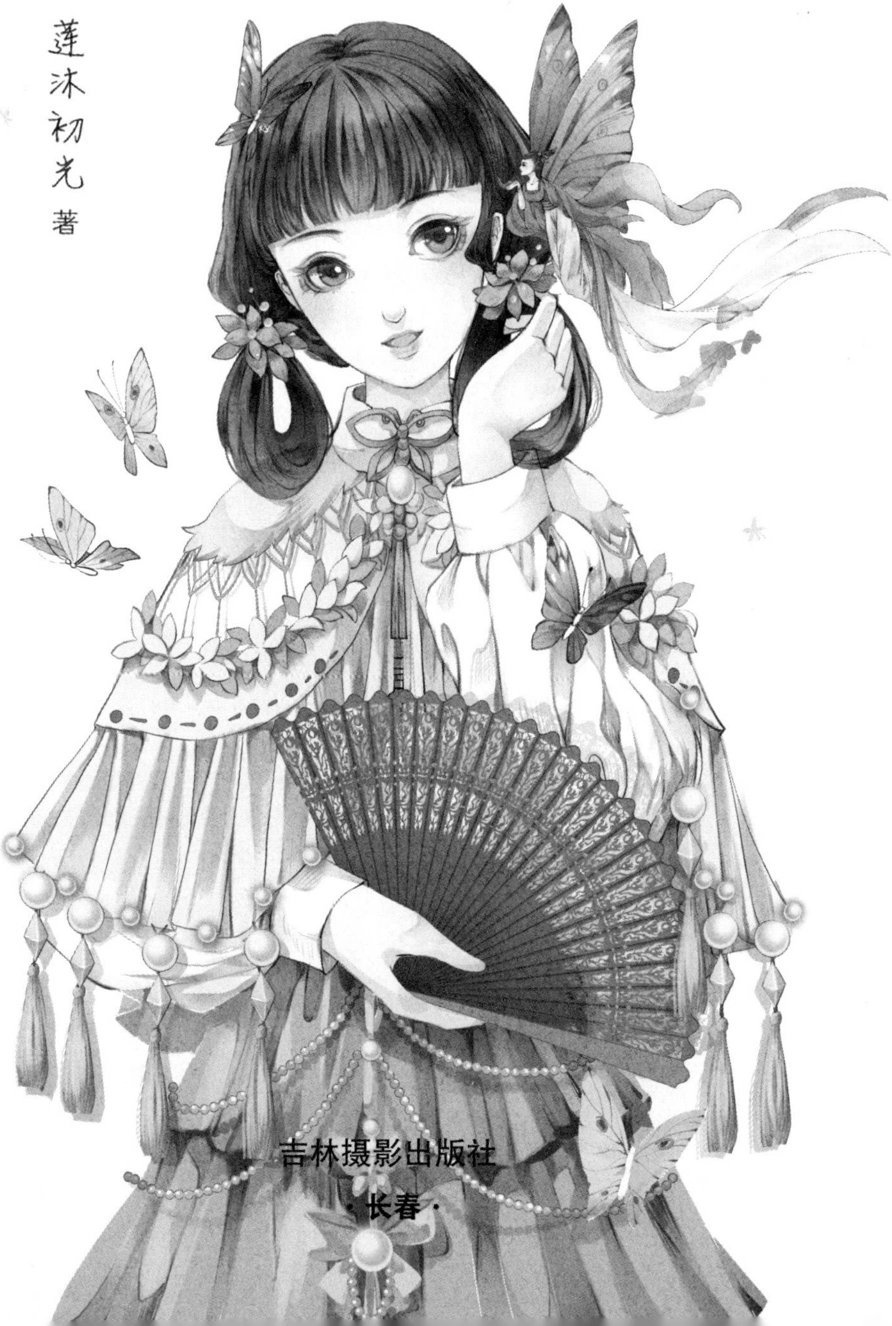

吉林摄影出版社
·长春·

图书在版编目（CIP）数据

琅玕馆：浮生十二愿．上 / 莲沐初光著．－－长春：吉林摄影出版社，2017.9
（意林·轻文库．私人定制少女馆系列；003 号）
ISBN 978-7-5498-3321-4

Ⅰ．①琅… Ⅱ．①莲… Ⅲ．①长篇小说－中国－当代 Ⅳ．① I247.5

中国版本图书馆 CIP 数据核字 (2017) 第 215948 号

琅玕馆：浮生十二愿（上）
LANGGAN GUAN FUSHENG SHI'ER YUAN (SHANG)

著　　者	莲沐初光
出 版 人	孙洪军
总 策 划	安雅　张星
责任编辑	施岚　胡晓路
图书统筹	凉小葵
特约编辑	杨宁
绘　　图	公羊子
书籍装帧	胡静梅
美术编辑	赵艳红
开　　本	700mm×1000mm　1/16
字　　数	400 千字
印　　张	14
版　　次	2017 年 9 月第 1 版
印　　次	2017 年 9 月第 1 次印刷

出　　版	吉林摄影出版社
发　　行	吉林摄影出版社
地　　址	长春市泰来街 1825 号
	邮编：130062
电　　话	总编办：0431-86012616
	发行科：0431-86012602
网　　址	www.jlsycbs.net
经　　销	全国各地新华书店
印　　刷	北京市兆成印刷有限责任公司

书　　号	ISBN 978-7-5498-3321-4	定价：25.80 元

版权所有　　侵权必究

如发现印装质量问题，请与印务部联系退换，电话：010-51908584

目录 CONTENTS

楔　子		001
第一章	坦诚之愿	003
第二章	东君之愿	027
第三章	番外·蝶姬	063
第四章	火兽之愿	085
第五章	瑶草之愿	121
第六章	长生之愿	153
第七章	治世之愿	189

楔　子

月华微凉，将大地照得一片雪亮。

巷子口的一间铺子，木门紧闭，铜铃破败，可是那招牌上的"琅玕画馆"四个字却还遒劲有力，仿佛不曾受过岁月的摧残。

"咻咻咻——"院里，无数幅画卷在空中飞来飞去，像一双双挣扎的手，透着不安。

江湖传闻，在这座城的某个角落，存放着无数幅画卷。每一幅画卷都是一个牢笼，锁着一只妖族，或者灵兽。

这些被禁锢的妖族、灵兽也渴望自由。它们以最纯洁的晨露、最纯净的善念、最灵动的思绪为食物，而人世间已经没有这种食物。所以，它们不得不住进一幅幅画卷，封存起自己的身体和能力，好让消耗降到最低。

以此，来苟延残喘。

不过，它们也会用自己的能力来满足主人的一个愿望，哪怕这愿望再稀奇古怪，再惊世骇俗，它们也能做到。

房门"吱呀"一声开了，一名身穿竹色长袍的少年走了出来。他面目肃然，双眸冷冷地望着那些画卷。

"都给我停下！"少年低声喝了一声，"琅玕画馆还在，你们怎么就已经慌了神了？"

画卷们纷纷停下，静静地浮在半空。许久，一声啜泣幽幽传来。

"麒麟，馆主已经去世，没有人再守护我们了。"其中一幅画卷飞身上前，"我们难道就要慢慢饿死了吗？"

闻言，少年的脸上浮现出一抹哀伤。就在刚才，馆主拉着他的手，咽下了最后一口气。

馆主已经守护这家画馆五十年了。最开始接手画馆的时候，他也和少年一样，是一个朝气蓬勃、面目俊秀的年轻人。可是时光如梭，织起了他的皱纹；岁月如山，压弯了他的脊梁。

他死了。

"不会的，"少年轻轻抚摸那幅画卷，"馆主已经告诉我，新任馆主的下落，也

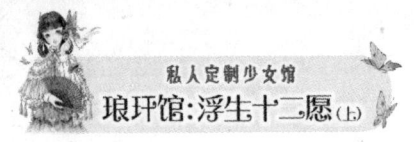

就是他的儿子。"

画卷还是担忧:"可是,馆主的儿子如果不信你呢?"

"他会信的。"少年轻笑,"历代馆主,只有琅玕馆这一个去处。哪怕他有富贵命、权贵身,也最终会回到这里,这就是他们的宿命。"

富贵如云烟,权贵似风雨。

云烟易散,风雨会消。琅玕馆主,注定守不得富贵,傍不了权势。

第一章

坦诚之愿

第一愿

我有一愿,愿天下人都能坦诚待我。

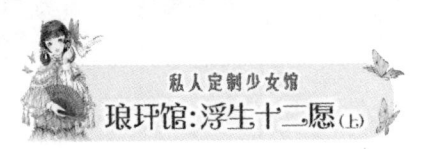

一

雨后的青石板路，有些滑。

云念薇打着油纸伞，小心翼翼地往胡同口走去。头顶传来一声喜鹊的啁啾声，她循声望去，伞下露出一张清秀可人的脸。

她长得那样好看，领口扣着一颗葫芦扣，扣眼是一颗碧绿珠。身穿一件夕颜花的旗袍，显得她整个人亭亭玉立。

雨水滴落在她手里的两只红绸礼盒上。云念薇赶紧小心翼翼地将礼盒抱在怀里。她向那喜鹊笑了笑：“今天不能喂你了，这点心是要送人的。”

油纸伞抬起又落下。

伞下，云念薇的脸上已经飞起两抹红晕，她喃喃自语：“是很重要、很重要的人。”

她今天要去见的，是林家少爷。

二

今天是林军长的五十大寿，林公馆里张灯结彩，齐聚各界名流。小洋楼的客厅里衣香鬓影，笑语琳琅。

林居意端着一杯葡萄酒，专门往脂粉堆里钻，见了漂亮女子就逢迎夸赞：“娜娜小姐，你头上的钻石发卡真漂亮。”

娜娜小姐是新晋的电影明星，林家给她签约的电影公司投了一大笔钱。不过，娜娜并不高兴，噘起嘴巴说：“林公子，您贵人多忘事，这钻石发卡是您买了送给我的。”

“是吗？”林居意语气无谓，“我就说嘛，谁眼光这么精准，一举选得如此精美绝伦的饰物。”

娜娜翻了个白眼：“林公子，你对人家一点儿都不上心。”

林居意也只是笑了一笑。他喜欢送美人礼物，但是送了什么、说过什么，从来都不放在心上。

曾有人说过，他是嘴巴抹了蜜，猪油蒙了心，表面上看他是潇洒公子哥，可是从

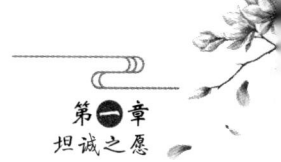

第一章 坦诚之愿

来没对谁动过真心。

云念薇被侍应生领进大厅，一眼就看到林居意左右逢源的架势。她皱起秀气的长眉，眼神一扫温柔，变得犀利起来。

"你是……云念薇？"林居意愕然地望向云念薇。在他印象里，云念薇一直都是蓝衣黑裙，很少穿得这样有名门淑女的派头。

云念薇走到他面前，将两盒点心提了上来："我来送寿礼。"她补充道，"有一份是送给你的，毕竟送礼送双份。"

"谢谢。"林居意将点心盒接过来。

一旁的娜娜小姐"扑哧"笑了出来："我说小妹妹，你送的是寿礼，自然是都要给老爷子的。哪有一份给老爷，一份给少爷的？不知道的还以为是少爷过寿呢！这可不好。"

云念薇不悦，瞪了娜娜小姐一眼："我和林居意是同学，送点心给他，不可以吗？"

娜娜小姐以扇遮面，笑道："可以是可以，只是林家是大户，规矩多，你送礼也要遵守人家规矩嘛，别把小门小户的风气带进来。"

她是典型的见人下菜碟，对权贵长袖善舞，对云念薇则是不留情面。云念薇有些恼，表面上却不露痕迹，只微笑着说："有句话说，进门是客。林公子都没嫌弃我是小门小户，娜娜小姐一个外人倒是替主人嫌弃上了。我是忘了规矩，但是娜娜小姐你可是懂规矩，坏了规矩啊。娜娜小姐，林家是大户，你可别把外头有些戏子见风使舵、看人分三六九等的风气给带进来哟。"

"你！"娜娜被怼得直瞪眼，一句话也说不出来。

娜娜小姐一副林家主人的语气，让林居意也有些反感。但他不会和任何人翻脸，尤其是美人。所以林居意也只是息事宁人地说："云念薇，我带你去后院逛逛吧，那边也有蛋糕和葡萄酒。"

说着，他随手将点心递给身旁的侍应生。

林居意拉着云念薇走到后院。云念薇这才发现所有的女宾都穿着西洋舶来的裙子。她穿着旗袍，反而显得不伦不类。

"云念薇，你先自己待会儿，我去去就来。"林居意将她领到一处长桌。桌上放着蛋糕和美酒。

"林居意，你干吗拉我来这里？我要她跟我道歉！"云念薇气呼呼地就往大厅里冲。

林居意一把将她拉住："娜娜有小性子，闹起来大家脸上都不好看。今天是我爹的五十大寿，还是要以和为贵。"

"她都那样说了，你还纵容她？她不仅是针对我，伤的也是林家的体面。"云念薇的目光透过玻璃，厌恶地望着娜娜。在班上，很少有人喜欢浮夸的明星娜娜。

"她就那样，你多包容。"林居意随口说了一句，就往大厅里走。

云念薇追上去，一把抓住林居意："林居意，为什么你的宽容和温柔都给了别人，对我就这样苛刻？"

林居意微微一笑："你误会了，我对你没有偏见。我的宽容和温柔对任何人都是一样的，但从不多给谁一分。"

说完，他扯回自己的衣袖，转身就往大厅里走。云念薇想要追上去，忽然感到有些不对劲，她低头一看，瞳孔立即收紧！

自己的右手臂上，忽然出现了星星点点的鳞粉。云念薇知道这代表着什么，顿时慌了神，转身向庭院的阴影处跑去。

庭院里歌舞升平，曼歌柔丽。

林居意只身穿过这片声色犬马，没有带走半点儿浮华。可当他的手触碰到冰凉的门把手时，还是犹豫了。

云念薇可怜兮兮的眼神浮现在脑海里，让他有些心软了。

他这样纵容娜娜，无视云念薇的委屈，好像太过分了。

他回过头，却发现身后的云念薇已经不见了。奇怪的是，他手臂上留下了一道闪着彩光的鳞粉，就像是蝴蝶翅膀上的粉末。

"你见到刚才那个和我一起的女孩子了吗？"林居意问经过的侍应生。

侍应生摇头。

女宾们依然在欢声笑语地闲聊着，没人留意到有一个女孩子消失了。

林居意正想进入大厅找找，忽然听到一个清冷的声音："林公子！"

他循声望去，看到一名少年站在露台的圆拱门中央。少年身穿青色长衫，脖子上挂着一条黑皮绳项链，链坠是一块黄铜兽头。他和林居意差不多年龄，面色冷肃，脑后一束长发垂腰，眉间眼梢俊得有些女气，平添了一股妖异之感。

奇怪的是，在场的人却没有人看那少年一眼，仿佛他是隐形人。

"林公子。"少年向林居意招手。

那时候，林居意还不知道，他的人生从这个节点开始天翻地覆。他只是皱着眉

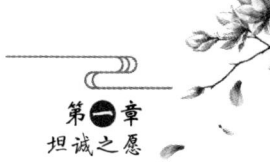

头,打量少年的落拓长衫,心里想的是——这样和酒会格格不入的普通装扮,门童应该不会放进来才是。

他快步走过去:"你喊我?"

"我叫翎七。"少年说,"是琅玕画馆的管家。画馆位于城东东巷,馆内收藏着上千幅画卷。"

林居意"哦"了一声:"卖画都卖到林公馆了,厉害。不过今天你也看到了,是林家寿宴,不方便接待你……"

"我不是来卖画的,我是来告诉林公子,你必须要继承琅玕画馆。继承之后,你就是我的主人了。"

林居意吃惊,立即判定少年一定是个疯子。他是赫赫有名的贵公子,去继承个什么劳什子画馆?

"恐怕你不能如愿了,请回吧。"林居意无意多谈,扭头就走。

少年在他身后朗声喊道:"林公子,如果你不肯继承画馆,不出七日,你就会有血光之灾!"

血光之灾?

林居意回头,哑然失笑:"这位小兄弟,你要骗人也编造点儿像样的……"

"你知道灵兽预言鸟吧?这是它亲口所说。"

林居意觉得对方越说越离谱,怒极反笑:"你知道我是谁吗?"

"知道,林军长的大公子,学生,您的父亲曾经在公开场合说过,您毕业后会接任他的职位,可谓前途无量。"

林居意的父亲军功赫赫,外界都传,林父已经选定林居意做自己的接班人。

"那你还在这里胡说八道,说我有血光之灾?整个江北,谁敢动我?"林居意瞥了一眼不远处的警卫员。

"我可以解释。"

"骗子的这套说辞我早听腻了。要不我来帮你说吧。"林居意清了清嗓子,"你是不是想说,有人要暗杀我,要我答应你点儿什么条件才能解决,对吧?"

"对。"

林居意伸出一根手指,放在嘴唇上做了一个噤声的动作:"看你长得和我一样好看,今天就放你一马。但,只有一次。"

翎七面无表情,将手中的盒子递给林居意:"不管你信不信,你的生活都只是假

象，很快就要被颠覆。言尽于此，后会有期。"

说完，翎七转身就要离开。

林居意顺势抓住翎七，微微生出些薄怒："我说过只放过你一次！你居然还敢继续诓骗！"

"你抓不住我的。"翎七目光淡漠地看他一眼。

林居意忽然手心一空，翎七的手臂转眼就摆脱了他的钳制。接着，他快步走到露台上，纵身跳下栏杆。

夜风习习，吹得林居意的头脑清醒了许多。他慌忙往一楼望去，只见楼下庭院幽静，曲水潺潺，根本没有翎七的身影。

翎七就像一场梦，神秘降临，悄然离去。

只有那只精美的盒子，提醒林居意刚才的一切都不是梦。

"刚才站在这里的少年是谁？谁放他进来的？"林居意抓住一名经过的侍应生问。

侍应生一头雾水："少爷，刚才这里就你一个人啊？"

就他一个人？

林居意的后背升起了一股寒意。

他低头仔细观察手中的盒子。盒子是长条形，包装精美，上面绘制着锦绣云纹，便笺上面写着四个字：琅玕画馆。

"少爷，你要去休息一下吗？"侍应生发觉他的脸色不对劲。

林居意没回答，只是摆摆手，让侍应生离开。他想起翎七刚才说过的话，嘲讽地一笑："呵呵，胡说，这些全都是假的？"

此时，酒会已经进行到了高潮，每个人都在举杯畅谈，没人发现这边的异样。娜娜小姐在钢琴的伴奏下开始高歌，女佣将玫瑰花瓣撒在她的身上。父亲和母亲在人群中言笑晏晏，脸上洋溢着幸福的笑容。

林居意曾经认为，自己是世界上最幸运的人。

父亲是高官，在整个江北区可谓德高望重。母亲也出身豪门，举止优雅，谈吐得当。在这样优渥环境中长大的林居意，自然称得上是天之骄子了。

他长得俊雅非凡，皮相白净斯文，却不同于弟弟林云崖的孱弱，颀长挺拔的身姿活跃在马场，俘获了众多千金小姐的芳心。

所谓盛世，也不过如此。

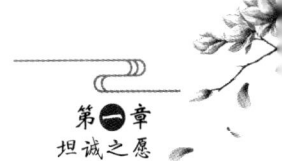

第一章
坦诚之愿

怎么可能是假的？

林居意快步上了三楼的房间，将房门关紧。他将盒子打开，发现里面有一卷画轴。

"故弄玄虚。"林居意不以为然地打开卷轴，那纸上画着一只浑身长满鳞片的兔子。

诡异的是，这幅画少了一笔，兔子的眼睛是空白的。

"这个打秋风的也太不敬业了！既然要送礼，为什么要送一幅少了一笔的画呢？"林居意将画卷在桌上铺展而开，随手拈起笔架上的一支画笔，蘸取桃红色，绘成春花耀枝头。

林居意的画功可是一绝，所以他很自信地在兔子的眼睛上添上一笔。不是他自夸，这一笔添下来，那兔子栩栩如生，简直要从画中跳出来。

他放下画笔，得意地笑了。

"送礼的人很差劲，但这画真不错。送给谁好呢？"林居意摸着下巴寻思着，"要不送给云念薇吧，她是属兔的。"

"我是专属于你的讹兽，你不能将我送人。"有个声音瓮声瓮气地说。

林居意愕然，顿时浑身冰凉。

这是他的卧室，没有钥匙谁都不能进来。究竟是谁？

林居意快速掏出抽屉里的枪，对准房间深处："谁？"

"是我。"那个声音又道。

"给我出来！别装神弄鬼！"林居意紧张万分，快速退到门口。就在这时，他看到那幅画卷上升起一股白烟，接着一只兔子出现在烟里。那兔子的两只眼睛如同红玉，正目光灼灼地看着他。更骇人的是，兔子浑身长满鳞片。

这分明是画卷里的兔子！

"你……你是什么怪物？"林居意的手不停地发抖，怎么都无法扣下扳机。

兔子回答："我是讹兽。因为你为我添上最后一笔，是点睛之人，我因你而活，所以你现在是我的主人了。"

"讹兽是什么东西？"

"讹，就是撒谎。我是掌管谎言的灵兽，谁都不能对我撒谎。主人，只要你取下我的一块鳞片泡在水里，饮下这杯水的人就会对你说实话。"兔子回答。

林居意觉得太滑稽了，他使劲拍了拍脸颊，疼痛感立即传来。

不是做梦！

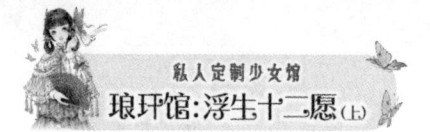

他真的拥有了一只讹兽。

就在林居意胡思乱想的时候,兔子驾着白烟,慢慢朝他飞过来。林居意咬牙切齿地道:"别过来!"

兔子立即停在半空中。

"我不管这是什么妖术,总之,我要你——消失!"林居意咬牙,向兔子扣下扳机。

预料之中的枪声并没有传来,在开枪的瞬间,那柄勃朗宁手枪就化作一缕烟,消散在空气里。而讹兽,也随着白烟消失了。

林居意下意识地伸开手,惊讶地发现手心里有三块鳞片。那些鳞片上有彩色弧光,看上去华美至极。

他打了个冷战,将那块鳞片扔到桌子上,抓起电话拨了一个号码:"喂,警卫室吗?快上三楼!"

警卫员赶到的时候,林居意已经将翎七和讹兽的模样画了出来。他将画纸扔给警卫员:"给我全城通缉,务必要给我找到这个人,还有这只怪物!"

"少爷,这不是兔子吗……"警卫员面面相觑。

"不是兔子,是讹兽!"林居意忽然想起了什么,"对,你们先去给我搜东巷里的琅环画馆。"

"是!"

"记住,不要惊动老爷和夫人。"林居意放软了语气。他不想在父亲大寿的喜庆日子里添乱,让母亲也跟着担心。

警卫员向他敬礼,然后训练有素地离开。不到一个时辰,全城的大街小巷里就贴满了翎七和讹兽的画像。然而,随即也传来了一个坏消息。

那就是,琅环画馆根本就不存在。

所谓的东巷是存在的,但是位置偏僻,里面的四合院大多数都没人居住。历经沧桑的青石路上长满了整齐的青苔,上面只有警卫员的脚印,说明这附近鲜有人烟。

三

得知消息后,林居意就病倒了。

这风寒之症来势汹汹,让他在床上足足躺了三四日,课业也落下了。林母守在病

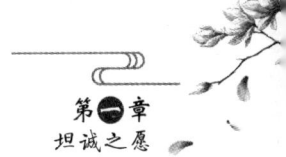

第一章 坦诚之愿

床前抹眼泪："上天保佑，只要能让阿意好起来，我甘愿减寿十年。"

"妈，快别说了，我可当不起。"林居意心头一暖，忙制止林母继续说下去。旁边站着的林云崖不高兴了："妈就是偏心哥，上个月我也病了，妈就没这样对我。"

林云崖是林居意的弟弟，比林居意小了两岁。因为身体孱弱，林云崖的肤色明显白皙了很多。他很高，但也瘦，头发微卷，眼神中偶尔会闪过一丝冷厉的光芒。

林母笑着揽过他的肩头："你那是嘴上生疮，抹两天药水就好了。你大哥可足足躺了几日呢。"

林云崖冷冷地扭过目光，心里有些嫉妒。

因为身体的原因，他并没有上很久学。林父早早地帮他在机关里谋了个职位，平日里学习破解情报的各类知识。

论学识和地位，林云崖都比不过林居意。

林居意也觉得歉疚，讨好地向林母和林云崖分别递过去一只橘子。林云崖接了过去，哧哧冷笑："讨好女孩子的手段，也用到我们身上了。"

林居意有些无奈地笑了笑。

话音刚落，外面的警卫员就推门进来："大少爷，您的女同学云念薇来看望您了！"

林母笑着点了点他的额头："云崖，咱们走，留他们两个说话。"说着，林母和林云崖起身往门外走去。

林居意尴尬之余，也有些惊喜。

自从云念薇那天莫名其妙不见了，他就一直在心里惦记这件事。

毕竟云念薇是他的崇拜者之一，林居意不愿意辜负任何一位红粉佳人，很怕云念薇真的生自己的气。

云念薇曾经给林居意递过小纸条，上面只有一句诗：*如有天孙锦，愿为君铺地。*

林居意被诗句的意境感动了，他后来才知道，这是爱尔兰诗人叶芝的诗作，后面还有两句：*家贫锦难求，唯有以梦替。*

他打听了一下，得知云念薇家里开了个染坊，祖上曾给朝廷献过贡品，最近几年生意凋敝，家道就败落了。那句"家贫锦难求"，很可能就是云念薇对自己的写照。

林居意对此深表同情，所以送给云念薇一张银行支票，上面的数字令人咋舌。

不料，云念薇找到他，当场将支票撕得粉碎，嚣张地扔到林居意脸上。她说："林居意，别瞧不起人，你以为谁都可以用钱来侮辱的吗？"

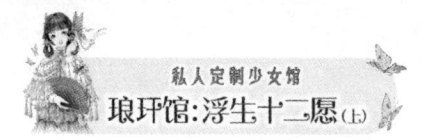

　　林居意被弄得莫名其妙,问:"你给我写那句诗,不就是说喜欢我吗?那我用钱来回应你,有什么不可以?"

　　他不懂。喜欢钱的漂亮女生那么多,为什么云念薇和她们不一样?

　　云念薇面红耳赤,拼尽全身力气大喊:"我才不喜欢你!林大公子,我看到你就恶心!"

　　这件事给林居意留下了巨大的心理阴影,所以父亲寿宴那天,他看到云念薇出现,心里其实是很欣喜的。现在云念薇又主动来探望他,这表示她已经原谅他了吧?

　　林居意胡思乱想的时候,云念薇已经进门来了。

　　她穿着蓝衣黑裙的学生装,两条辫子垂在肩头,很是清秀可人,只是她的脸色冷若冰霜,明显很不待见林居意。

　　她将手里的一篮子水果放到床头柜上:"这是同学们凑钱给你买的礼品,非要托我来交给你。"

　　说完,云念薇翻了个白眼,好像很讨厌这种差事。

　　林居意点头:"替我谢谢同学们。"

　　"另一件事,南方发生饥荒,学校里都在赈灾。国家有难,匹夫有责,请你响应号召,缴纳捐款!"云念薇一板一眼地说。

　　林居意有些失望,原来云念薇不是真心来探望他的。他从口袋里掏出十块大洋递过去:"这是我的捐款,还有其他事吗?"

　　云念薇瞪着他:"没有了!"

　　"我还以为你很关心我的病。"林居意往前探了探身子,语气暧昧地央求,"云同学,那天晚上我不该只顾着娜娜小姐的感受,请你原谅我好吗?"

　　云念薇很强硬:"不可能。"

　　"你到底对我还有什么误解呢?"

　　"没误解,看到你就烦心。"

　　都说女人心,海底针,林居意真是摸不清楚云念薇的脾气了。他无意识地把手伸进病号服的口袋里,忽然摸到了几块硬邦邦的东西。

　　是讹兽的鳞片。

　　林居意想起了讹兽的话,只要将它的鳞片泡在水里给别人喝下,谁都不能撒谎。

　　"云同学,帮我洗个苹果,可以吗?"

　　云念薇不疑有他,拿起一个苹果走了出去。林居意忙倒了一杯水,掏出一块讹兽

鳞片丢了进去，鳞片立即化作一缕炫彩流光，转眼就消散在水里不见了。

"洗好了，给你。"云念薇走进来，没好气地将苹果递给林居意。林居意笑着将茶水递了过去："谢谢云同学。你辛苦了，来，喝水。"

云念薇接过茶水，喝了一口。

林居意慢慢地啃着苹果，仔细观察云念薇的表情。十秒钟，一分钟……足足两分钟过去了，没有任何异常发生。

讹兽……不会是骗他的吧？

"云同学，我问你，"林居意决定试一试，"既然你这样讨厌我，为什么要来看我呢？"

云念薇脱口而出："因为我喜欢你呀！"

话一出口，云念薇赶紧捂住嘴巴。她也不明白，自己原本要回答讨厌林居意的，为什么会说实话呢？

林居意激动得心脏怦怦直跳。讹兽说的话是真的！

"既然你喜欢我，后来为什么要撕掉我给你的支票，说看到我就恶心呢？"林居意问。

云念薇使劲捂住嘴巴，可是没用，她还是控制不住自己："女孩子要男生的钱像什么样子？别人会说我闲话的。我云家虽然穷，但是清清白白的。巴结林公馆的人都是为了钱，我不是！我只是单纯地喜欢你！"

"原来是这样啊，是我考虑不周。"林居意笑得坏坏的，"那你到底有多喜欢我？"

云念薇口若悬河："我对你一见钟情，每天晚上都会为你写一篇日记，记录你的一言一行。其实这篮水果是我自己买的，是我主动要求代表同学们来看望你，因为你请假的这些天，我无时无刻不在思念着你……"

林居意惊呆了，他没想到云念薇用情至深。

她眼神明亮，脸颊潮红，胸口一起一伏，紧张地看着他。林居意明白，话已经说到这份儿上，他必须要做出回答。

"谢谢你，但是我不能给你承诺。你也看到了，我身为林家的接班人，要面临大大小小的危险。前几天就有一个骗子，不知道用了什么妖术，反正我就一直在生病……云同学，我不希望把你也牵扯到这种危险里来。"林居意十分诚恳地说。

伤害美人，是他绝对不会做的事。可是长痛不如短痛，他认为还是要和云念薇说清楚比较好。

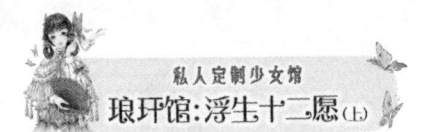

"不用说了,我明白了。"

云念薇面红耳赤,眼中含泪地看了他两眼,起身冲出了房间。

林居意怕她出事,赶紧下床追了出去,迎面却撞上了警卫员。

"少爷,有消息了!"警卫员拦住林居意。

"什么?"

"有人送来了这个。"警卫员将一封信递给了林居意。

林居意拆开信,信里面只有一句话:带上一万大洋,晚上九点来红枫街100号,我会告诉你翎七的下落。

翎七的下落,是林居意最想知道的事。于是,他怔怔地拿着那封信,看着云念薇的身影消失在楼梯口,没有再追上去。

四

大洋,林居意多得是。

所以,他毫不犹豫地来到了红枫街。这是城市里比较繁华的地段,林居意并不担心会有意外发生。再说,他带上了林父身边最精锐的探子。

这些探子像一只只鹰隼,大部分时间都会潜伏在暗中,但是面对目标从不心慈手软。

关于这个写信的人是谁,林居意认为很可能就是翎七——那个神秘兮兮的少年。因为,翎七是个骗子,骗子肯定是为了利益。而这个写信的人要了一万块大洋。

林居意带上皮箱,坐车来到了红枫街100号。这里是一间休闲式酒吧,老板是一名长着大胡子的英国人,和林公馆的关系不错。

可是,林居意并不喜欢这位年近五十的光头老板。原因很简单,第一,他是外国人。第二,他长得不好看。

林公子,只喜欢美人。

"哈喽,林公子,什么风把您给吹来了?"老板向林居意打招呼,身上穿着得体的西服、马甲。

林居意往吧台上一靠,掏出翎七的画像:"这个人你见过吗?"

老板摇头:"没见过。"

"那就罢了。给我来两杯鸡尾酒。"林居意说。

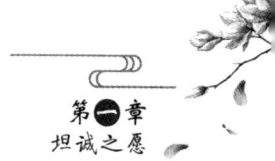

第一章
坦诚之愿

　　老板亲手调制了两杯鸡尾酒，一同推到林居意面前。林居意却笑着将其中一杯酒推了回去："这一杯，是请你喝的。"

　　"谢谢林公子。"老板和善地接过鸡尾酒。林居意举杯，优雅地碰了碰他的杯沿："Cheers（干杯）——"

　　就在这推送间，林居意已经以难以察觉的动作，将一块讹兽的鳞片丢进了酒杯里。

　　他这样做是有原因的，那个送信的人既然选择了红枫街100号，就有足够的自信能够从这里逃脱。最常见的方法便是里应外合。光头老板说自己没见过翎七，林居意根本就不信。

　　他是风流公子，但不代表他蠢。

　　等到老板喝下一口酒，林居意又将翎七的画像拿了出来："你真的没见过这个人？"

　　鳞片的效力开始发作，老板眯着眼睛看着那画像："真没见过。"

　　和自己预料中的答案不同，林居意只好问："那你店里有没有什么异常？"

　　"有，"老板很诚实地回答，"今天下午，你的弟弟林云崖在酒吧布了局，要在这里暗杀一个人。"

　　林居意的大脑空白了两秒钟。

　　什么？

　　"你应该还不知道，给你写信、约你来这里的人，其实是你弟弟啊。"老板想要捂住嘴阻止自己说实话，可是已经来不及了。

　　完蛋了。

　　这是林居意的唯一想法。

　　他不等光头老板说完，就箭一般地往门口冲去。

　　"砰"！门把手上发出金属互相碰撞的刺耳声音，同时冒出一簇火花，林居意慌忙收回手。

　　酒吧里的人这才反应过来，尖叫着四散逃走，或者抱着头蹲在地上瑟瑟发抖。

　　林居意慢慢回过头，看到旁边的木质楼梯上，数个黑洞洞的枪口对准了他，都是他带出来的探子。

　　"你们不认识我了吗？我是林家大少爷，杀了我，对你们有什么好处？"林居意感到很讽刺，慢慢地举起手，唇角带笑。

　　话音刚落，一枚子弹就划破空气，射中了他的大腿。林居意闷哼一声，半跪在地上。他使劲抬起头，看到林云崖慢慢地从楼梯上走下来，皮鞋踏在楼梯上，发出桀桀的声音。

　　就像是从地狱里传来的锁链声。

　　林居意睁大了眼睛，尽管之前已经听到光头老板亲口说出，但他还是不敢相信，弟弟真的要杀他。

　　"好处多得是，"林云崖笑得阴险狠毒，"你死了，我就是众星捧月的林公子了！"

　　说完，他挥下右手，示意探子们开枪！

　　嗖嗖嗖——

　　数颗子弹同时出膛，向林居意飞过去。生死的一瞬间，林居意却觉得时间过得很慢很慢，慢到他可以看到渐渐行进而来的子弹，慢到他可以回忆起父母将他搂在怀里的疼爱时光。

　　如果知道他死了，他们一定会很难过。

　　林居意抬手擦了擦眼角，忽然意识到哪里不对劲。他吃力地从地上站起来，发现那些子弹在这段时间里，只往前挪动了大约一寸的距离。

　　"这也太慢了。"

　　就在这时，耳边忽然传来"丁零"一声响，林居意下意识地扭头望去。

　　翎七推门进来。他依旧是那副冷冰冰的样子，青色长衫也平整如日。在灯光的映照下，翎七的瞳孔有些寡淡，像晶莹剔透的美玉。

　　"还不逃？"他问。

　　林居意这才回过神，一瘸一拐地往后退去。翎七走上前，一把将浮在半空中的子弹抓在手里。

　　"你……你能控制时间……你到底是什么妖怪？"林居意捂住流血的大腿，咬牙切齿地问。

　　翎七耸了耸肩膀："妖怪？太侮辱我了。我可是麒麟，上古的瑞兽。"

　　麒麟，倒过来念，谐音就是翎七。

　　林居意恍然大悟，却还是愤愤不平："有什么区别吗？并不比妖怪好到哪里去！"

　　"麟凤龟龙，谓之四灵，岂容你污蔑！"翎七将林居意一把揪起来，黑色的眼瞳

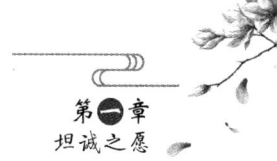

瞬间变成了血红色。

林居意又惊又痛,眼前一黑,意识开始飘散。

昏过去之前,他听到翎七说:"这么不经吓啊……罢了,不和你闹了,我这就把你送到医院。"

这句话之后,林居意彻底陷入了黑暗中。

五

半梦半醒中,一道光落入眸中,林居意仿佛看到许多人围着自己,喧嚣吵闹的声音从四面八方涌过来。他烦躁地摇头,喉咙里却发不出任何声音。

终于,声音如潮水慢慢退去,四周一片死寂。

朦胧中,有人问他:"你有什么愿望?"

林居意鬼使神差地回答:"我有一愿,愿天下人都能坦诚待我。"

那个声音回答:"可以,只要你能够直面残酷的真相。"

真相?

林居意猛然苏醒,雪白的天花板撞入眼帘。他想要坐起来,却被腿上传来的剧痛疼得直吸冷气。

他的腿已经打上了石膏,缠上了绷带。看这情形,那一枪打中了骨头,怕是要养上一段时间了。

"阿意,快躺着!"温柔的声音传来,接着一只娇嫩的手按上了他的胸膛。林居意转过视线,看到眼睛通红的林母站在床边,身后是一脸悲愤和关怀的林父。

"妈……"林居意声音颤抖地喊了一声。

林母抹着眼泪,恨声道:"不知道是哪个天杀的对我们林家下手!阿意,你放心,你爸爸已经命令人去查了。"

林居意睁大眼睛。

不是的,不是间谍也不是刺客,而是他的亲弟弟,林云崖。

"爸,妈,是这样的,杀我的人就是云崖……"说到激动处,林居意剧烈地咳嗽起来。

林父打断了他:"阿意,你昏过去太久,糊涂了吧?这次多亏了你弟弟,是他在你的病房外面守了一天一夜。你要多谢谢云崖,不能说这种伤人心的话。"

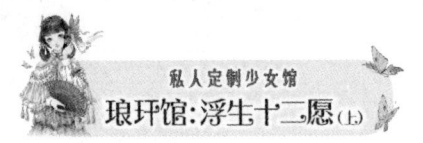

"是啊,云崖平时性子倔,没想到为了你的事这样尽心尽力。"林母欣慰地说,"看到你们兄弟一条心,我们就放心了。"

林居意顿时一个字也说不出来。

原来,就在他昏迷之际,他的弟弟已经将好人形象扮演得深入人心。这样无论他说什么,也没人会信了。

"云崖呢?"半响,他才问了出来。

"吴嫂给你煲了骨头汤,云崖开车回去给你取了。看,他多在意你这个哥哥啊。"林母回答。

林居意无声地笑了。

骨头汤?他如今可是一口都不敢喝了,怕有毒。

他深吐一口气,望向天花板。刚才还雪白一片的地方,不知何时出现了那只讹兽。

它依然是兔子模样,静静地浮在半空中,用林居意绘制的那双红玉般的眼睛看着他,目光里饱含悲悯。

可能讹兽自带隐身功能吧,所以没有人发现它。

林居意鼻子一酸,一种前所未有的凄凉涌上心头——连兔子都在同情他。曾几何时,他认为自己是世界上最幸运的人。

不过,看到讹兽,林居意记起了一些事情。情况并不是糟糕透顶,他要让林云崖亲口说出一切,亲口说出那些卑劣的事实!

林居意伸出有些麻木的手,摸了摸口袋。很好,最后一块讹兽鳞片静静地躺在口袋里。

这是他扭转一切的筹码!

"二少爷回来了。"警卫员在门口轻声说。

"云崖带骨头汤来了,快让他进来。"林母声音里都是欣喜之情。

林居意不动声色地将那块讹兽鳞片握在手心里。

很快,林云崖提着食盒走了进来。他看到林居意,立即满面笑容:"哥,你醒了!"

林居意承认,如果不是已经识破了他的真面目,现在也会被他的笑容所感动。

"阿意……"林母生怕林居意又说出什么不合适的话来,忙攥住了他的手。

林居意虚弱地点了点头:"谢谢云崖。我……我想喝汤。"

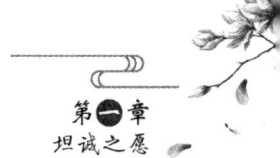

第一章
坦诚之愿

林云崖七手八脚地给林居意铺好餐布,然后将盛满骨头汤的食盒递给他。林居意捧着食盒,倾斜了角度,迅速将手心里的讹兽鳞片丢了进去。

没人发现异常。

林居意嘴角浮起笑容,他抬头看着云崖:"云崖,听说我在手术室里的时候,都是你守着我,你辛苦了。要不然你也喝一碗骨头汤吧?"

"不,你是伤患,我怎么好喝你的汤?"林云崖摇头。

林居意将食盒放了下来:"你不喝,我也不喝。"

"好,好,就依你。"林母拉了云崖一下,"要不然,我们一人一碗,陪着你喝。"

那份骨头汤被分成四碗,分别递送到每个人的手中。林居意心满意足地看着林云崖喝下那份骨头汤。

林母心事重重地喝了两口,忽然问:"阿意,你怎么不喝?"

"因为我有很要紧的事要问弟弟。"林居意将手里的汤碗放到床头柜上。林父忍不住蹙眉:"阿意,别意气用事。"

他们都在暗示他,不要问。

林居意更加生气。在他辉煌的十八年岁月中,还是第一次这样狼狈,这样游走在生死边缘。居然要他忍气吞声地当作什么都没发生?

做不到!

"云崖,我受伤的那天晚上,你在做什么?"林居意的目光咄咄逼人。

林云崖露出惊悚的表情,使劲握住自己的脖子,阻止自己发出声音。林居意知道他要说实话了,大声问:"说!你在做什么?"

"我,我买通了你身边的探子,然后要杀你……"林云崖艰难地说。

林母和林父立即大惊失色:"云崖,你说什么?"

"我就是看不惯你们这样宠着他,而我只是垫脚石!"林云崖无法阻止自己,索性发泄出来,"凭什么哥哥要继承林家的产业,而我只能去谋个小职位?爸,你太偏心了!"

说话时,他的眼中燃烧着怒火。那把火不是刚刚燃烧起来的,而是经年累月,一点儿一点儿蔓延而成的。在讹兽鳞片的作用下,这把火终于压抑不住,爆发出冲天火光。

林居意终于放下了一颗心。

好,很好。

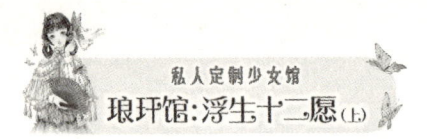

这是林云崖亲口说的话。这下子，爸妈该看清楚他的真面目了吧？

其实这么多年，不仅林云崖在压抑，林居意同样在压抑。他知道林云崖像一只潜伏在阴影里的小兽，用不怀好意的眼神盯着他。可是林居意什么也不能说，什么也不能做，只因为他是长子，是哥哥。

哥哥要让着弟弟，要恭亲友爱。身为长子，更是要维护林家的团结。可是林居意没想到，林云崖会真的向他伸出爪子。

不过没关系，现在林云崖说出了一切，爸妈会为自己主持公道的。

想到这里，林居意抬头望向浮在天花板上的讹兽，露出了胜利的微笑。可是下一秒钟，他笑不出来了。

因为讹兽的眼神，更加悲伤了。

"为什么你仍然这样悲伤？我明明赢了……"林居意喃喃地说。

很快他就听到林母的声音："云崖，你为什么要做这样的傻事？你哥哥不是我们亲生的，他只是你的挡箭牌！"

林居意以为自己听错了。

不是亲生的……难道是说他？

林母说完，立即惊异地捂住嘴巴。她可能自己都没想到，这句埋藏了十几年的秘密会这样轻易地脱口而出。

林父也是如此，他愕然地看了林母一眼，嘴唇哆嗦着，似乎也是控制不住自己了。

林居意心头猛沉，强笑一声："爸，妈，你们一定是闹着玩的，对吗？"

林父却立即摇头："不是，我们说的是真的。我之所以对外宣称把家产都给你，是要把那些杀手、绑架犯的目光都集中到你身上。这样便没人注意到云崖，云崖就安全了。"

林云崖也没想到事情会发生这样的转变，愣愣地看着林父。他眼里交织着复杂的情绪，有震惊，也有狂喜。

林居意浑身都颤抖起来。他看向床头柜上那四只汤碗——林父和林母都喝过讹兽鳞片泡过的汤，所以他们现在说的都是实话。

这样说，他真的不是林家的孩子，他不过是一枚棋子。不对，连棋子也不如，他不过是一枚盾牌。

"爸，妈，你们说的，是真的吗？"尽管知道答案，但林居意还是问了出来。

林父表情十分不自然，一股脑说了出来："阿意，十几年前，有人觊觎林家的家

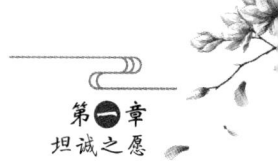

大业大,就绑架了我们的孩子,那个孩子后来被撕票了……从那以后,我和你母亲就商定,要好好保护云崖,这是我们唯一的孩子了。于是,我们四处打听,在一个风雪夜里,买来了你。"

林母浑身颤抖,却也不得不说实话:"阿意,你从一开始,就是被作为云崖的替死鬼而存在的。"

这下,轮到林云崖得意了。他勾起唇角,居高临下地看了林居意一眼。林居意不去看他,只盯着林父:"那我究竟是谁?是谁?"

"我也不知道。不过卖孩子的那个人说,你是一个画师的孩子,画师无力抚养,才抛弃了你。"

画师?

林居意脑中滑过电光石火的闪念,猛然抬头看向那只讹兽。

这只神奇的讹兽,就是他画出了眼睛里的最后一笔才复活的,而那个叫翎七的神秘少年也说过,他必须要继承琅玕画馆。

"阿意,我们还是在乎你的啊!"林母忽然捂住嘴巴,惊叫起来,"好痛!"

林居意冷冷地看着她。

喝下泡过讹兽鳞片的水,一旦撒谎,嘴巴就会剧痛。

林居意看向林云崖,那个一直痛恨他的弟弟,如今眼神里充满着震惊、同情和后悔。闹了半天,他想杀的是一个挡箭牌。

林居意自嘲地笑了笑,落下一滴眼泪。

六

林居意的命运发生了反转。

以前那些在他面前吹捧献媚的人,如今一个都不见了。医院病房里,每天只有医生护士进进出出,甚至连警卫员也都撤掉了。

陪伴在林居意身边的,只有讹兽。当它的两只耳朵不停地摇晃,便会升到空中。一旦耳朵静止不动,它就会轻轻降落。

讹兽会帮助林居意处理一些简单的事,比如会在房间无人的时候,帮他叼起桌上的饭盒。可是林居意还是郁郁寡欢,整日没有一丝笑意。

"主人,到底要怎样你才能重展笑颜呢?"讹兽浮在空中,轻声问林居意。

林居意叹气:"我想离开这里。"

"当然可以。"讹兽降落在他的伤腿上,散发出一股金色的光芒。那团光芒包裹住了林居意的腿,林居意顿时感觉到肌肉里凉凉润润的,痛感在一点儿一点儿地消失。

他惊愕地问:"你在干什么?"

"我在用生肌术。"讹兽回答,"和主人在一起的这段时间里,我的力量也在渐渐增强,所以能够帮你疗伤了。"

林居意点了点头。他掏出小刀,划开石膏,试着站到地面上。果然,他的腿活动自如。

"主人,你的腿好了,现在你想做什么?"讹兽问。

林居意苦笑:"大概,会去流浪吧。"

半个时辰后,林居意悄悄地从医院后门离开了。他回了一趟林公馆,收拾了几件衣服,拿了三块大洋。

从此以后,浪迹天涯。

天下之大,一夜之间就已经没有了他落脚的地方。他现在失去了一切,再也不是那个高贵风流的贵公子,再也没有一个家叫作林公馆,再也没有疼爱他的父母。

其实厚着脸皮,还是可以继续在林公馆里待下去的。只是林居意觉得那样很可耻,也很恶心。

书桌一角,静静地放着一只红绸礼盒,上面嵌着一张纸条,写着"林居意亲启"。

娟秀的小字,这是云念薇送的。看这只礼盒的用料,和另外一盒寿礼不同,难道是云念薇亲手制作的糕点?

可是过去了那么久,这糕点也应该变质了吧?

林居意想要将糕点扔掉,却忽然嗅到盒子里飘出一股香味。那香味格外香甜,诱人垂涎。

他鬼使神差地将盒子打开,看到里面放着六块桂花饼。林居意忍不住吃了一块,唇齿间顿时充满了甜蜜的味道。

他想起了那名少女。她坐在灯下,手执毛笔,认真地在写一封书信——如有天孙锦,愿为君铺地。

"结束了,都结束了。"林居意苦笑,"云念薇,如果我不是林家大少爷,你根

第一章 坦诚之愿

本就不会搭理我,对不对?"

林居意心如死灰,提着箱子出了林公馆。他漫无目的地在街上乱逛,讹兽在他身边飞着,发出古怪的声音。最后,林居意索性跟着讹兽四处游走。

最后,林居意停在一个巷子口,讹兽消失不见了。

巷子口挂着一个斑驳的木牌,上面有两个字:东巷。

东巷里的第一户,是一家画馆,牌匾上写着龙飞凤舞的四个字:琅玕画馆。

林居意看清楚这四个字,顿时如遭雷击。之前他派人来找这间画馆,怎么都找不到,如今,却凭空出现在了眼前!

他转身就逃,可是刚刚跑了两步,就被一股无形的吸力给拖了回去。这个地方,果然有古怪!

"你去哪儿?"一个熟悉的声音在身后响起。

林居意回头,看到翎七站在门口,依然是那个身穿青竹长衫、眼神冷淡的俊雅少年。翎七举起手,掌心有一个小小的光点旋涡。每当翎七将手掌往回收一寸,林居意就感觉到背后的吸力大一分。

"放开我!"那股吸力拉着林居意往后退,他使劲挣扎起来。

"如果我没猜错,你现在无家可归了。"翎七淡淡地说,"正好画馆需要一个新主人。"

"救命啊!"

"没人要你的命。"

"可是你这画馆凭空出现,我的命已经快吓没了。"林居意惊恐万分。

翎七悠然道:"画馆认主。只有真正的主人出现,画馆才会现身。上一任主人已经离世,你是继任的下一任馆主。"

"不,你这个妖怪!"

"我再重申一遍,我不是妖怪,我是瑞兽麒麟。"翎七的身体沐浴在暖色阳光里,有着别样的美,"你如果想知道一切,就进来坐。反正你是这间画馆的主人,我是你的管家。"

说话时,翎七胸前的黄铜兽头链坠在发着微微的光芒。那兽头不像是老虎,也不像狮子,像是羚羊和马的结合体,看上去诡异至极。

林居意心生恐惧,奈何挣扎不动,只能放弃。他咬了咬牙,想起了翎七不久前对自己说过的话——

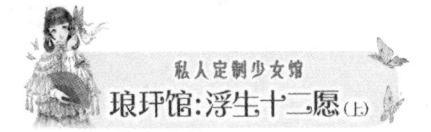

"不管你信不信，你的生活都只是假象，很快就要被颠覆。"

可能翎七，说的都是真的吧。

林居意渐渐平静下来，鬼使神差地挪动脚步，走进了画馆。画馆很大，进门就是正堂，两扇门通往后院。他跟着翎七穿过长廊，来到了另一处院落里。

翎七推开一间古意盎然的房间，林居意立即感觉头皮一麻，仿佛进入了一个洪荒宇宙般浩渺阔大的房间。

这房间看着不大，内里却别有洞天。林居意觉得自己应该转身就逃，但是他却僵住了脚步，一步都迈不开。

因为眼前足足陈列着上千幅画卷，每一幅画卷里都有一只栩栩如生的灵兽或者妖。它们毛发细微真实，神采奕奕，但是都少画了一笔。

"这……都没画完？"

翎七点头："是的，补全一笔，画中的灵兽或妖就能成活，听从补画之人的命令。"

"那我的讹兽，也是如此？"

"对。每只灵兽或妖都有一种灵通，会满足人类某一方面的欲望。"翎七说，"讹兽也是如此，它能让你周围的人无法欺骗你。但是有一点，你的灵兽或者妖不能死，否则你就会被封到这幅画卷里。明白吗？"

林居意打了个冷战。

"为什么？"

"因为灵兽和妖本来就是被封印在这画卷之中，如果死掉，就换作灵兽或妖的主人被封在画卷里。"

林居意心里天人交战，半晌才说："不，太可怕了！就算是有灵通，我也不想继续下去了。"

翎七耸了耸肩膀："可是少爷，你没有选择。"

林居意目瞪口呆："太霸道了吧？"

"这座画馆，是祖辈相传的宝物。而你的生身父亲，就是琅嬛画馆的上一任主人。他天生的使命，就是守护这座琅嬛画馆。你父亲一直在为售卖这些画奔波着，释放出许多灵兽和妖，完成了祖辈交给他的使命。而你，要把他的事业继续下去，否则这些灵兽和妖就只能可怜地一辈子待在画卷里了。"

林居意沉默了一会儿："我的父亲呢？"

第一章 坦诚之愿

"去世了。"翎七有些黯然,"画馆里有一只预言鸟,预言鸟提前预知你会有血光之灾,只有卖掉六幅灵兽图,才能避开灾祸。"

原来之前被弟弟刺杀,还不算真正的血光之灾!

林居意有些伤心。从踏进画馆的第一步开始,他就预感到父亲可能不在人世了。虽然从未谋面,但他还是忍不住悲痛。

"好吧,那这一幅灵兽图卖多少钱?"林居意问。

翎七伸出一根手指。

"十块大洋?"林居意试探地问。他心里忍不住吐槽,还真的挺贵!

翎七摇头。

"不会是一百大洋吧?"林居意瞪眼。

翎七回答:"至少一千大洋,不可贱卖,否则有意想不到的惩罚。"

"一千?"林居意跳起来,"谁会买呢?我的意思是说,灵兽和妖的能力是很诱人,可是在这之前,我没法展示给顾客看!"

比如说讹兽,它一直都是隐身的,无法直接展示灵通。这样如何说服客人去掏巨款买画呢?

"这就不是我该管的事了。"翎七往外走去,"我的任务就是负责你的吃穿用度,保证你的安全。当然,不包括血光之灾。"

林居意气得直跺脚:"可是卖画和救我的命,到底有什么关系啊?"

翎七本来走到门口,听到这个问题回过头,露出一个蛊惑力十足的笑容:"你的父亲说,等卖完六幅画,就知道了。"

林居意叹气。如果搁在以前,凭借他林大公子的财力,完全可以花六千块大洋将这些灵兽图都买下来。

可是现在,他只出得起三块大洋。

一切,都是命运。

林居意打开那扇门,发现房间外依旧是普通的人间景致。他走出房间,将洪荒宇宙的图景关在了身后。

落日渐渐西沉,云锦漫天,金箔铺地。此番美景,许久未见。

下一个早晨,还会升起同一轮太阳。可是故事的主人公,不再是林大公子,而是林馆主。

第二章

东君之愿

第二愿

我有一愿,愿人世间春意常驻。

一

午后,一名穿长衫的男人从琅玕馆里踉跄逃出。他挂着拐杖,愤愤地喊:"什么破玩意儿!也配要一千块大洋?"

林居意站在门口,十分尴尬地道:"先生,本店的画都是一口价,而且画中灵兽或妖有一种灵通,可以满足你的愿望。"

"奸商!当我三岁小孩儿呢?"男人骂完后,挂着拐杖离开了。

林居意无奈地叹气。这是今天离开的第三位客人了。每个人慕名而来,在询价之后失望地离开。

毕竟,灵兽或者妖能不能复活,谁都不知道,也不愿意拿一千块大洋去赌。

林居意望了望天色,打算关门,却在触及门板的时候忽然顿住。门外三四步处,云念薇站在那里,眼神哀伤。

"你来了?"

"林居意,你怎么不去上课了?"云念薇眼中微微含着泪光,"同学们都很想你……"

其实,是她思念他。

"多谢挂念。想必你也听说了,我如今不是林家大少爷了,下个学期的学费都出不起,还去上学做什么?"林居意扭头回到堂屋。

云念薇追了过来,急声说:"我帮你出学费!"

林居意正想说什么,堂屋里忽然传出了翎七的声音:"他不需要学费,只需要有人出一千大洋买画。"

翎七从照壁后走出,手中还端着一只托盘,盘上放着两只茶碗。他向云念薇示意:"请。"

云念薇问:"什么一千大洋?是这所画馆里所有的画,都卖这个价钱吗?"

"对。请问你买吗?"

云念薇摇头:"出不起。"

"那就请回吧。"翎七将她往外引,"林居意现在是这间画馆的馆长,只接待买画的客人。"

云念薇挣扎:"林居意,你怎么能这样对我?就算你不是林家大少爷了,我和同

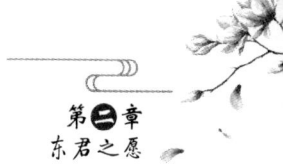

第二章 东君之愿

学们也会帮你想办法的!你不跟我回去,我就不走!"

林居意原本站在旁边,一句话也不说,闻言终于抬起头来:"翎七,够了。"

翎七扭头看他。

"我不回学校,你爱在这里待多久就待多久。翎七,就让她待在这儿,她没趣了自然会走。"林居意故意冷着脸,说完这句话后,就狠狠心走出堂屋。

翎七看了看云念薇,一言不发地跟着走了。

走到厢房里,林居意才卸下一身冷漠,颓然地坐下。他眉头紧锁,满面失落。

翎七进来,看到他这副模样,问:"你还是在意她的,对吧?"

"拔毛的凤凰不如鸡,我现在没资格在意任何人。"林居意有气无力地回答,"过一会儿,你就出去让云念薇走了吧。"

"你们凡人就是如此,跳进名利怪圈里出不来,满心满眼都是世俗。"翎七毫不留情地评价,"你穷了,落魄了,但是她根本不嫌弃你,知道吗?"

"别说了!"林居意霍然起身,将翎七往外推,"让我一个人静一静!"

关上房门,房间里只剩下他一个人,林居意靠在门板上,仰头长叹。想起自己的身世和遭遇,他只觉得一把火灼着心脏,让他烦躁不安。

一甩手,他将桌案上的书籍扫落在地,悲愤交加地喊:"为什么?为什么相亲相爱了十几年的亲人,却是要利用我?为什么当初要抛弃我?为什么等我回来,一个亲人都没有了?"

手足相杀,亲人反目,流落街头,无朋无友,子欲养而亲不待……短短数日,他经历了一生。

林居意坐在地上,紧紧捂住眼睛,想要阻止汹涌而出的眼泪。男儿有泪不轻弹,他宁愿流血,也不流泪。

不知过了多久,他的情绪终于恢复了平静。林居意慢慢站起身来,弯腰去收拾散落一地的书,这些都是生父留下的遗物。

就在他捡起一本蓝皮线装的书的时候,一张纸条从书里飘然而落。

"这是什么?"林居意捡起纸条。

纸条上只写着一行字——麒麟咒诀:我以主人之位,命令你服从于我。

林居意念了一遍,感到有些莫名其妙,干脆随手将纸条塞进书里。

厅堂里,云念薇还呆立在原地,手里揪着帕子,眼巴巴地望着林居意离去的方

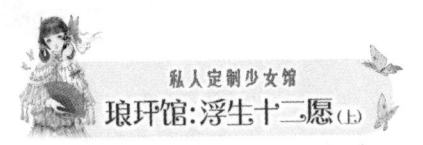

向。她总觉得林居意不会狠心至此,丢下她不管。

可是一炷香的工夫过去了,他没有出现。

云念薇失望极了,低头望着脚下的青砖浮雕的地面。"啪嗒"一声,青砖上出现了一个圆形的水渍。

她揉着眼睛,强迫自己不许再哭。

"林居意,我病了,恐怕不久于人世了。难道你真的这样狠心,不肯见我吗?"她哽咽着自言自语。

风悠然扫进室内,吹动了她的长发。

"我自己都不知道哪天,我会突然消失……"

云念薇声音凄然,全然没有之前犀利的样子,变得哀伤、柔弱。

那天晚上的场景,历历在目。

那时是林父的五十大寿的寿宴。她在林家后院,抓住林居意胳膊之后,忽然发现自己的身体又不受控制,开始"蝶化"。"蝶化"的特征,就是胳膊上开始出现蝶翅的鳞粉。

云念薇害怕了,匆匆逃到庭院的阴影处。果然,没多久,她彻底变成了……一只蝴蝶,随着风飘出了林公馆。

幸好当时宾客众多,并没有人注意到她。大概过了半个时辰,云念薇才恢复了正常。她从半空中飘飘荡荡地落下来,落在一条昏暗的小巷子里,害怕得想哭。

这是她在过了十八岁生日之后,第三次变成蝴蝶了。

她不敢告诉任何人,也不知道该向谁求助,唯一的心愿,就是希望林居意能够幸福。

门外的光线渐渐暗了,屋内也昏暗了下去。云念薇依然没有要走的意思,她搓了搓僵冷的膝盖,往后院望去,还是不见林居意的人影。

云念薇叹气,提步往外走,却在这时忽然嗅到一股奇异的香味。那香味格外清甜,令人忘俗。

那香气好似一只手,钩着她的衣服,让她忍不住往后院走去。后院三步一景,可她似乎熟门熟路般,径直走到一处院落里。这座平常小院里,有一座房屋静静伫立。

云念薇推开门走了进去,赫然发现里面排列着许多画卷。画卷上都是意气飞扬的异兽,须发扬起。

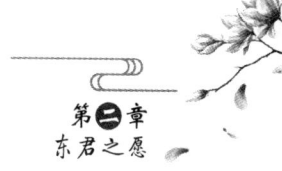

第二章 东君之愿

"这是什么?灵兽?妖?"云念薇歪着头看画。

她踱步到角落里的一幅画前,发现香气更加浓郁了。

这幅画有些不同,画中并不是灵兽或者妖,而是一位美少年。美少年穿着汉朝的衣衫,坐在海棠树下的一块石头上,正看着手中的书卷。诡异的是,那美少年的眼睛只有一只画全了,右眼眶里是空白的。

云念薇打第一眼起,就喜欢上了这幅画。可以看出,画师功力了得,一勾一勒都运笔潇洒。她踮起脚尖,将画卷从墙上取下来:"可惜少了一笔,不然这美少年简直可以活了。"

她扭头,看到房屋中间摆放着一张桌子,桌上有文房四宝。她走过去,将美少年图铺在桌子上,提起画笔蘸了蘸墨,然后点在美少年的右眼眶里。

这一笔下去,画中美少年顿时活灵活现。

"这样好看多了,"云念薇将画笔搁下,"这样卖一千大洋,才有人买嘛。"

话音刚落,云念薇忽然发觉眼前的美少年好像动了动。

她吓了一跳,揉了揉眼睛,再去看那幅画。这一次,她直接吓得失魂落魄——画中美少年,不见了!

"这……这是怎么回事?"云念薇连连后退,直到后背抵上冰凉的墙壁。

整个琅玕馆在她眼中,顿时弥漫着一股诡异的气氛。

云念薇不敢多留,匆匆逃出院落。

二

云念薇不知道自己是怎么回的家。

她只记得一路上仓皇失措,直到进了自家大门,才开始后悔,那样诡异的琅玕画馆,她怎么能让林居意待在里面?

"不行,我得回去。"云念薇从房间里提了一只灯笼就要往外走,门口却忽然有个人凉凉地道:"你又要去哪儿啊?"

云念薇回头,看到二姨娘站在一丛灌木旁边,带着一个丫鬟,目光如炬地望着她。

二姨娘年轻,比云念薇大不了几岁,向来喜欢浓艳妆容,举手投足间,浓郁香气四散开来。她向来得宠,普通一件家常小裙的裙面上,都有天香阁精致的绣作,绣的是大朵大朵的金线菊,就像二姨娘的性子,绚烂美丽,却也张牙舞爪。

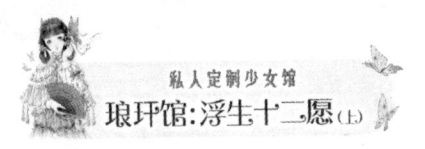

"说啊！你到底要去哪儿？"

云念薇淡淡地回答："出去一趟。"

"家里连染料的钱都买不起了，你还知道打灯笼闲逛去！"二姨娘拿手绢点她，"还有你那个学，要我说也别上了！家里窟窿这么大，养不起白吃饭的蛀虫。"

云念薇没有母亲，她的娘亲在她很小的时候就去世了，从小便跟父亲相依为命。偌大一个染坊，都是云父在一手操劳。二姨娘是云父迎娶的第二个妻子，原本以为可以做个续弦，谁知道过了门，只当了一个姨娘。

所以二姨娘处处看云念薇不顺眼，认为是云念薇的存在导致云父拿自己当妾室，不当正妻。

云念薇有些生气："在学校学礼义廉耻、天文地理，怎么就是养蛀虫了？倒是二姨娘五谷不分，才真的是白吃饭吧？"

"住嘴，你怎么这样跟我讲话？"二姨娘气得脸通红。

云念薇不管她，想扭头往外走，结果一回身，就看到爹爹站在身后，正严肃地看着她。

云父不过四十岁上下，近日为染坊的事操心不已，两鬓的头发早已花白。他目光如炬，盯着云念薇："哪里都不许去，今天给我待在家里！"

"爹！"

"女孩子家读什么书，家里亏空这么大，还要支付你的学费。"云父说到这里，目光有些黯然，"你二姨娘说得也没错。念薇，要不然过几个月，你就别读了。"

云念薇站在原地，像木雕泥塑一般。

她以为林居意已经够悲惨了，没想到自己比他还要落魄。他好歹享受风光过一番，自己从来都没有畅快淋漓地活过，眼下还要失去自己钟爱的学业。

二姨娘得意地看了云念薇一眼："你今天也别练字了，就把库房里的布料点一点，也帮家里点儿忙。"

说着，她挽着云父的胳膊，扬长而去。

云念薇只好提着灯笼去了库房。库房里新到了一批白绸，因为云家无钱买染料而暂时搁置在那里。

其实，父亲是很疼爱云念薇的，只是家里一天天落败，父亲对云念薇的态度一天不如一天。

"要是有钱买染料就好了。"云念薇清点完布料，蹲在角落里感慨。这些都是白

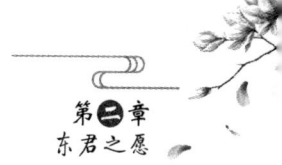

第二章 东君之愿

布,没有花色,根本就卖不上价钱。

话音刚落,她就听到一个又细又长的声音在耳边响起:"这件事,简单。"

"啊?"云念薇毛骨悚然,从地上一跃而起。她愕然地看着身后的那个人——俊秀脸庞,修长身骨,正是今天在琅玕馆里的画中美少年!

云念薇扭头就往门口跑去,却在此时嗅到了一股香味。她怔怔地停住脚步,回头看那美少年。

美少年轻笑:"怎么不逃了?"

"能发出这样好闻香气的,应该不是坏人。"云念薇往美少年方向走了两步。

美少年掩口笑道:"都说蝶恋花,蝶姬果然抗拒不了花香的诱惑。"

"你叫我什么?"

"难道,你还不知道你是蝶姬?"美少年点了点她的额头,"你忘了,果真是忘了……我们是一同长大的发小,小时候你还偷了我们花妖族的夜明珠呢!后来,我们一同被封在琅玕馆的画卷里,你都不记得啦?"

云念薇心头一惊:"什么?可我一点儿印象也没有。"

她那天去了琅玕馆,并没有眼熟的感觉,而且那个叫翎七的管家,看她的眼神也十分陌生。她怎么可能在琅玕馆里待过呢?

"看来,你一点儿记忆都没有了。蝶姬,你的记忆应该被封印了,所以你成了凡人之后,就忘记了自己原本的身份。"

云念薇想了想,再问:"那翎七为什么也不认识我呢?"

"翎七那个性子,看谁都一副冷漠表情。他就算认出了你,也不会表现出来。"美少年絮絮地说,忽而感慨,"不过,蝶姬,你真的已经离开太久太久了,应该有十多年了吧……"

他的声音如同一滴清露,悠然落水,击出一圈圈的涟漪,响在这个暗夜里,格外清幽动听,格外神秘,像是时光的回声,也像是命运在轻叩。

云念薇看呆了,这样的美少年,委实像一朵夜来香,悠然绽放。她小心翼翼地问:"你是说,我会变成蝴蝶……这不是怪病?"

美少年掩唇而笑:"蝶姬,你真幽默,什么怪病啊?那是你体内封印松动,你才会偶尔变成蝴蝶。"

云念薇慢慢坐了下来,她脑子很乱,无法接受自己是妖这个事实。

"不,我想当人,你有办法吗?"许久,云念薇才想起这个问题来。

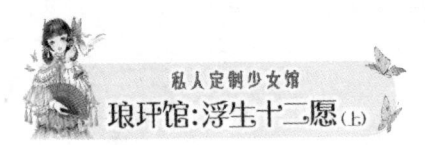

美少年摇头:"这要让你体内的封印继续加强,锁住你蝶妖的力量。只有翎七能做到这一点。"

云念薇忍不住失望。

"不过你也别沮丧,至少我能解你的燃眉之急。"美少年看向仓库里的白布,"我能给这些布料染上最美丽的颜色。"

三

云家染坊因为落败,解雇了所有工人。目前所售卖的布料,全都是府中丫鬟亲手织染的。

这天清晨,丫鬟们照例起床染布,然而走到晾晒院,她们一眼看到高高的竹架上挂着一匹色泽绚丽的布料。云念薇正站在架子下面铺整。

"这颜色真好看,只有云里来的染料才能出这效果。"丫鬟们围着布料热烈地议论起来。

"可是似乎云里来的染料也不能出这样好看的花色呢。"

"就是,我看哪家的布料都不能跟这个相媲美。"

云念薇笑起来,心里甜滋滋的:"这块布料真好看?"

"好看。"丫鬟们七嘴八舌地问道,"大小姐,这布料是你染的吗?你是怎么做到的?"

云念薇笑而不答。就在昨天晚上,那个美少年告诉她,他是琅玕馆里的一只花妖,可以催开世间最美的花朵。

"当你为我添上眸中一笔之后,我就是属于你的了。"花妖说,"你希望有一匹绝美的布料来挽救家族,我就成全你。"

桌子上放着那匹白绸。花妖伸出手,纤纤素手从绸上拂过,不多时,一朵朵牡丹在绸上绽放。

云念薇睁大眼睛,简直不敢相信。可是当她经历了自己化蝶的事情后,很快也接受了花妖的施法。

那牡丹的品种是十八学士,层层叠叠的花瓣中央,簇拥着鹅黄的花蕊,果然美得让人惊心动魄,而且那白绸被染过以后,还散发着一股沁人心脾的香气。

"欸,你们闻闻,这料子还香得很。"丫鬟们凑上去嗅了嗅花绸,纷纷笑起来,

第二章 东君之愿

"大小姐,你快说说,到底怎么做到的?"

"我……"云念薇在心里想着措辞。

云父此时正经过院子,看到此情此景十分震惊。他快步走过来,一把抓起料子:"这……这是谁染的?"

"回老爷,是大小姐。"丫鬟们笑答。

云父惊讶地看着云念薇。云念薇心虚地低下头,咳了两声,才说:"这是我用自己的零用钱买的染料,染着玩的。"

"这料子,太绝了!"云父将花绸抓在手里,赞叹不已。在这个时代,织染工艺并不发达,只能染一些简单的花纹,只有进口的洋布才有这样繁复的纹路,并且色泽多变。

不,应该说洋布也没有这样绝妙的印染图案!

"我过两天正好要去谈一笔生意,这料子肯定能让布商满意。"云父简直是心花怒放。

云念薇抬起头,问道:"爹,那我能继续上学吗?"

云父眼中只有这匹料子,没有看云念薇,只是匆忙地点了点头。

云念薇欣喜万分,甜甜地喊了一声:"谢谢爹。"转身就往自己的院子跑去。她要收拾书袋,赶紧上学去。

月洞门后,一双饱含嫉妒的眼睛正看着这一切。二姨娘疑惑地打量着那匹花绸:"从哪里冒出来的染料?"

"可能是以前剩下的吧?"二姨娘身边的丫鬟小声地说。

"胡说!云家我还不知道?一桶染料都没有了,干干的。"二姨娘冷冷地说。她忽然想起了什么事,问道:"这两天要下雨,仔细照料我那盆牡丹,别浇水浇过了给淹死。"

丫鬟赶紧回答:"是,夫人。"

二姨娘转身往庭院深处走去:"你做一遍,我在旁边看着给你指点。那盆牡丹是王家太太送的,名贵着呢,叫什么……十八学士。"

丫鬟一边低声应着,一边陪二姨娘进了庭院。她清楚地记得,昨天那十八学士的花苞已经绽开了一条缝,这两天应该就能开全了。

可是,她看到的却是另一番景象。

那盆十八学士的花苞,合得紧紧的,一点儿缝隙都没有。

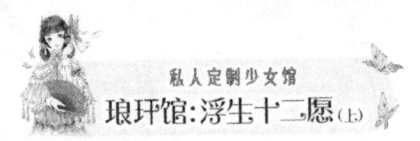

"奇怪了,这十八学士不是快开了吗?"二姨娘嘀咕,"怎么看着一点儿开的迹象都没有?"

她蹲下身,闭上眼睛嗅了嗅,并没有嗅到一丝花香。

四

云念薇抱着书本走出校门,不时有女生和她招手再见。

门口聚集了许多黄包车,专门拉这些女学生放学回家。一辆黄包车忽然凑上前:"小姐,要坐车吗?"

"不坐。"云念薇拒绝,却忽然觉得这声音有些不对劲,她仔细一看,黄包车车夫正是翎七。

少年冷淡地看着她,目光冷厉。

"是你!你想做什么?"云念薇后退一步。这里是校门口,来往行人很多,只要她喊出来应该就没事。

还没等她喊出来,黄包车的车篷就被人从里面拉开。林居意从座位上站了起来,向云念薇伸出手:"念薇,来。"

"林居意!"云念薇激动了,一步跨上车,"你来看我了?不,你是想学校同学们了吧?我就知道你舍不得!"

林居意抬手,将车篷重新盖上,顿时遮住了阳光。

"你怎么了?打开车篷吧,教室里应该还有些同学没走,我们在计划做话剧呢!"

"云念薇,我这样就是不想和以前的同学见面。以前我是大少爷,你们都仰慕我,现在我什么都不是,没脸见你们。"林居意垂下眼睫,眼眸里有一股抹不去的哀伤。

云念薇有些生气:"林居意,你把同学们看得也太市侩了。"

"不说这个了,我今天来找你是有别的事。"林居意从身后取出一卷画轴,展开后,画中画着一块石头,石头上有海棠花在静静飘落。

是花妖以前待的那幅画。

云念薇顿时有些心虚:"你……你发现了?"

林居意点了点头。

第二章 东君之愿

"你给花妖添了一笔,领走了他。"翎七转过身,盯着云念薇,"一张画,一千块大洋。"

云念薇目瞪口呆:"可是……我没钱。"

"你很快就有钱了,我们只是来通知你,可以先欠着,别忘记还。"翎七脸上的表情没有一丝变化。

林居意的眉心微微蹙起:"云念薇,你为什么非要动琅玕馆的画卷?你知道吗?钱都是小事,这一千块无论你出不出我都无所谓。但是你知不知道,如果花妖死了,你这个主人是要受到惩罚的。"

翎七瞥看林居意:"钱怎么是小事了?就算她是你朋友,也得出买画钱。"

"我不知道你在说什么,花妖怎么会死?"云念薇想起美少年花妖,心里有些发怵。

"我之前对这一切也是不信,结果再也回不去了。我不希望你走我的老路……"林居意伸出手掌,苦笑着看手心里纹路纵横。

云念薇激动起来:"回得去!我们一人凑两块大洋,就能重新让你读下去。林居意,现在时局这样乱,只有读书才能有出路!"

林居意看着她没有说话,翎七倒是挑了挑眉毛。

"是个有志气的姑娘,给你八折,八百大洋。"翎七居然露出了一抹淡笑。

云念薇再也听不下去,脱口而出:"市井小人!我根本没想买你的画!"

她看向林居意,只觉得一阵心寒。

在林居意心里,林家少爷这个头衔带来的荣耀,比一切都重要。一旦失去,他便一蹶不振。

云念薇咬了咬牙,快步离开,她听到林居意在身后喊:"记住,别让他死了!"

她没有回头。

回到家,云念薇怏怏地踏进院子,她对门房说:"你去跟老爷说一声,我中午不吃饭了。"

不料,门房喜上眉梢:"大小姐,你可不能不吃饭。老爷有大喜事,正在饭厅里摆宴席呢!"

云念薇一怔。

几名丫鬟也迎了上来,不由分说地将云念薇迎进了饭厅。饭厅里,云老爷正襟危坐,见了云念薇就笑逐颜开:"念薇,放学回来了?"

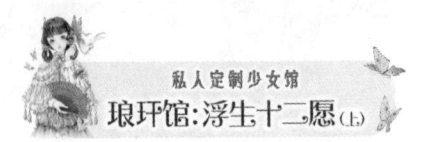

二姨娘在旁边坐着，一反常态地穿了那件喜庆日子才穿的绸衫，她努力掩饰住眼中的厌恶，笑道："念薇，外头热坏了吧？赶紧过来坐，姨娘给你弄了碗燕窝。"

"爹，我听门房说，云家有大喜事？"云念薇没理二姨娘，直接问父亲。

云父亲手递给云念薇一双筷子："念薇，我把你那匹十八学士的花绸拿给孙老板看了，人家当时就付了一千大洋的订金！"

"是吗？"云念薇惊喜。她很久没有看到过这样的父亲了：意气风发，扬眉吐气，像年轻了十几岁。

父亲给她夹了一只鸡腿："那只是订金，孙老板要的是一百匹这样的花绸。等吃完饭，我就去雇几个工人，让他们全跟着你干。"

云念薇顿时吃不下去了，她坐直身体，怔怔地问："一百匹？"

"对呀！"云父意味深长地看着云念薇，"我还不知道念薇你有这等本事，染出这样好的料子。既然是这样，可不能浪费了。"

云念薇勉强挤出一丝笑容："爹，其实我那匹布只是偶尔所得，我自己都不知道怎么染的。"

云父脸色遽变。

二姨娘眨巴了下眼睛，伸出兰花指，将手绢掩在唇上，笑声如鹂音："念薇，你这就不对了。会就是会，不会就是不会，什么叫作'偶尔所得'？老爷已经签下这个单子了，不交出一百匹花绸，可是要赔钱的。"

话未说完，云父忽然暴起，一巴掌扇了过去："就你话多！赔钱赔钱赔钱，你是不是巴不得我赔钱？"

掌声清脆，应该是用了七成的力气。

二姨娘被打得仰头后倒，鼻下流出两道血痕。她捂住红肿的右脸，哭喊道："老爷，你女儿坑你你不说，就知道拿我撒气！念薇，你这个狼心狗肺的东西，你知不知道，交不出一百匹花绸，老爷要赔五千块大洋！"

云念薇如遭雷击，顿时蒙了。

她没想到事态会变得如此严重。

"念薇，以前是爹不对。"云父温言温语地说，"就当爹求你了，你再染一百匹花绸，怎么样？"

云念薇放下筷子，说了一句"我吃饱了"，就匆匆离席，快步回到自己房间。

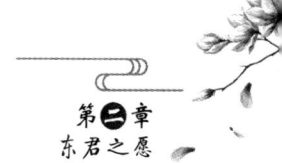

第二章 东君之愿

刚进门,她就将红木雕花的房门紧紧关上。

花妖正坐在房梁上面,两只雪白的脚踝垂下来,一摇一晃。看到云念薇紧张兮兮的样子,他"扑哧"一笑:"反正他们看不见我,你怕什么?"

"他们要我染一百匹花绸,我怎么办?"云念薇急得都快哭了,"我本想着,那一匹料子能卖上个好价钱,够家里开销一阵子。没想到爹居然签了一笔大订单,这让我怎么办?"

"能怎么办?我帮你染呗。"花妖弯下腰,笑着看云念薇,"蝶姬,你真可爱,当人当久了,都不像一只妖了。"

"我是人!"

"好了好了,需要我染什么?还是花吗?"花妖问。

云念薇愁眉苦脸地摇头:"我怕他们发现你。当着那么多人的面染布,露馅儿了的话,我不知道他们会把你怎么样。"

花妖从房梁上飞下来,洁白的身体散发着淡淡荧光:"蝶姬,你根本无须担忧。他们看不到我,到时候,我给你提示,只要你把布料放进染缸里就行了。"

"不行,我怕你……"

"以前我们是朋友,现在你是我的主人,"花妖轻声说,"于公于私,我都应该帮你。"

云念薇还想说什么,花妖将一根手指头竖起来,抵在她的唇上。

花妖笑起来,如同花朵绽放:"蝶恋花,花也恋蝶。因为你是蝶姬,我愿意为你做任何事。"

五

云念薇答应染布,让云父兴奋了好一阵子。他握住云念薇的双肩,激动地说:"念薇,你要是做成了这一笔生意,爹不会亏待你的。"

二姨娘彻底失了宠,低着头站在一旁,半句话也不敢说。之前云父已经放话,随时都可能将二姨娘赶出云府,吓得她再也不敢撒泼。云念薇看她那副委顿模样,反倒有些同情了。

"爹,既然人手够了,那就开始吧。"云念薇走向染坊,身后跟着几名工人。她让工人将几种染料全部倒进染缸。

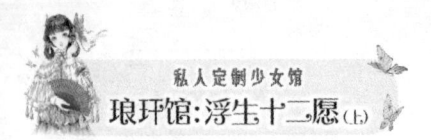

云父在旁边看着,有些怀疑:"念薇,这样调配不太合理吧?"

云念薇一拍胸脯:"爹,你就让我放手去做吧,我肯定可以。"她看了一眼身后的花妖,花妖向她微微点头,好让她放心。

工人们调配好染料,将白绸放入染缸。云念薇等了有一盏茶的工夫,命令工人道:"把布都捞起来。"

"这样就染好了?"云父感到不可思议。

云念薇笑着说:"爹,你就相信我一回吧。"

工人们将布料捞起来,上面果然乱七八糟。云父有些失望,云念薇却说:"我还要在上面作画,还请各位回避。"

等众人离开,云念薇才转身向花妖示意。

花妖此时正优哉游哉地飘在半空,见云念薇点头,花妖伸手在绸布上撒下星星点点的光粉。

光华聚,光华散。眼前乱七八糟的绸布上立即出现了清艳绝伦的芍药花。云念薇看得呆住了。

"成了。"花妖笑吟吟地推了她一把,"快拿去给你父亲看。"

云念薇心花怒放,打开染坊的大门,让众人进来。众人见到绝妙的花绸之后,纷纷赞不绝口。

云父看向云念薇的目光充满慈爱,这让云念薇不禁想起七岁那年背出了第一首诗,父亲看向自己的目光。

一晃十多年,她已经很久没有被父亲这样注视着了。

一百匹花绸交出去之后,云家顿时声名大噪。

那样细致的花纹,透着清香的绸布,立即成为上流社会争抢的奢侈品。名媛贵妇们纷纷以拥有一件云家花绸为质地的旗袍为荣,那些缀满蕾丝的洋裙再也没有市场。

云父也听从了云念薇的建议,不再大量售卖花绸。物以稀为贵,他要让云家花绸成为高端布品。

很快,云念薇成了学校里的红人。

许多女生拉着云念薇的手,向她央求:"念薇,我的好念薇,你能给我们家留两米花绸吗?我发誓,我只要两米,够一身衣裳就行。"

云念薇经不住央求,点头说:"没问题。"于是那女生便抱着云念薇,开心地喊:"念薇,你真是我的好朋友。"

第二章 东君之愿

身边的女生们开始将注意力转移到花绸的讨论上。云念薇隐隐感到不安,她觉得无论何时何地,都不要太过于沉溺于美丽的事物上比较好。毕竟有句老话说,玩物丧志。

不过,云念薇不得不承认,她的生活终于不像以前那样拮据了。云父甚至将账房的钥匙也交给了她,让她管理家里的财政。以前云念薇练习毛笔字,都不舍得用好墨好砚,现在她可以买各种名贵的文房四宝。

有了钱,云念薇便想起了林居意。

那是她心头的白月光,虽然林居意在同学们口中就是个花花大少,但是她总觉得他本质上不是那样的人,他的目光既清澈又正直,他也没有伤害过谁,就是偶尔贫贫嘴而已。

所以,云念薇决定将林居意赎回来。

对,赎!回!来!

一天放学,云念薇来到琅玕画馆,堂屋里只有翎七在慢悠悠地喝茶。

翎七此人,永远是一副冷淡少年的模样,永远是一身竹青色的长衫。虽说他是管家,但他气质清贵,很少拿正眼看人。

云念薇不由得在心里暗叹,以他这种个性,琅玕馆里能卖掉画才怪!

"又是你,有何贵干?"翎七抬眼看了一眼云念薇。

云念薇掏出两张银票:"两件事。第一,付花妖画卷的钱。第二,赎人。"

"小姑娘很豪爽。花妖画卷我知道,但是这赎人……你要赎谁呀?"翎七"扑哧"笑出来。这一笑,简直是如同春风吹开河面坚冰,瞬间驱散了他周身的清冷气息。

云念薇冷笑:"当然是林居意。"

林居意此时正好端着一个托盘走进堂屋,听到这番话,差点儿跌倒。他瞪圆了眼睛:"云念薇,我没听错吧?你要赎我?"

"对!"云念薇仰着头,"我想了,你之所以不愿意离开琅玕画馆,一定是被这个冷家伙挟持的,对不对?"

翎七淡定地说:"我叫翎七。"

"就是冷家伙!我不管,这是一千大洋,我今天就要林居意离开这里。"云念薇将银票往桌子上狠狠一拍。

翎七哑然失笑。

云念薇咬了咬牙,拉起林居意就往外冲。

翎七并未阻拦,依旧淡定地喝着茶。

"念薇,你放手……"走出琅玕馆好远,林居意使劲将云念薇的手挣开。

他们的面前是另一条胡同,距离琅玕馆已经很远了。

云念薇气喘吁吁地回头看了一眼,惊喜地说:"林居意,我们逃出来了!你再也不用在那个死气沉沉的画馆里了。"

林居意没有回答,转身往回走。

云念薇赶紧抓住他的手:"你干什么?"

"回画馆。"

"我都把你赎出来了,你还回去做什么?"云念薇不肯放手,"我要知道理由!"

林居意神情黯然,叹气道:"我的生父托翎七告诉我,我必须要继承琅玕画馆,卖掉六幅画卷,否则就有血光之灾。"

云念薇没想到真相会是这样:"林居意……"

"谢谢你,我也想回到学校。可是,没用了。只要我离开琅玕画馆太久,就有祸事降临。云念薇,我不想连累你。"林居意认真地看着云念薇。

面前的少女,还是那样清丽娇俏,眼睛里仿佛蓄着一汪水,颤颤地就要落下来。

林居意的心突然痛了起来。

他转过目光,淡淡地说:"别为我哭,那会让我觉得自己很悲惨,再见。"

再见。

我逃不开自己的命运,只能和你两两相望,不能并肩。

六

"花妖,你知道翎七是什么人吗?"夜凉如水,云念薇温书累了,就在灯下问花妖。

花妖歪着脑袋,道:"他是灵兽,不是人。"

"我知道,他是哪种灵兽呢?"

"麒麟。"

云念薇吃惊:"传说中威风凛凛的麒麟,就长成那个样子?"

第二章 东君之愿

"他长得很好看很威风呀。"花妖一点她的鼻尖,"当初,我们妖族和灵兽族生活在一起的时候,你每天都去清修阁练功,就是为了偷看翎七。后来,你还为翎七写了一首诗,称赞他的美貌呢。"

云念薇起了一身鸡皮疙瘩。这应该是她身为蝶姬的时候,做下的糊涂事儿吧?

"那你觉得,他什么时候能放了林居意呢?"云念薇问。

花妖茫然:"我不知道。蝶姬,你要明白,就算翎七愿意,也不能轻易让林居意离开。因为琅玕馆等于是我们的避难所,必须要凡人来掌管,这是从远古时期就流传下来的规矩。"

"什么规矩不规矩,太荒谬了!妖族和灵兽族的事情,关凡人什么事呢?"云念薇不高兴了。

花妖摇头:"反正,林居意走不了。"

云念薇绝望了,看来,要让林居意自由,只能等他卖掉六幅画卷。

不知道他什么时候才能卖掉六幅画卷……

云念薇托着下巴,望着烛火出神。她被窗台上的一盆春兰吸引了目光。那盆春兰,按照时间来算早该绽开了,可是那花骨朵依然静悄悄的,没有一丝要开的迹象。

她这才想起,今年春天,她都没有看到多少花绽放。

花市里的花卉,价格一夜飞涨。

难道……

云念薇看了看趴在身边的花妖,花妖此时正伏在桌子上唱着歌,一副心无旁骛的模样。

想了想,云念薇还是将问题咽了下去,没有发问。

终于还是出事了。

那是一个寻常的早晨,云念薇刚刚起床,正在洗漱,就听到外面一阵喧哗声,有丫鬟在喊:"夫人,你不能进去。"

"让我进去,那个小妖女……"

云念薇听着那声音很像二姨娘,忙走出房门,她看到二姨娘蓬头垢面地冲到她面前,瞪圆眼睛喊:"你做了什么?小妖女,小妖女!"

"二姨娘!"云念薇连连后退,"你怎么了?"

二姨娘一指院外:"我带来的花全部都枯死了!那盆十八学士,花苞里面全是空

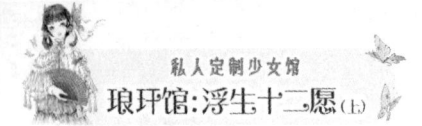

的！哈哈哈哈！小妖女，我就知道你的花绸有蹊跷！哪有那么便宜的事情，让你轻轻松松染出那样漂亮的花绸来……"

云念薇的头，"嗡"地大了。

她回神后的第一件事，就是四处寻找花妖，平日里喜欢在房梁上坐着唱歌的花妖，此时却不见踪迹。

"夫人，夫人疯了！快去叫老爷！"几名家丁上前，将二姨娘不由分说地往外拖去。

"大小姐，你受伤了吗？"丫鬟问。

云念薇顾不上回答，风一般地冲向二姨娘的院子。当她踏进院门的那一刻，就怔住了。

爱花成痴的二姨娘，院子里原本百花成簇，如今却是一片萧条。所有的花，要么花苞里空空如也，要么没有开花。

"怎么会这样？"云念薇浑身颤抖，她找到那盆十八学士，发现花苞只有最外面的一层花壳，里面的花蕊、花瓣，全部都消失了。

她记起，花妖第一次帮她染的花绸图案，就是十八学士。

云念薇顿时明白了什么，一股怒火从胸口腾腾升起。

原来是这样，原来是这样！

"念薇，你没受伤吧？"云父从外面匆匆赶来，仔细查看云念薇的手，发现安然无恙才松了口气，"我都听说了，你二姨娘她疯了。你别怕，爹马上就休了这个疯婆子。"

云念薇摇头："爹，她好歹也是云家的人，你给她口饭吃，找个医生给她看看。"

云父愣了一下，爱怜地抚摸着她的头："念薇就是善良，好，我留她在府里。"

善良吗？云念薇苦笑。

她让百花凋零，让二姨娘气得发疯，她并不觉得自己善良。

云念薇回了房间，对着空荡荡的房间淡淡地说："出来，你给我出来。"

花妖瑟瑟缩缩地从书架后走出，不敢看她的眼睛。

"你说，为什么会这样？"云念薇努力压抑着自己的怒气，"你把真正的花朵都弄到绸布上了？你为什么瞒着我？"

花妖眼中含泪，哽咽道："弄到绸布上，你就能过上安稳日子了。蝶姬，我以为你会开心。"

第二章 东君之愿

"我不开心！那些花绸上的，都是真正的花！花妖，你想过那些辛苦种花的花农没有？花田里的花卉一夜之间都凋零了，花农因此而破产，你知道有多少人会饿肚子吗？"云念薇再也忍不住，"花妖，你把它们都变回去。"

花妖摇头："我不懂人世间这些规则。蝶姬，人有人命，花有花命，它们开在衣裙袍衫上，就再也不会变回真正的花朵……"

云念薇再也忍不住，指向门外："你给我走。"

"蝶姬……"

"我是人，我叫云念薇！我不是蝴蝶妖！"云念薇加重了语气，"快走，趁我……对你还有一丝情面。"

花妖眼中含泪，恋恋不舍地望了云念薇一眼，化作一股淡烟飘向窗外，转眼就消弭不见了。

云念薇颓丧地靠在门框上，无力地蹲下去，揪住了头发。

七

花妖离开之后，云念薇颓唐了好一阵子。

她常常想起花妖的一举一动，想起他坐在房梁上悠闲地晃着双腿，唱着一首空灵的歌。

无拘无束的美少年，的确不懂人世间的规则——他怎么能懂得，一束花能够换来多少银钱，能换来多少白米饭，能养活多少人呢？

云念薇后悔了，她想要将花妖找回来，可是走遍了大街小巷都没有寻到花妖的一丝踪迹。花妖就像空气一般，消失得无影无踪了。

"我想告诉你，我不需要你的灵通，我只要你好好地待在我的身边。"云念薇蹲在地上，眼泪一颗颗落了下来。

日头很大，大街上行人寥寥，只有给上流淑女定做衣衫的裁缝店门庭若市。店员们兜售着一匹匹花布，声称那都是"云家花布"。

云念薇看着这一幕，心里涌上一股绝望。她的本意，只是想卖掉一匹布，让云家可以安然度日，也好让她能够继续学业。

为什么会这样？

街边的卖花女郎，篮子里都是布花和绢花，属于这个春天的花朵，一夕之间全部

都消失了。

云念薇眼睛发涨，正要转身回去，忽然听到裁缝店里发出了一声惊呼："这花绸……怎么了？"

出事了！

云念薇一听，赶紧往裁缝店跑去。只见一名小裁缝捧着一件花绸旗袍，惊叫连连："你们看！这花布……褪色啦！"

果然，原本色泽绚丽的花绸上，出现了大块大块的色粉。色粉簌簌往下掉，落在地面上便成了一堆黑灰。而花绸则变成了白绸，上面洁白如雪，半点儿痕迹也没有留下。

"怎么会这样？好吓人！"

"肯定是染料的问题，云家染坊以次充好！"贵妇们议论纷纷。

云念薇挤上前去，往布架上扫了一眼，发现其他的云家花绸都好好的。她忙问那个小裁缝："这块花绸，原本印的是什么图案？"

"是……是桃花。"小裁缝有些惊恐地说。

桃花的花期是三四月，如今已经到了四月下旬，自然要凋零的。难道，因为衣服上的花朵取自现实，所以到了这个时节，桃花自然要落？

云念薇再看其他布料，果然都是牡丹花、荼蘼花、杜鹃等，荼蘼花和杜鹃的花期很长。

"啊——"又是一声尖叫，"我的衣服也褪色了！"

云念薇循声望去，只见一名贵妇正在拍打自己的旗袍。她旗袍上的花色是粉色樱花，正在凝固成色块，她伸手稍微一拍，就有色块往下掉落。

转眼间，樱花不见了，成了地上的一堆灰。

"云家花绸太坑人了，这都是什么玩意儿！"贵妇人气愤异常。

云念薇站在那里，浑身发冷，她只知道，如今是樱花凋零的时间，所以樱花花绸也会褪色。

有人认出了她："是她！她就是云家大小姐云念薇！"

众人将云念薇围了起来，目光里透着怒火："你给说说，这花绸是怎么回事啊？"

"退钱！你们云家用花绸坑顾客。"

云念薇百口莫辩，只得辩解道："大家少安毋躁，我会和爹说明情况，给大家补偿的。"

第二章 东君之愿

贵妇人在这时抹起了眼泪:"可是我马上要参加一个宴会,穿成这样,我可怎么办啊?"

裁缝店的店主忽然冲进来:"不好啦!我库存的樱花花绸和桃花花绸,全部都褪色了!"

云念薇呆住了。

店主一把揪住云念薇:"走!我要找你们云家老爷评评理!"

云念薇被店主带着的一群帮工揪住,一直押到云家府邸。店主上前使劲擂门:"开门,开门!"

门房开门,看到被人押着的云念薇,顿时惊慌失措:"这是我家大小姐,你们想干什么?青天白日的就想打人,还没有天理了?"

"你还好意思说!你们云家花绸掉色,害我亏损严重,快让你们家老爷出来!"店主晃了晃手里的白绸。

门房惊得一个字也没说,慌忙转身跑了进去。不多时,云父迎了出来,目光落在店家手里的白绸上,又看向云念薇。

云念薇羞愧地低下头。

"云老板,生意人讲个诚信,你不能拿这样的货坑我呀!你看看,褪色褪得这样厉害。"店主气得将手中白绸往地上一掷。

云父赔笑道:"杨老板,你我都是熟客了,逢事都给彼此留个体面,来日也好见面。这花绸是云某的不是,应该是小工们发货不仔细,将次品发出去了。要不这样,我库房里还有一些,先给你顶上?"

"既然你这样说,那我就给你这个面子。"店主一挥手,"走,去库房!"

几名帮工这才放开云念薇,快步往云府里走去。云念薇走上前,低声对云父道:"爹,给他们杜鹃花色的。"

云父眼神闪烁,并没有多说什么,只是点了点头。

店主和帮工们扛了十多匹布料扬长而去,这一场风波终于过去。

关上门之后,云父转身看着云念薇,目光威严:"念薇,你给我跪下!说说今天这是怎么回事?好好的花绸,怎么会褪色?"

云念薇跪在地上,一句话也答不上来。

该如何说呢?

说那些都是真正的花朵,时候到了就凋谢?

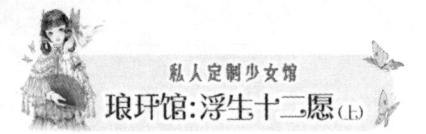

她会被当成失心疯，送到疯人院里吗？

"说啊！"云父勃然大怒，"你不说是吧？来人，把大小姐给我关到柴房里去！"

什么？

云念薇抬起头，难以置信地看着父亲。

"爹，我有难言之隐，以后再慢慢告诉你好不好？"

"好，可以。但是你要再染一百匹花绸，来补今日的亏空。"云父狠狠磕了磕手里的烟袋。

云念薇摇头："我做不到。"

"以前你能做到，现在怎么做不到？"

云念薇抬起一双泪眼："爹，库房里的花绸还有很多，先拿那个抵上去吧。女儿实在不想染布了。"

云父冷笑起来："不染布？你不染布了，还是我云家的女儿吗？你不染布，我就立即登报宣布你我断绝父女关系！"

云念薇顿时如坠冰窟，浑身冰冷。眼前的父亲，是她非常熟悉的，可又让她觉得那样陌生。

以前那个温柔慈爱的云家大老爷不见了，取而代之的是云家的当家掌柜。

他彻底是个商人，不是父亲了。

八

云念薇被关进柴房整整三天，和二姨娘共居一室。

二姨娘坐在一张破旧的木床上，头发蓬乱，正哧哧地笑着："这不是云家大小姐吗？你怎么也进来了？"

"姨娘，你没事吧？"云念薇端了一碗温水，"来，喝口水吧。"

二姨娘眼神涣散，茫然望着窗外："我不喝，我的花都死了……必定有妖祟，有妖祟！"

云念薇惭愧难当，她不知道二姨娘的疯傻和花妖有没有关系。如果有，那她就是罪人了。

不知道过了多久，二姨娘终于在云念薇的安抚下入睡。夜色降临，只有一小块月

第二章 东君之愿

光透过窗户落在地上。

云念薇坐在那块月光里,透窗望着夜空,眼角湿润。

蓦然,窗外伸出一只手,吃力地扒在窗台上。

云念薇惊起,忙低声问:"谁!"

"是我……"窗外传来林居意的声音。

云念薇顿时放松下来,心头涌起一股暖意:"你怎么来啦?"

"还不是为了救你!听说你被你爹关起来了。"林居意扔进去一个小包裹。

云念薇打开一看,发现里面都是糕点。她拿起一块吃了,然后将剩下的都放在二姨娘的枕头旁。

云念薇说:"你别救我,赶紧去找花妖,他不知道去哪里了。"

林居意此时已经将上半身扒在窗台上。一向俊眉星目的他,被尘土弄得有些狼狈。他掏出一根小锯条:"就是不知道花妖去哪里了,我才更要救你。你别急,我这就把窗户上的木条锯断。"

云念薇看着林居意滑稽的样子,"扑哧"笑了出来:"林居意,我觉得你现在的样子,比当大少爷的时候可爱多了。"

"你笑,你还笑!我爬墙容易吗我?"林居意没好气地说,"翎七这家伙,号称自己是麒麟,关键时候也不见他使用法术,非要我亲力亲为。真够寒碜啊!"

翎七的声音幽幽地传来:"灵兽的法力大部分都被封印进琅玕馆了,我们灵兽只有一种灵通,自然要省着点儿用。再说了,我不跟着你,你又要遇到血光之灾,不谢我还挤对我。"

原来,翎七也跟着来救她了。

云念薇有些感动,对翎七的印象稍微好转了一些。

她轻声说:"可是我赶走了花妖,还不知道有什么后果呢。"

"这个等出去再说。"翎七的声音再次传来,"蝶姬,你其实可以变成蝴蝶飞出来。"

林居意正在用小锯条锯木条,闻言一呆,整个人都傻掉了。

反应过来后,他恼火地将小锯条砸在翎七的头上:"这么好的主意你干吗现在才说啊?"

云念薇抹了一把汗,这两个家伙真是搞笑啊……

"可是,我怎样才能变成蝴蝶呢?我控制不好自己啊!"

翎七淡定地将小锯条从头发里拿出来，扔到地上："你闭上眼睛，在心里想象自己变成蝴蝶的样子就可以了。"

云念薇依言照做。很快，她就感到身体变得很轻很轻，不停地向上浮去。

睁开眼睛，她发现空中飘浮着点点金粉，散发着微弱而美丽的光芒，正围绕着她悠然转动。她整个人犹如沐浴在一片金色海洋。

"嗖——"

云念薇扬起右手，却看到一只斑斓绚丽的翅膀，红如焰火，黑如玄墨，金如夕光，共同汇成了翅膀上的美丽图案。

她看着翅膀发怔，回过神之后低下眼眸，愕然发现自己已经变成了一只黑翅带金红的蝴蝶。

接着，她很轻松地就从窗户缝里飞了出去，轻轻地落在林居意的肩头。

林居意低头看她，语气温柔："走，我带你回琅玕馆。"

到了琅玕馆，云念薇才知道，这三天，云家已经翻天覆地。

许多桃花、樱花的花绸褪色，退货不断。云家光赔偿就花了数万大洋，云父焦头烂额，已经登报声明，他和云念薇断绝父女关系了。

看到报纸之后，云念薇还是感到难过。

"别难过了，现在当务之急是要找到花妖。"翎七淡淡地说。

云念薇道："翎七，你告诉我，我二姨娘为什么会疯掉呢？她是被花妖害的吗？"

翎七摇头："琅玕馆的灵兽和妖都不会害人的，你二姨娘之所以疯掉，是因为她对花太痴迷，将那些花草看得比自己还重要，加上个性又是疑神疑鬼的，所以就患上了癔症。还有一件事，如果花妖死了，你就麻烦了。"

云念薇正坐在琅玕馆的后院里晒太阳，闻言问："为什么？"

"从你为他添上一笔之后，你们之间就已经有了契约。他死了，你就会受到惩罚。"翎七虽然迎着日光，周身却依然没有散发出丝毫暖意。

云念薇吓了一跳："我会怎样？"

"你会被封印到那幅画卷里。"

"啊？"云念薇急了，"那画卷就是专门关妖和灵兽的牢房了？"

"是的，蝶姬。"翎七恭恭敬敬地说。

第二章 东君之愿

林居意正好从外面走进来,赶紧安慰云念薇:"别听翎七的,他就是危言耸听。花妖不会死的,我们一定可以找到他。"

"可是,在这之前我已经找过一遍了,哪里都没有花妖的踪迹。"云念薇苦恼地捂住脸。

林居意淡淡一笑:"别急,我已经想到办法了。"

"什么办法?"

"等。"林居意眯了眯眼睛,"凡人的贪欲,是不会终止的。花妖的能力,终究会被有心人所利用。只要被利用,就能露出端倪。"

九

自从云念薇离开后,云家雪上加霜。

因为退货不断,很多人便开始浑水摸鱼。他们拿白绸上门,声称那都是买了云家花绸而褪色的。其实,他们订的花绸,上面的花色根本不到凋零的时候,等拿到退款,他们继续售卖正常的花绸。

这让云老爷很是头痛,可是也无可奈何。

裁缝店的杨老板,再一次上了门。这一次,他让帮工带来许多白绸。

"云老板,这就是兄弟你不厚道了。你看看,上次卖给我的花绸,全部褪色成白绸,这可不对啊。"杨老板眯着小眼睛,目光里透着奸诈。

云父百口莫辩。云念薇之前让他停售桃花和樱花花色的花绸,他其实心里已经察觉到端倪了——

这些花绸,上面的花朵会根据时令而绽放,或者凋零。

可是这些话,他不能说出口,一旦出口,所有人都会将他当成疯子。

眼下,他也只能吃这个哑巴亏了。

"既然是这样,那云某就退杨老板钱吧。"云父拱手作揖,"云某耽误杨老板生意了。"

杨老板嘿嘿一笑:"云兄,你我相交一场,何必如此拘泥。这些绸布你退我八成就可以了。"

云父惊喜:"杨兄,你……"

"没那么便宜。我让你退八成的钱,是想再和你商量个事儿。"杨老板面露奸

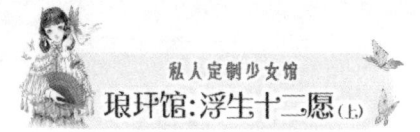

诈,"你把云家染坊关了。"

"什么?"云父立即大怒,"杨兄,我当你是朋友才对你礼让三分。这染坊是我祖上的家业,关门的话,云家的祖宗都不答应!"

"那就全额退款。"

云父一呆,这才想起,云家已经风光不再了。退货的人一拨接一拨,已经掏空了云家。

"好,我答应你。"云父木然道。

杨老板拍了拍他的肩膀:"留给你两成货款,还能有个吃饭钱。云老板,兄弟够意思吧?"

云父攥紧拳头,手背上青筋暴起,最终还是颓然地低下了头。

他现在已经开始后悔了,当初云念薇拿出第一批花绸的时候,他就应该换些小钱,买些染料,让云家染坊继续维持下去。

他年过半百,什么事没见过?当时已经隐隐察觉其中必有蹊跷,但贪欲蒙住了他的双眼,他还是威逼云念薇大量制造花绸。

如今后悔,都已经晚了。

天下没有白吃的宴席,天上也不会掉馅饼。

从那天开始,云家染坊关门了,市面上再也不会有云家花绸。偶尔,人们也会回忆起云家花绸的美丽,可很快又投入到悠闲的生活中去。于是,云家的一切,都只沦为人们口中的谈资。

真正发迹的是杨老板,他的裁缝店并未受到任何影响,反而越做越大。终于,杨老板宣布盘下了一个染坊,推出了第一匹花绸布。

花绸布上的花色,是杜鹃。

人们惊讶,那花绸的印染工艺十分发达,和云家花绸最鼎盛的时候并无二致!绸布上,每一朵杜鹃都有自己的风姿,美艳绝伦!

无数贵妇人来到杨家染坊,杨家花绸布顿时价码飙升,但是杨老板却表示,这些花绸布他不会大批量生产,只会一匹一匹地生产。一匹布的价格,居然是云家花绸的十倍!

"疯了吧?你居然卖这么贵!"裁缝店里,一名贵妇人不舍地抚摸着一匹布料,上面的杜鹃嫣红如血。

杨老板将算盘打得噼啪作响:"我要这个价钱,就必然值这个价钱。王夫

第二章 东君之愿

人,你考虑考虑?不过不要太久,因为华夫人昨天来过,也提过要这个料子。你看——"

贵妇人脸色大变:"我要了,你别给华夫人。"

杨老板得意地笑了。

等到客人都离开,天色擦黑,他遣散帮工,将门板关起来。他走进后院,推开一扇门。

门内,花妖被锁在桌脚上,虚弱地躺在地上。

杨老板蹲下来:"给我染一匹布。"

花妖睁开眼睛,冷冷地看了他一眼:"我说过了,我只给蝶姬染布。"

"那你不还是给我染了几匹?"杨老板狞笑,"花妖,你何必呢?只要给我染布,我就给你喝晨露,不然你很快就会虚弱而死的。"

他边说边从怀里掏出一个小玻璃瓶:"你看,这是从草尖上收集的晨露,你难道不想喝吗?"

晨露是花妖必需的水源。因为花妖大部分力量被封印,所以他并没有多少攻击力。

看到晨露,花妖认命地闭上眼睛:"你要什么花色的?"

"琴叶珊瑚。"杨老板脸上满是贪婪,"据说这是一年四季都花开不败的。印了这个,我就不用担心有麻烦了。"

花妖伸出手,仰头将晨露喝了个干净。他说:"好,但是我要更多的晨露,不然这种花我是染不出来的。"

"好。"

"另外我还有个条件,"花妖看了看束缚自己脚踝的铁索,"这里太冷了,我想待在你的房间里,那里有壁炉,暖和。"

杨老板此时已经完全失去了防备,什么条件都答应:"好,只要你为我染布,你要月亮我都给你。"

花妖冷冷地笑。

杨老板大概不知道,在五千年前,它们妖族和灵兽有着无上的法力。因为人类还没有生出贪欲,它们的法力还没有受到人类欲念的影响。

那是一个多么令人怀念的时代,没有束缚,没有压迫,它们在天与地之间生活,自由自在。想当年,他花妖东君是月宫的贵宾,在月桂之下,曲水流觞,他一曲飞灵歌引得众仙赞叹。

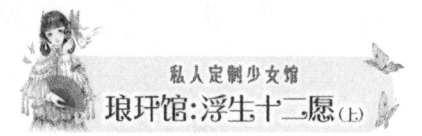

何等荣耀！

如今，一个凡夫俗子说要给他摘月亮？狂妄！

门外忽然传来一阵脚步声，然后下人的声音传来："杨老板，外面有客人上门，说务必要您给她定做几身衣裳。"

下人说完，打了个饱嗝，空气中顿时多了一分酒气。

杨老板扬声答道："不去，你就说我外出了。"

"老爷……"

"不过是个客人而已，哪里需要我接待。"杨老板哈哈大笑起来，看向花妖，"有了你，我还做什么衣服？"

他举起手指头，凶狠地说："从学徒开始，我跟着师父吃了多少苦……手指头都被针扎出了几个窟窿。终于不用做衣服了，不用了！"

花妖强忍住心头的厌恶，他只是媚眼如丝地看着杨老板，慵懒地道："不做就不做了吧。"

一夕之间，市场上出现了杨家花绸，花色是琴叶珊瑚，很快就被抢购一空。

杨老板笑得合不拢嘴，每天都在噼里啪啦地打着算盘。他对花妖也好了许多，每日都命下人收集更多的晨露给花妖，同时将他足上的铁链也换成了裹了棉布的小银锁链，生怕勒伤他的皮肤。

花妖似乎也对杨老板更好了，在房间里飞来飞去地唱着歌，偶尔还降落到衣架前，伸手抚摸他的西装，那衣服上便多了一星儿嫩黄的花骨朵。

"只要你听话，我不会亏待你的。"杨老板每天都会对花妖说上这么一句。

花妖一笑，并不答话。

※ 十 ※

云念薇每日都去市集上闲逛。她接受了翎七的建议，每日都是到市集上搜索，很快，琴叶珊瑚的花绸布就被云念薇发现了。

印染得如此清晰繁复，还带着幽幽清香，这是花妖独有的法术。

"姑娘好眼光，这匹布的印染工艺一绝呀！平常人来买根本买不到，今儿可是被你撞上了！"布商殷勤地凑上来，向云念薇推销。

云念薇摸了摸那布料："你从谁家买的？"

第二章 东君之愿

"这个嘛……告诉了你，你去那家拿批发价，我这边还怎么做生意？"布商眼珠子骨碌一转。

云念薇二话不说，掏出几块大洋："我不买布，就买你一个消息。"

布商眉开眼笑，道："姑娘，告诉你也无妨，是裁缝店杨老板开的染坊做的。我可是凭了私人关系才买来一匹，其他人都买不到呢！"

杨老板！

云念薇猛然想起了那张肥硕贪婪的脸，当时，也是他命令帮工押着自己回到云家的。

她匆匆走出市集，看到翎七和林居意正站在路口。林居意问："走这么急，你是知道什么消息了吗？"

"花妖肯定在杨老板那里！"云念薇将所见所闻说了一遍。

翎七皱起眉头："走，去救花妖。"

他们匆匆赶到杨老板的裁缝店，店门紧闭，云念薇敲了好一阵子才开了门。

开门的是个一身酒气的伙计，他懒洋洋地问："不做衣，不做衣，要是买布倒是可以谈一谈。"

"怎么不做衣服了？"林居意记得他以前也来过这里，做了几身西装。

伙计解释了一番，云念薇等人才听明白。原来，杨老板这家店是高端定制服装店，如今因为出了名震一方的花绸布，因此杨老板干脆做起了甩手掌柜，整日只卖布，不做衣。

"我们不做衣，只买布。"翎七突然说。

伙计这才将他们迎进里。这杨老板发家之后，将门面后面的住宅全部买下来，中间打通重建，所以走过门店，后面的房子林林总总。

从哪间找起？

花妖会在哪里？

云念薇给林居意使了一个眼色，林居意立即会意，对伙计笑道："等一等，我想要你们全部仓库的布料，可以吗？"

"当然不可以，杨老板不卖独家的。"伙计摇头。

"那我们可以见一见杨老板吗？"

伙计立即警惕起来："不可以。你们要谈生意，就和我谈，杨老板会来查合同并且安排发货的。"

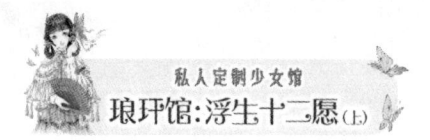

林居意递上一瓶酒:"这是陈酿的桂花酒,希望你能通融一下,让我们见一见杨老板。"

"一瓶桂花酒就想买通我?"伙计根本不屑。但他也不好做得太过分,因为翎七浑身散发着寒意,他总觉得那是个不好惹的人。

云念薇弯了弯嘴角,林居意哄女孩子开心是能手,给人送礼就显得十分生疏了。

她笑道:"不是买通,是交个朋友。不见杨老板就不见了,只是看小哥热心,送你桂花酒尝尝的。"

"这还差不多。"伙计嗜酒如命,当下就打开壶口,仰头喝了一口。

林居意顿时喜上眉梢。

那酒所用的水,不是别的,正是讹兽鳞片泡的水。

"杨老板在哪里?"翎七见伙计已经喝了一口酒,上前一步问道。

伙计愣了愣,刚想开口拒绝,说出的却是:"东边拐过去,数到第二个院子,进去后第二间就是。"

云念薇和林居意提步就往里走,伙计"喂"了一声,就要拦住他们,翎七眼疾手快,在他的后背上一拍,伙计就顿时变成石头人一般,站住不动了。

翎七和林居意跑到一处小院前面,只见院子中央伫立着一座二层小楼,他们忙推开院门跑了进去。

小楼里静悄悄的,并没有人。林居意快步跑上二楼,一扇门一扇门地推开,最后发现临街的一个房间窗户开着,白纱窗帘迎风飘动。

杨老板带着花妖,逃了。

林居意慌忙走到窗户边,看到后面一条小巷子里空无一人。

云念薇匆匆赶上楼,立即发现桌脚上的小铁链:"这应该是绑花妖的。可恶!竟然让那个家伙带着花妖逃了。"

翎七慢悠悠地走上楼来,抽了抽鼻子,从空气中嗅到一丝香甜。"他们应该走了没多久,空气中还有香味哪。"

"没用了,人影都没见着。"林居意有些沮丧地转过身。

云念薇用目光搜寻着四周:"那现在该怎么办呢?"

"报警吧,全城通缉杨老板。"翎七淡淡地说。

"可是以什么理由呢?我们不能暴露花妖,又没有其他理由来报警……"云念薇发愁。

翎七从怀里掏出一枚翡翠戒指:"这是皇宫里最珍贵的翡翠。"

"嗯?"

翎七一松手,将戒指丢到地上,用脚踩碎,然后依然面无表情地说:"现在有理由了,就说杨老板踩坏了我的戒指。"

林居意:"……"

云念薇:"……"

十一

翎七将那枚碎掉的翡翠戒指拿到警局,顿时引起了警方的高度关注。一场搜索杨老板的巨网迅速铺开。

云念薇在警局里等消息,心急如焚,她不知道杨老板带着花妖去哪里,会如何对待花妖。她现在非常后悔,当初不应该贸然赶走花妖的。

"别自责了,当初你也是不知道花妖的底细,在知道真相之后,不能接受而已。"林居意安慰云念薇。

云念薇坐在椅子上,十分沮丧:"如果花妖拥有全部妖力,杨老板无法困住花妖,就好了。"

翎七原本坐在一旁喝茶,一言不发。闻言,他抬眼看了看云念薇:"琅玕馆的妖,原本拥有无上妖力,谁都困不住。"

"啊?那为什么灵兽和妖后来都只剩一种灵通了呢?"云念薇感到十分好奇。她曾经读过许多志怪小说,比如干宝的《搜神记》、纪昀的《阅微草堂笔记》,里面描述的灵兽和妖都是法力无穷,无所不能的。

翎七吹了吹茶杯上的浮叶,呷了一口才说:"你和花妖待在一起的时候,知道花妖是以晨露为食的,对吧?"

云念薇点头。

"晨露落于九天,是无根之水,所以纯净无比,成为灵兽和妖的食物。可是这其实并不能真正让灵兽或者妖吃饱。"翎七挑了挑俊秀的眉毛,"真正能让灵兽和妖吃饱的,是人类的意念。"

云念薇"啊"了一声,恍然说:"这么说,花妖一直在靠我的意念存活,喝晨露只是辅助?"

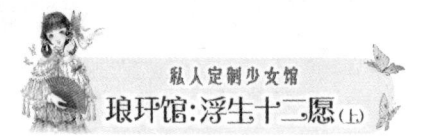

翎七点头:"聪明。"

林居意忽然发问:"那现在花妖和杨老板在一起,花妖能吃饱吗?"

翎七长叹一口气,说:"我一直没告诉你,琅玕馆里的灵兽和妖为什么被封在画卷里!那是因为——人世间脏了。这个人间,已经没有多少可以让灵兽和妖赖以生存的纯净意念了。人们贪婪、凶残,意念又脏又臭,是不可以被灵兽和妖所食用的。所以,花妖和杨老板在一起,顶多靠晨露勉强苟活。如果长时间没有纯净意念供花妖食用,花妖恐怕会饿死的吧……"

云念薇猛然站起来,浑身颤抖:"你怎么不早说?"

翎七抬眼看她,眸子色泽清淡,显得他眼神黯然:"早点儿和你说,让你白白发愁苦恼,是吗?"

"那……那也不能……就这样瞒着我!"云念薇急得声音都变了。

就在这时,警局外忽然跑进一名小警察,高声道:"三组出动!三组出动!我们发现了杨老板,他在钟楼上面!"

翎七霍然起身,目光炯炯,云念薇心头顿时升起一丝希望。

三组警察纷纷拿起警棍往外走,林居意跟上前去,问道:"杨老板怎么会在钟楼上面?"

"他欠了好几个布商的货,被人追着打,现在跑到钟楼上面要跳楼,口中还喃喃自语,可能是疯了!哎,他不是欠你一枚翡翠戒指吗?到时候不能提这件事,省得刺激他。"警察边走边交代。

喃喃自语?

没有触碰到花妖的人,是看不到花妖的。杨老板将花妖困在自己身边,肯定能和他交谈,可是其他人就不一样了,看到的只能是杨老板和空气在对话。

云念薇一阵激动,花妖也在钟楼顶上!

她心里火急火燎的,随着警察们一路到了大钟楼底下。果然,杨老板站在钟楼顶上,抱着花妖,眼看就要往下跳。

"不要!"云念薇冲过警戒线,闯进钟楼里。

警察在她身后大喊:"小姑娘,站住!"

警察没好气地揪住翎七:"她是你朋友吧?赶紧把她劝回来,上面危险!"

翎七微微一笑:"好。"

说完,翎七将他推到一旁,风一般地消失在钟楼的入口处。林居意眼疾手快,撞

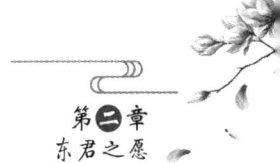

第二章 东君之愿

开目瞪口呆的警察,也跟着冲入钟楼。

"没王法了!都给我站住!"警察反应过来,却无可奈何。

云念薇冲到钟楼顶端,劲风立即拂起了她的长发。只见杨老板眼神癫狂,喃喃自语:"给我染布,染布!你不能死!"

"你把花妖怎么样了?"云念薇看到杨老板怀里奄奄一息的花妖,心痛无比。

花妖的头发已经变得雪白,身体也变得洁白透明。他在看到云念薇的第一眼,就流出了泪水:"蝶姬……"

杨老板回头看到是她,瞪圆眼睛:"你也曾经是他的主人,对吧?你快把他救活,让他染布!我得罪了所有的客户!结果他居然要死了?"

云念薇上前走了几步,伸出手:"把他给我。"

"别过来,蝶姬。"花妖气息微弱地开了口,"我已经不行了……"

此时,林居意和翎七也来到了钟楼顶端。

林居意急忙跑到云念薇身后,紧紧抓住她的手,生怕她会有丝毫危险。

翎七则眼神冷淡,不屑地说:"杨老板,你到这个时候,还指望花妖能为你染布?"

"花妖能给这个小丫头染布,为什么就不能给我染?他让我的花绸在卖掉之后,全部都变成了白布。"杨老板喃喃自语,"现在所有人都来向我讨债,不交出花绸,我就破产了。"

"花妖并非故意让花布变成白布的,而是他快要饿死了,能力也在减退。"翎七说,"云念薇的纯净意念可以喂饱花妖,而你的意念太脏,只能让花妖慢慢饿死。你每天用晨露喂养他也没用,晨露只能缓解一时。"

"居然是这样……"杨老板难以置信,"那我真的走投无路了?我已经收了那么多人的订金,全都用来买了房产!交不出花绸,他们会吃了我的。哈哈哈,不可能,你一定在骗我!"

翎七慢慢上前,伸出手:"来,把花妖给我,我帮你救他。"

"不!"杨老板使劲拉开西装外套,露出里面捆绑的火药,"就算是死,我也要拉上你们做垫背的!"

云念薇想要冲上前,林居意赶紧将她拉住:"念薇,危险!"

"他就要炸死我们了,我得救花妖!"云念薇声音里已经有了哭腔。

翎七也没想到会是这种情形,看着火药,皱紧了眉头。

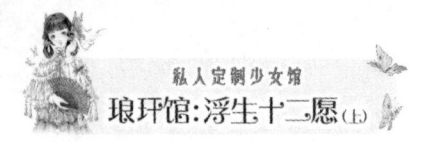

就在对峙的时候，花妖忽然开了口："好，我答应你，染布……"

"你答应了？"杨老板惊喜。

花妖唇边露出一丝苦笑："就算用掉我最后一点儿灵通，我也要为你织染一朵花。"

他伸出手，碰了碰杨老板的胸脯："你看这里，我不是已经给你染了一朵花了吗？这朵花，最香……"

话音未落，云念薇立即嗅到空气中飘逸着一股甜香。她泪眼蒙眬，哽咽着喊："花妖，别再用你的灵通了。"

"反正用不用，我都要死了。"花妖嘴边噙笑，"蝶姬，我愿为你做最后一件事。"

云念薇立即有了一种不祥的预感："花妖……"

杨老板凶相毕现，捏住花妖的脖子："我警告你，别轻举妄动……"

话没说完，他就听到一阵嗡嗡声由远及近。

杨老板扭头回望，只见一大片乌云横压过来。他一惊，下意识地松开了花妖。花妖无力地倒在地上。

云念薇赶紧上前，将花妖背了过来。林居意和翎七护在他们身前，紧紧盯着那一片飞来的乌云。

五十米、三十米、十米……

近了，更近了！

到了跟前，他们才看到，那居然是一群蜜蜂！

"啊！"杨老板挥舞着双手，想要摆脱那群蜜蜂，可是他胸口的黄花散发出更加浓烈的香气，引得蜜蜂也更加疯狂。

警察们在这时才冲了上来，他们看到这一幕，全部都目瞪口呆。

几乎在一瞬间，杨老板从钟楼上跌了下去，落到半空中的时候，只听"轰"的一声，爆炸了。

云念薇怔怔地看着眼前的一切，低下头看着花妖逐渐透明的身体："花妖，求你不要死。"

"蝶姬，你忘了，其实我叫东君。"花妖呼出一口气，"好怀念过去啊……在古时候，我掌管着春天。那时候一年到头都是暖洋洋的春天，可是龌龊的凡人生出无数贪念和欲念，让春天只剩下短短两三个月。"

第二章 东君之愿

云念薇抱紧他的身体,痛哭出声:"不用怀念,东君……我陪着你,我们一定可以等到春天。"

花妖已经听不到了,他闭上眼睛,身体渐渐透明如薄纱,最后那薄纱微动,飘起,化为一缕白烟,消散在空中。

什么都没有了,就像花妖从来没有存在过。

翎七闭上眼睛,有些痛惜。为什么?为什么拼了命地阻止,还是不能防止悲剧的发生?

"你们没受伤吧?"一名警察提着警棍走过来问。

林居意摇了摇头。

"那随我们回警局,我们还有几个问题想要问你。"然而就在这时,警察忽然看到跪坐在地上的云念薇,她的身体忽然变得透明。

"啊!她她她……"警察吓得结巴,说不出一句完整的话,连连后退。

林居意愕然,想要去抓云念薇。云念薇眼神凄凉,也想要抓住他的手,可是最终,他的手指穿过了她的手背。

云念薇的身体越来越透明,最后连轮廓也看不到了。她,消失了。

"根据琅玕馆的约定,灵兽或者妖死去,主人就要被封到画里。"翎七一把抓住林居意的手肘,"走。"

几乎是一瞬间,翎七和林居意同时消失了。

十二

回到琅玕馆,林居意闷头往里冲。他跑进后院,推开存放画卷的那个房间,在看到墙上的一幅画后,顿时如遭雷击——

原本是花妖所在的画卷里,云念薇正坐在石头上,低头看手中的一本书卷,在她的头上,粉色海棠花开得灿烂,如梦似幻。

"云念薇!"林居意冲上前去,使劲抠着画卷。画上面的云念薇一动不动,俨然已经是一个画中人。

翎七快步走进来,朗声道:"你这样也只是徒劳!"

"那该怎么办?一个好好的女孩子,转眼就变成了一幅画!"林居意眼中沁出了眼泪。

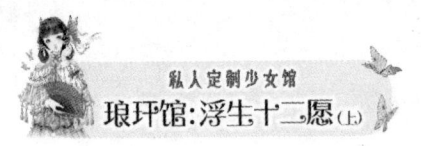

上一次哭泣,还是他得知自己身世的时候,那时候他刚离开林家,他不知道自己心里该有不舍还是恨意。总之,一腔复杂的感情,全部都付诸眼泪。

现在,那个为他写诗的女孩,笑起来很骄傲的女孩,居然变成了一个画中人!

翎七背着手,踱步到画卷前,望着里面的云念薇:"花妖死了,云念薇要接受豢妖不良的惩罚,进入画中,这是谁都改不了的规则!"

"总有办法的,对不对?"林居意紧紧盯着翎七。

翎七垂下眼眸:"她一天只有两个时辰可以从画中走出来。你可以照顾她,安慰她。除此以外,我也没法了。"

林居意怔了怔:"你不愿意帮她?"

"这算是她咎由自取吧。"翎七不为所动。

"你!"林居意被激怒了,可在看到翎七清淡的眼眸之后,最终还是选择了妥协。

他是麒麟兽,就算大部分能力被封锁,依然要强过自己这个凡人。

林居意只能愤愤不平地扭过头。

窗外斜阳洒进柔和金光,照在画上的少女身上,将她垂眸的神情映得更加恬静自然。

林居意望着云念薇,像在自言自语,又像是在发誓。

"我一定,要把你救出来。"

第三章

番外 · 蝶姬

愿陪他一世年华

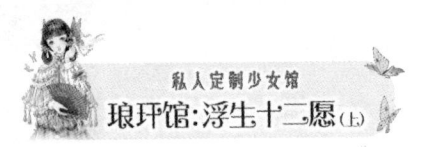

一

晨光熹微。

翎七醒来的时候，正看到窗前的一盆吊兰又抽了新蕊，嫩绿嫩绿的。他坐起身，往厢房里喊了一声："喂，起床做生意了！"

林居意睡在厢房里面，每日都赖床不起，需要翎七喊他七八遍才肯起床。翎七喊了这么一句之后，久久没听到动静，于是下床走进里屋："再不起床，我就把你踢起来了。"

翎七走到木床前，一把掀开被子，却意外地发现——被下无人。

林居意会比他起得早？

翎七有些震惊，就在这时，房门被人一把推开。翎七回头，看到林居意端着两碗面，笑呵呵地走进来。

"我想了，要卖掉画卷就要多招揽顾客，所以今天起了个早，打算早点儿打理生意。"林居意将面条放在桌子上，"来，吃完早饭，我们就开张吧。"

翎七静静地看他。

"看我做什么？你不吃我先吃了啊！"林居意坐下来，呼哧呼哧地吃起面条来。这个以前锦衣玉食的大少爷，如今也习惯了粗茶淡饭。

翎七这才走到桌前，拿起碗筷，吃了一口面。面条是用猪骨汤煮的，配了两棵青菜，居然意外地好吃爽口。

他吃了两口，忽然看到林居意正静静地看着他，才忽然察觉到不对劲："你怎么不吃？"

林居意一笑："因为我煮面用的水，是讹兽鳞片泡的水。"

什么？

翎七想要将吃下去的面吐出来，却已经来不及了。

"别费劲了，我为了让你说实话，可费了不少心思呢。"林居意紧紧逼视着翎七，"说，要怎样才能让云念薇从画里出来？"

翎七十分抗拒，却无可奈何地说出实话："画中的石头和海棠树其实是一种封印，只有用传说中的绿火才能烧掉它们。"

"烧掉它们，云念薇就能出来了？"

"对。"

"那会烧到云念薇吗？"

"不会，绿火是火兽吐出来的，只能毁掉封印，不会伤及灵兽和妖族。云念薇表面上看和凡人无异，但她的真实身份是蝶姬。"

林居意点了点头："那火兽在哪里？"

翎七斜看他一眼："火兽也被封在琅玕馆的画卷里，除非有人自愿买下，并为火兽添上最后一笔，才能解除封印。可是你也知道，卖画有多难，根本没有几个人和灵兽有缘。"

林居意咬了咬牙："那……没有人买画，我就亲自出门去兜售！我就不信我打动不了别人！"

翎七呵呵一笑："你别忘了，你走出琅玕馆就有血光之灾。只有我跟在你身后，用祥瑞之气笼罩你左右，才能让你避开灾难。"

林居意眼神一亮："那你跟着我走出琅玕馆，不就行了？"

翎七一扭头："你用泡过讹兽鳞片的水来套我的话，此仇不报非君子！想让我跟着你出门，门儿都没有！"

林居意冷下脸来："你现在命令你出门！"

这厮不是说自己是管家，他是掌柜吗？简直是胡说八道！哪有这种和掌柜对着干的管家？

"泡过讹兽鳞片的水只能让我说实话，不能让我做任何违心之事。我不想出门，谁都管不了我！"翎七重新拿起筷子，慢悠悠地继续吃面条。

"你能不能顺从我心意一回！"

翎七理都没理。

林居意气得肺都要炸了，揪住翎七的黄铜兽头链坠，却在此时忽然记起一事。他曾经整理父亲留下的书籍，在一本书里看到过一张小纸条，上面写着——

麒麟咒诀： 我以主人之位，命令你服从于我。

翎七的主人，应该就是他的父亲。难道，这是父亲留下的一个控制麒麟兽的咒诀？林居意陷入了思索。

林居意将链坠放下，怀着试试看的心态，说："翎七，我爹是你的主人，你要完成他的遗愿。在完成遗愿之前，你要把我当成主人，对不对？"

话音刚落，翎七就像提线木偶一般，猛然放下筷子，坐直身体。

有戏！

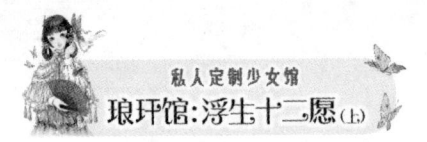

林居意心头一喜,念出了那句咒语:"我以主人之位,命令你服从于我——跟我出门兜售火兽画卷!"

"是!主人!"翎七机械地回答,径直走上前去,在林居意的手背上轻轻一舔。

林居意立即起了一层鸡皮疙瘩:"你这是做什么?"

"回应咒语。"

林居意赶紧收回右手:"算了,以后我再也不念咒诀了,你只要陪我出门就行。"

翎七点头,转身走到房门前,将门打开。然而,他意外地看到,云念薇正在门外站着,眼眶通红。

少女柔弱的身姿微微发抖,如同风中弱柳。

林居意惊喜,上前握住云念薇的肩膀:"念薇,你从画中走出来了?"

"她每天只能在画卷外自由活动两个时辰。"翎七冷静地提醒。

云念薇走进房间,一滴泪水滑落:"林居意,我在画卷里发现,我真的是蝶妖。"

林居意不知道该说什么,只慌乱地点了点头。

"我名叫蝶姬,统领着世间所有的蝶,只是后来能力被封印,我在画卷中被人领走……可是主人死了,我要完成她的遗愿,所以才暂时变成了人。"

翎七回答:"蝶姬,看来你全都想起来了?"

云念薇摇头:"不,我只想起一个大概轮廓,主人什么样、做过什么事,我全都不记得了!"

林居意顿了顿:"既然想不起来,那就不要想了。"

"不,我要知道自己的真实身份。"云念薇央求地看向翎七,"翎七,你能帮我想起来吗?"

翎七没说话,默默地走到窗前,竹青长衫背着光,成了一幅剪影。他出神地看房舍外的一株青柳,思绪陷入了回忆。

"那是,很多年前的旧事了……"

二

很多年前,云念薇还不叫云念薇。她是蝶妖,名叫蝶姬,一出生就是蝶族王族的公主。

可惜彼时,凡人的贪念和欲望让灵兽和妖类没有食物可吃。为了繁衍生息,妖族

第三章
番外·蝶姬

和灵兽族的族长们，将幼年的灵兽、妖类封印进画卷，并挑选出一名凡人来接管这些画卷。这名凡人，就是林居意的父亲。

妖族和灵兽，变成了一幅画，不吃不喝，不喜不怒，只有这样才能保存灵力，不被饿死。

只要遇到一个意识纯正的凡人，给画卷添上最后一笔，画中灵兽或者妖类就可以认这个人做主人。它们用自己的灵通帮助主人实现某一方面的愿望，等到主人的愿望真正实现，就可以摆脱琅玕馆。

蝶姬记得，这是被封印之前，母亲给她的叮嘱。因此，她暗暗发誓，一定要找到一个容易满足的凡人，因为凡人的愿望如果很庞大，她是无法帮他实现的。

可是，这个人始终没有出现。

蝶姬待在琅玕馆里，终日昏昏沉沉的，她太想走出画卷了。可是那个意念纯净的凡人，始终没有出现，或者出现了，他们领走的却是其他灵兽或者妖。

某个夏夜，蝶姬和往常一样在画中昏睡，忽然听到一阵奇怪的响声，她往画外一看，发现有个穿黑衣的人正翻窗进来。

小偷！

蝶姬想要提醒琅玕馆的掌柜，可是被封印在画中的她无能为力。奇怪的是，她并没有察觉到这个小偷的贪念，反而感受到一股涌动的热流。

难道，他有什么难言之隐？

蝶姬陷入了遐想时，那个中年男子已经走上前，口中念念有词："对不住，我的儿子水生高烧不退，我实在拿不出诊费，只能出此下策。将来我挣了钱，一定还清数目。"

中年男子将蝶姬的画从墙上摘下来，卷好放在怀里，然后翻墙出了琅玕馆。一路颠簸之后，画卷轻轻展开，蝶姬发现自己已经身处一家药馆。药馆墙边竖着一排排药柜，散发着中药独有的气味。

一个医者模样的男人，约莫四十岁上下，正打量着她。

"这幅画用笔精妙，画中少女栩栩如生，只是可惜少了一笔。"医者指了指蝶姬的手，"你看，美人无手，这幅画可就没那么值钱了。云兄，这画你从哪里弄来的？"

被称为云兄的男子忙跪在地上："任大夫，求你了，就把药开了吧！水生高烧已经三天了，再不吃药就麻烦了！我就这一个儿子呀。"

任大夫捋着胡子，犹豫地道："云兄，一码归一码，我有心帮你，同意你拿一幅

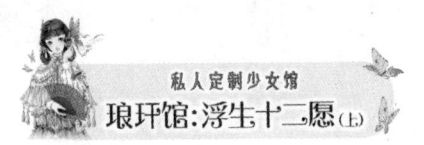

画来抵药钱,可是你这画少了一笔,难卖啊!"

蝶姬在画中听着,有些心急。

她愿意拿自己去换药钱,好让那个高烧不退的孩子得救,可是她也只能想一想,无法说出口。

就在这时,一个清脆的声音响起:"父亲,我来添上一笔吧!"

蝶姬循声望去,只见一个灵秀的小姑娘从药柜后面走出来,手里捧着一套文房四宝。她眼中神情焦急:"父亲,我添上一笔后,美人图就完整了,你就让叔叔拿了药回去救水生哥哥吧!"

任大夫不赞同:"凤心,你才学了几天画,万一添坏了怎么办?"

蝶姬从看到小姑娘的第一眼,就喜欢上了她。

原来她叫凤心,好名字,蝶姬想。

"反正这幅画已经残缺了一笔,已经没法出售了。我要是添坏了,那也同样是售卖不出去,最坏的结果已经是这样了,何不让我试试呢?"凤心说得有条有理。

任大夫将画卷铺到桌子上:"好,凤心,爹就让你试试。添坏了也不碍事,就当我白送药草给你云叔叔了。"

凤心走上前,开始研墨。蝶姬看着她的面容,嗅到了一股清新纯净的气息,这说明,凤心本性纯善,没有多少坏心眼。

她是个好主人。蝶姬有些心动了。

凤心磨好墨,撩袖执笔,将笔尖轻轻点在画纸上。不大工夫,蝶姬的手便被她勾勒出来。

"添得好!"任大夫眼睛里闪烁着兴奋的光芒,"没想到凤心你小小年纪就有如此才华。"

中年男子也向凤心拱手行礼:"谢侄女,水生病好了之后,我一定让他登门道谢。"

"云叔叔,别说这些客气话了,赶紧拿了药材回家吧。"凤心说着,脸颊就红了,像是飞上两抹红云。

三

蝶姬自由了。

她从画中飘了出来,尽情地吸取凤心身上所散发出来的纯净意念。她已经很久没

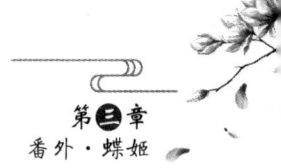

有吃这么饱了。

然而,任大夫吓了一跳,指着那画惊叫:"你看!画中的少女,怎么不见了?来人,来人!"

凤心也吓了一跳,左右搜寻,就看到了浮在自己身后的蝶姬。蝶姬笑了笑,道:"主人,谢谢你把我放出来,别为我担心,只有你才能看到我呢!"

凤心没有回答,而是满脸惊恐地往后退。任大夫还在那里恼火:"肯定是那个姓云的动了手脚,好好的画,变成了白纸!"

"那不是白纸,是我从画里出来了。"蝶姬轻轻说着,转身变成了一只蝴蝶,轻轻落在凤心的手背上。

凤心浑身颤抖了一下,想要甩手赶走蝶姬,却被蝴蝶的美丽所震撼,她终于不再抗拒,目光渐渐温柔下来。

"哪里来的蝴蝶?"任大夫骂够了,扭头看到了凤心手上的蝴蝶。

凤心忙将手放下来,道:"父亲,我先回房了。你不要和云伯伯生气,咱们和他家是世交,那些药材就当是帮他们一回了。"

"帮帮帮,世道这样乱,咱们还是要吃饭的呀!"任大夫痛心疾首地说道。

凤心低着头,走到药馆后门。蝶姬这才发现,药馆后门是一处小庭院,庭院中央栽着一棵桂花树,此时正是八月,月桂飘香,整个庭院都弥漫着淡淡的香气。

蝶姬更兴奋了。蝶恋花,她就喜欢有花的地方。

凤心进了房间,将门紧紧闩住,然后转身问蝶姬:"你究竟是谁?"

蝶姬重新化作人形:"我叫蝶姬,你为我添画完整,我就能用自己的灵通之力帮你实现愿望。从现在开始,你是我的主人。"

凤心抿唇一笑:"还能这样?太有趣了。"

"笑什么?我可是蝶族的公主。"蝶姬有些不开心了。她打量了下房内设施,在椅子上坐了下来。

凤心歪着头看她:"你真的能满足我的愿望?"

"那是自然。"

"我想看看云哥哥,行吗?"凤心往前走了两步,脸又红了起来。蝶姬一怔,这才想起那个偷画的中年男人。

凤心见蝶姬不说话,自顾自地说了起来:"云哥哥家和我家是世交,以前我们经常在一起玩的。可是后来云哥哥家里败落了,爹就不让我和他来往了。蝶姬,我想云

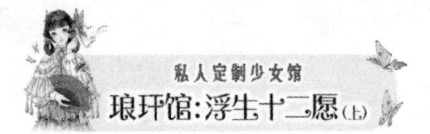

哥哥了，我想看看他的烧退了没有？"

蝶姬心软，连忙答应："好，我答应。"

"真的？"凤心惊喜。

蝶姬一挥手，凤心只觉得一阵眩晕，眼前景象布满五颜六色的光粉，伴随而来的，还有淡淡幽香。

凤心伸出手，光粉顿时散去。只是她的视角变得很高，屋顶距离自己很近，似乎一伸手就能够着，而桌子椅子都在自己脚下五六寸的位置。

"这……这是……"凤心刚说了一半，另一半的话语就没能说出口。她感到自己的身体迅速变小，两只胳膊向上下两边延伸，扭头一看，凤心发现自己已经生出了两只彩翅。

她变成了一只蝴蝶。

蝶姬甜甜一笑，自己在地上转了一圈。少女灵动的身姿犹如风中弱柳，轻轻一摆，光影迷离。等到彩雾散去后，蝶姬已经从人形化作一只彩蝶。

"走吧，带你去见云哥哥。"蝶姬说完，带着凤心飞出窗外。

四

八月的夜微微有些凉。

凤心迎着微风飞着，一直飞到一处宅院里，才缓缓停留在窗前。蝶姬跟上前去，使劲挥舞了一下翅膀，一道道鳞粉便纷纷扬扬地落了下来。蝴蝶的身体迅速变大，然后发出淡淡光华。

光华淡去，蝴蝶重新化出人形，又是那个灵动美丽的蝶姬。

凤心挥舞着翅膀，在蝶姬面前飞舞着。蝶姬笑了笑，伸出手指，在凤心身上点了点，凤心立即感到身体在不停地变大、变重，两只翅膀也渐渐无力。

她落在地上，朦胧间感觉自己越来越高，等她睁开眼睛的时候，她发现自己从蝴蝶又变回了平时的模样。

窗缝里透出一股浓厚的中药味，凤心往窗缝里看去，只见云水生坐在床上，正在仰头喝药。云叔叔站在一旁，叮嘱道："喝吧。喝完了，你的病就好了。"

云水生看起来十六七岁的模样，是个英俊的小伙子。他喝完药，将药碗递给父亲："爹，你去抓药，见到凤心了吗？"

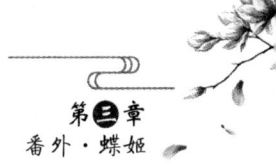

第三章
番外·蝶姬

凤心顿时心头猛跳。

蝶姬在旁边看得很清楚，凤心的脸红得像熟透的苹果。她挠了挠脸，不懂凤心为什么总是脸红。

云叔叔却叹了一口气："见到了。你小子别有什么不该有的心思，凤心现在是大户人家的姑娘，咱们高攀不起了。"

云水生怔了怔："凤心不是那样的人。"

云叔叔哼了一声，将云水生扶着躺下："她不是那样的人，她爹可是登高踩低的主儿！听我的，你以后别再念叨凤心了。"

说着，云叔叔走了出去。

蝶姬赶紧抱住凤心，将她的身形隐匿起来，等到云叔叔走远，蝶姬才松开凤心，但她意外地发现，凤心居然眼中含泪，一大颗晶莹的泪水就要掉落下来。

"你怎么了？"蝶姬吓了一跳。

凤心揉着眼睛，哽咽道："叔叔怎么能说这样的话？他这是不让我和水生哥哥见面了，是吗？"

蝶姬耸了耸肩膀："他不让你见，你就不见了？水生哥就躺在里面，我送你进去。"

说着，她将窗户打开，身姿灵巧地跳了进去，然后，她回身抓住凤心的手，眨了眨眼睛："跳。"

凤心跳了一下，她发现自己变得很轻很轻，没费什么工夫，她就敏捷地跳进窗户。凤心惊喜连连，顾不上对蝶姬道谢，就扑到了云水生的床前。

云水生本来正在闭目养神，睁开眼睛看到凤心，惊喜地一跃而起："凤心，你来了？"

"水生哥，你好点儿了吗？"凤心抬手摸了摸他的额头。

"你来了我就全好了。"水生轻轻攥住凤心的手，笑得像个傻瓜。

凤心羞涩低头，看了蝶姬一眼。

蝶姬眨巴了两下眼睛，发觉自己有些多余，忽然就尴尬了。她默默地转过身，重新跳到窗外。

那一晚，蝶姬坐在窗棂上，听着房屋内的喁喁私语，有些寂寞地望着天上的明月。

以前母亲常常给她讲述人间才子佳人的爱情故事，蝶姬总是听得一知半解。现在，她有些懂了。

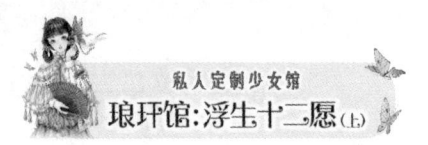

后来，夙心走出房间的时候，夜已经很深了。

蝶姬攥着她的手，夙心闭上眼睛，感觉身体再一次变轻，睁开眼睛，她又生出两只翅膀，和蝶姬飞舞在半空。

"回去吧。"蝶姬舞动着黑色的翅膀。

夜风温柔，伴随着两只蝴蝶飞回了家。

临睡前，夙心的脸红红的，抓着蝶姬的手说："好蝶姬，你可千万别告诉别人，我去见水生哥哥了。"

蝶姬调皮一笑："放心吧，我谁也不说，这是我们的小秘密。"

夙心便安心地睡去，沉睡的脸庞如同月光里的一块美玉。蝶姬躺在床头看着她，忽然想起了这两个人的名字。

任夙心，云水生。

名字真是好听，轻轻念诵起来，齿颊也能生香。

五

九月开学，夙心便带着蝶姬去了学堂。

这是蝶姬第一次来到人间的学堂，她刚进门，就嗅到迎面而来的一股新鲜气息，让她陶醉了好久。

她也见到了云水生。原来，云水生和夙心是同学。

经过一场大病之后，云水生瘦削了一些，颧骨高高隆起，眼睛更大了，不过，眼神也更加明亮和有神采。他看到夙心，有些腼腆地走过来："夙心，今天我忘记带诗词课本了，可以和你看一本吗？"

夙心望着他的眼睛，点了点头。

云水生便坐到夙心旁边，和她共读一本诗词书。他们靠得很近，几乎呼吸相闻。

蝶姬被挤到边上，不高兴地向他们做了个鬼脸。夙心依旧不理睬蝶姬，于是蝶姬百无聊赖中，走到云水生的课桌上翻来翻去。

结果，一本书从书桌里掉了出来，正是诗词课本。

"夙心，云水生骗你呢！他带了诗词课本！"蝶姬气愤地在夙心耳边喊。这个浑小子，原来为了接近夙心而撒谎！

夙心一边看书，一边伸手捂住了蝶姬的嘴巴。

"呜呜呜!"蝶姬还在愤怒地控诉。

凤心趁云水生不注意,飞快地扭过头,嘘了一声:"蝶姬,别捣乱。"

捣乱?

有没有搞错,撒谎的人明明是云水生呀。

蝶姬目瞪口呆,她是真的不太明白人世间的规则。

凤心伸手刮了她的鼻梁一下,挤了挤眼睛:"安静点儿,要上课了。"

"凤心,你在跟谁说话?"云水生往这边看过来,目光滑过蝶姬,"没有人啊。"

凤心忙掩饰说:"我是在背书呢。"

"是要背一背,你看这诗词多美啊。"云水生指着诗词本上的一首诗,"庄生晓梦迷蝴蝶,望帝春心托杜鹃。"

凤心抿唇轻笑:"这是李商隐的《锦瑟》,最美的明明是'锦瑟无端五十弦,一弦一柱思华年'。"

蝶姬在旁边听得入了神,她觉得水生说得对,最美的是那句"庄生晓梦迷蝴蝶"。

不知道是庄生梦到了蝴蝶,还是蝴蝶梦到了庄生?

再往深处想一想,是她蝶姬闯入了凤心的生活,还是凤心闯入了她的生活呢?

蝶姬还想再听他们讨论,可是上课铃响了,两个年轻人坐直身体,目不转睛地听老师讲课。蝶姬几次和凤心说话,凤心都没有搭理她,于是,蝶姬不高兴了,再次感觉到自己是多余的。

为了报复凤心,蝶姬将自己彻底隐身起来。放学后,凤心找不到蝶姬,急得在教室里来来回回地找,却又不敢声张。

光线昏暗的教室里,凤心一边搜索着,一边喊着蝶姬的名字。蝶姬终究不忍,在凤心面前现形,噘着嘴巴说:"你和你的云水生不是聊得火热吗?干吗还理我?"

凤心笑着拉过她的手:"原来你是吃醋了呀?可是除了上课那点儿时间,我其他的时间都用来陪你了啊。"

"那也不行,我要你每个时辰都陪着我,就像我陪着你一样。"

凤心笑了笑,说:"蝶姬,可是我想陪着水生,一生一世。"

蝶姬一愣:"为什么?"

凤心没回答,脸红成了天边的火烧云。

六

蝶姬觉得很痛苦，按照琅环馆的规则，她必须要实现凤心的愿望，可是凤心的愿望是陪着水生，这让她非常不情愿。

同样不情愿的，还有凤心的爹，任大夫。

他几次教训凤心，要凤心不要再想着水生，并着手准备让凤心毕业后去其他城市工作。凤心哭了好几次，他也不为所动。

任大夫甚至把凤心关了起来。

"蝶姬，爹非要我去投奔姑姑……我该怎么办？"暗夜里，凤心抱着蝶姬哭个不停。

蝶姬拍拍她的后背，陷入了思索，这可难了，她要怎样才能改变任大夫的想法呢？

"要不然，你把我变成蝴蝶吧？"凤心擦了擦眼泪，"我想在云水生的院子里待上一辈子。"

蝶姬吓了一跳："那怎么行？你是凡人，我顶多让你变成蝴蝶两个时辰。再说，你变成蝴蝶，水生哥也认不出你啊。"

凤心呆住了，她颓然地靠在墙上，一副生无可恋的模样。

蝶姬终究还是心疼了，她告诉凤心："你别怕，上车的那天我救你出来，然后你想去哪里就去哪里，爱干什么就干什么。"

凤心眼神一亮："真的？"

"真的，"蝶姬笑着告诉她，"我是蝶族的公主，我的族人们都生活在百花谷。咱们逃出来之后，就去百花谷吧。那里特别美，你纯净的意念够养活我们一整个族人的。"

凤心笑了起来："就按照你说的办。"

蝶姬顿时也开心起来，一颗心像长了翅膀，恨不得飞到九天之上。灯下的凤心看起来也格外开心，笑起来，眼睛里晶晶亮，像是蕴了一整片星空。

很快就到了凤心离开的那一天。

任大夫送凤心上车，帮她把行李放好，叮嘱道："在你姑姑家，要懂事听话，手脚利索些，事事多忍让。"

"爹，让我留在这个小镇不好吗？为什么一定要让我去姑姑那里？"凤心含着泪

哽咽地问。

任大夫给她一本相册："这是姑姑家，看，漂亮吗？"

凤心低头看相册，蝶姬也好奇地看过去。果然，那一幅幅照片美丽如诗。

"我让你读书，是为了让你过上新的生活。可是咱们家乡这里传统闭塞，你只能过循规蹈矩的生活，爹不愿意。"

任大夫叹了口气。

凤心有些懵懂，不是很明白。

"爹走了，你珍重。"任大夫擦了擦眼泪，慢慢走下车。

蝶姬看着他的背影，心头一点点沉重起来。

蝶姬看向凤心："主人，你是要去姑姑家，还是跟我走？"

"我……"凤心犹豫了一下，"跟你走。"

车将要开动的时候，蝶姬将凤心变成了一只蝴蝶，她们冲到车外，呼吸着自由的空气，挥舞着美丽的翅膀，别提有多畅快淋漓了。

"主人，你一定会喜欢百花谷那个地方的。"蝶姬对凤心说。

凤心却深深地看了她一眼，转身往另一个方向飞去。蝶姬赶紧追上去："主人，你要干什么？"

"蝶姬，你走吧，我还是决定留在这里。"

"你说什么傻话？我只能让你保持两个时辰的蝴蝶模样，你离开了我，没多久就会变回从前的样子的。"

"那就让我变回凡人吧。"凤心往家的方向飞去，"我言而无信，不配做你的主人。蝶姬，再见。"

当主人对妖类说出"再见"的时候，他们之间的契约便会解除。

蝶姬不敢相信，追了上去："主人，别这样！难道云水生就那样重要？"

凤心抖了一下，但并未说话，而是决然地往前飞去。她的身姿在半空中画出一道炫美的弧线。

七

凤心在云水生家附近找了一个小房子，偷偷地住了下来。

当云水生知道凤心没有离开后，欣喜若狂。他激动地握住凤心的手，说着山盟海

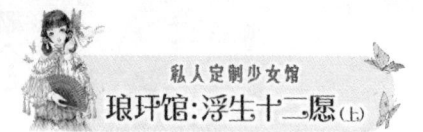

誓："凤心，我不会辜负你的。我现在接任了云家染坊，一定会把家业做大。等我有钱了，就风风光光地迎娶你。"

凤心抽回手，一脸满足地笑："有你这句话，我就放心了。"

"这些钱给你生活，别委屈自己。"云水生留下一只钱袋。

凤心像被针扎了一样，顿时变成了另一个人，她将钱袋塞了回去，一字一句地说："云水生！我凤心自力更生，不会要你的钱。生活所需，我会自己挣的。"

云水生无奈，只好收回钱袋。

蝶姬坐在窗棂上，看着这一幕，觉得心里特别堵。

等到云水生离开，蝶姬开始劝说凤心："主人，你辛辛苦苦地逃回来，难道就是在这里吃苦吗？"

凤心摇头："蝶姬，你不懂，如果我去了姑姑那儿，就注定不能陪伴水生一生一世了。"

蝶姬怔了怔，没有再说话。

一生一世，对于凡人来说，是一个很重要的承诺。她是妖，是没有资格去撼动这样的誓言的。

于是蝶姬开始帮助云水生。

云家是开染坊的，但因为之前停业数年，没有什么客源，所以销路很难打开。云水生在酒楼和客商谈生意，拿着样品劝说布商购买，可是布商总是不肯下订单。

毕竟，云家染坊萧条太久了。

蝶姬看不过去了，幻化成一只蝴蝶，静静地停在云水生手里的染布上。

布商立即大惊："云老板，你的染布居然让蝴蝶以为是真花，都停留在上面了！"

云水生吃惊，看着染布上的蝶姬，一时恍惚。

蝶姬得意，舒展着自己的翅膀，在她的召唤下，许多彩蝶翩翩飞来，在染布上停留。

布商更加惊喜，当下便道："云老板，你家的布，我买定了！"

就这样，云水生做成了第一笔生意。

蝶姬兴奋地在空中翩翩飞舞，忽然听到一个柔魅的声音在身后响起："蝶姬，凤心都不是你的主人了，你还这样帮她。"

身后，是一身晶莹洁白的东君花妖。他是花妖族中出名的美少年，掌管着人世间

的春天。人们喜欢用"东君"指代"春天",后来,花妖干脆就给自己起了个名字,叫作东君。

"我高兴。"蝶姬转身就想走。

花妖却拦住她,笑嘻嘻地说:"蝶姬,让我陪你回百花谷,你别陪凤心了,好不好?"

蝶姬立即生了薄怒:"花妖,你怎么能说这样的话?我肯定是要陪着凤心一辈子的。"

"我只是觉得,你这个主人太寒碜了一些。"花妖说,"你要跟主人,不应该跟春风得意、平步青云的人吗?"

蝶姬翻了个白眼,没再理睬花妖,径直往家里飞去。

她并不知道,花妖暗示着什么。

八

从那以后,云家染坊一点点红火起来,可是云水生来看凤心的次数却越来越少。

凤心靠写字卖画为生,再苦她也不敢回家,怕父亲伤心。她也不敢走亲访友,怕被人说闲话。

可就算这样深居简出地生活,依然可以招来流言蜚语。

一次,蝶姬正在树枝上晒太阳,听到邻居在偷偷议论:"这家住了一个单身小姐,也不知道是什么来历,自己卖画写字赚钱,别是有问题吧?"

"就是,正经人家的姑娘,哪里有抛头露面挣钱的。"

"你这样一说我想起来了,以前经常有个小伙子来看她。看穿衣打扮像是大户人家的少爷。"

"啧啧,世风日下。我估计写字卖画只是个幌子,她的钱绝对来路不正……"

蝶姬听到这样的议论,都要气炸了。她冲着那两个老妇人喊:"凤心才不是那样的人!她的钱都是自己辛苦挣来的清白钱,怎么到你们嘴里就成了来路不正了?"

可是老妇人看不到她,也听不到她说的话。

蝶姬还想再说,扭头看了眼院子,浑身的血液顿时凝住了——凤心呆呆地站在院内的一株凤尾竹下,很显然听到了妇人们所有的议论。

蝶姬赶紧飞下去:"主人,你别跟她们计较,她们都是随口一说。"

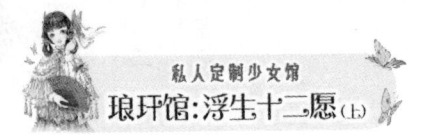

凤心望着天空，喃喃地说："水生哥已经很久没有来看我了。"

她这样一说，蝶姬也想起来了，入冬很久，水生一次也没有来看凤心。他可能一心都扑在了自家的生意上。

"他不来，你可以去看他呀。"蝶姬伸手摸了摸凤心，将凤心和自己变成了两只蝴蝶，"走，咱们去找水生哥去！"

蝶姬太想看到凤心的笑颜了，可是最近，凤心已经很久没有笑过了。

她们很快飞到了云家染坊，找到了云水生住的屋子。窗户半开着，云水生趴在桌上沉睡。在他身下，一幅少女图已经画完。

画中的少女，就是凤心。

凤心心头一暖，感动地对蝶姬说："蝶姬，水生哥并没有忘记我呢！"

蝶姬正想把凤心从蝴蝶变回人形，忽然听到房门"吱呀"一声，蝶姬赶紧带着凤心躲在窗扇后面。

进来的人是云家老爷。

蝶姬从缝隙里偷看云家老爷，发现他完全不像当年偷画的中年男人了。他如今身穿锦衣，器宇轩昂，目光里炯炯有神。

在看到画上的凤心之后，云家老爷勃然大怒："任凤心已经配不上你了，你居然还在想她？"

蝶姬和凤心同时怔住。

云水生被惊醒，一跃而起："爹，我对凤心发过誓，要和她一生一世。"

"年轻人说几句糊涂话不算数的。难道你忘了当年你高烧不退，我怎么求任大夫，他都不肯给你抓药的事了吗？"云家老爷说，"要不是我送了任大夫一幅画，任大夫都不肯救你。"

云水生摇头："那是任大夫，不是任凤心。我认识的凤心一直都很善良温婉。"

"那好，如果你执意要娶她，那她必须要答应三个条件。"云家老爷目光威严，"第一，她要学习如何管理云家，不能再出去抛头露面。那些卖画卖字的事，是断不能做了。"

云水生一口答应："好。"

"第二，女人无才便是德。她来我云家，别整日看书写字，要学习如何收拾家务，管理下人。"

云水生有些犹豫，但还是说："好。"

第三章
番外·蝶姬

"第三,如果凤心犯下七出之条的任何一条,我不会留情,一定会将她赶出云家!"云家老爷不容置疑地说。

云水生怔住了,半晌才说:"我要和她商量商量。"

蝶姬不懂什么叫"七出之条",她想扭头问凤心,却发现凤心头也不回地飞出窗外。

"凤心!"蝶姬追上她,"云老爷说话难听,但是不要紧,你还有我,我会帮你想办法的!"

凤心一边挥舞着蝶翅,一边淡淡地说:"蝶姬,我总算明白了,为什么父亲要我离开,为什么不让我过循规蹈矩的生活。"

"为什么?"蝶姬很奇怪,凤心居然没有一丝一毫的难过。

凤心答非所问,只是哽咽着说:"蝶姬,我可能没办法陪水生哥一生一世了。他的一世年华,再也不会有我了。"

"不会的,只要你坚持下去,总能实现的!"蝶姬忽然有了一种不祥的预感,她想要抓住凤心的手,可是还没碰到凤心,凤心就往下方栽去!

由于凤心迅速从蝴蝶化成人形,卷起了风的旋涡。旋涡让蝶姬无法稳住身形,不得不跟着飞下去。

"凤心!"蝶姬撕心裂肺地喊,想要抓住她,可是她下坠得极快,瞬间就"砰"的一声,摔在了地上。

蝶姬扑上去,眼泪大颗大颗地掉下来。她轻轻摇晃着凤心的身体,声音颤抖:"凤心,别吓唬我,你快醒醒啊!"

可是,凤心的眼睛再也没有睁开。她静静地躺在地上,乌黑的长发蜿蜒如墨河。

"有人晕倒了!"周围有行人叫喊起来,有人慌忙去扶凤心。蝶姬死命抱住凤心,不肯松手。人们看不到蝶姬,只是惊慌失措地说:"这姑娘不对劲……抬不起来!"

蝶姬咬了咬牙,将凤心松开,慢慢地退到了后面。即便再舍不得凤心,她也不能不放手。因为她要凤心得到救治,她要凤心好好地活着。

很快,凤心就被送往医馆,蝶姬一路跟了过去。没多久,任大夫闻讯赶来,箭一般地冲到了凤心跟前。

"任大夫!你可来了!"人们都认得这位医术高明的大夫。任大夫赶紧给凤心诊脉,只见他的脸色越来越沉,由白转青,最后成了僵灰色。

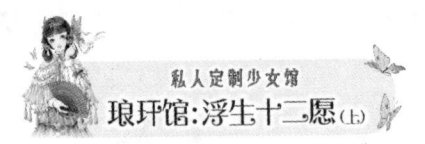

他沉痛地摇了摇头,落了泪:"凤心……已经走了,心悸而死。"

蝶姬呆住了。她站在角落里,如同坠入九天冰窟,冷入骨髓。

怎么会呢?

刚才还那样鲜活的生命,转眼就消弭了?

蝶姬怔怔地看着任大夫抱起凤心,失魂落魄地往外走。这是她第一次直面死亡,这种心神俱裂的滋味,令她终身难忘。

"对不起,我没用……"她望着任大夫远去的背影,终于痛哭出声。

生死有命,不可违抗,就算蝶姬拥有灵力,她也不能让死者复生。

九

说到这里,翎七才回身看云念薇:"凤心死后,你是如何做的。你现在全部想起来了吗?"

云念薇此时已是满脸泪痕:"想起来了……凤心的愿望,是陪他一世年华。"

她,在翎七的不断提示下,已经回忆起了全部。

当时,蝶姬疯了一般地扑到凤心的尸体上,号啕大哭。她不断地想起初见之时,那个灵气逼人的姑娘。

蝶姬想不通,凤心怎么说死就死了呢?

她擦干眼泪,决定将凤心的遗愿履行下去,陪云水生度过一世年华。

云水生在得知凤心死亡的消息后,一度消沉。后来,终于在父母的劝说下,娶了一个妻子。他妻子的眉眼,和凤心长得很像。只是后来那女子在生孩子的时候,产下了一个死婴。

就在产婆要将这个噩耗告诉云水生的那一刻,蝶姬用灵力停止了时间的流动。她将那个死婴埋葬在河岸边,然后返回云家,修改了所有人的记忆,最后用所剩不多的灵力,将自己变成了一个女婴。

她自行封印,心甘情愿地做了一个凡人。

按照规定,主人死去,妖或灵兽就能恢复自由。

虽然凤心已经和蝶姬解除了主仆关系,但蝶姬还是愿意为了凤心,封锁起自己的记忆,做一个普普通通的凡人。

蝶姬变成了云念薇,成了云水生的女儿。

云念薇长到十六岁，闯了一个大祸。她让云家染坊彻底垮掉，于是云水生和她断绝了父女关系。

可是，他们本来就不是父女。

林居意掏出手帕，给云念薇擦眼泪："别难过了，反正你也只是帮凤心完成遗愿，并不是云水生的亲生女儿。现在，是云水生赶你走，不是你不陪他。"

云念薇点了点头，泪水却止不住。

翎七斜了她一眼："如果我告诉你，凤心其实并没有死呢？"

"啊？"林居意和云念薇同时惊叫。

没有死？

可是当时，她确实亲眼看着凤心下葬了啊。

林居意一把揪住翎七的衣领："你快说怎么回事！大喘气你能把人急死啊！"

"凤心，有着一颗凤愿之心。她为了云水生，违背了父亲的意愿，放弃了新生活，过了几年偷偷摸摸、被人戳脊梁骨的日子，到头来云家却让她做一个旧式女子。她当时悲愤异常，心悸晕倒。"翎七说，"只是，晕倒。"

云念薇回忆了一下，道："可是，当时的任大夫，的确把凤心下葬了。"

"其实是任大夫抱走凤心之后，就将凤心救活了，但是因为凤心实在不想再生活在这座小镇，所以任大夫就宣布女儿死亡，并做了一场丧事。丧事结束之后，他便变卖家产，和凤心一起离开了。"

原来，如此。

云念薇微微一笑："只要没有人死，就好。"

"你不想知道凤心的现状吗？"翎七问，"在我力量还没有被封印的时候，我调查过凤心。"

"不用了。"云念薇的目光越过窗户，望着天边的一只飞鸟，"她必定过上了属于自己的日子。她一定可以施展才华，自食其力，一定能得到幸福。"

而云家，其实是一个华美的牢笼，这个笼子会禁锢凤心的思想和身体，让她明珠蒙尘。

凤心离开的时候，一定想得很清楚，她要的是自由，是自我，不是做深深庭院里的一个普通妇人。

女子无才便是德？不过是为了愚化女子，将女子变成没有思想的傀儡。

七出之条？不过是为了奴役女子的一种方式罢了。

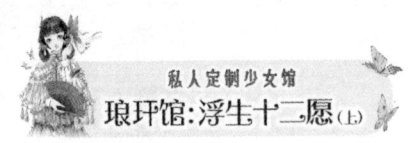

"我明白我是谁,也都知道发生过什么事了。"云念薇有些哀伤,"翎七,我是不是还要被封在画卷里?"

"翎七,说好了要用火兽的绿火,把云念薇放出来的!"林居意豪气万丈地说,"念薇,有我在,不会允许你被封在画里的。"

翎七白了林居意一眼:"知道了知道了,你这个急性子。"

翎七顿了顿说:"云念薇,你知道自己原本就是蝶姬,并不是云水生真正的女儿,那你们的缘分也就彻底完结了。你要不要跟云水生告个别?毕竟你们陪伴彼此十几年。"

云念薇愣住了。

是啊……

在这十几年里,其实云水生是很疼她的。只是后来……

"好,我去。"云念薇下定了决心。

"在去之前,带上这个交给你父亲。"林居意从怀里掏出一把银票塞给云念薇。

云念薇感动:"林居意,谢谢你。"

翎七不悦地扫了林居意一眼:"这是云念薇之前付的银票?你知不知道我们需要用这钱买吃的?"

"我少吃几顿就行了。琅玕馆再等钱用,还能有云家染坊困难?我们把念薇给的银票再还回去,有什么不可以?再说了,我是馆主,这点儿权力还没有?"林居意语气无畏,转而笑着对云念薇说:"别听翎七的,你把钱拿走,去和父亲好好地告个别,反正是最后一次见面了。"

最后一次……

云念薇眼中微微含泪,重重点头:"嗯!最后一次。"

十

云念薇化成蝴蝶,来到了云水生的窗前。

昔日里意气风发的少年,如今成了两鬓斑白的中年人。他伏在桌子上沉沉睡去,旁边是一只空着的酒瓶。

云念薇化成人形,看到云水生身下压着的,居然是一幅画。画中少女灵气逼人,有一双动人的眼睛。

那是凤心。

他并没有忘记她,也没有辜负她,只是给不了她想要的生活,也没法做她真正的爱人。

就像庄生梦蝶。

庄生并没有化为蝴蝶,蝴蝶也没有化成庄生,他们彼此都不属于彼此的世界。大梦一场,便分开了。

凤心的画并没有题字。

云念薇执笔蘸墨,在画的右上方轻轻写了一行字。然后,她便注视着云水生的面容,喃喃地道:"再见,再见。"

她从怀里掏出银票,轻轻地放在桌子上。这些钱,应该能够帮云家染坊东山再起。

她能做的,也只有这些了。

云念薇搁下毛笔,转身向窗外飞去。

外面是凛凛寒冬,天空飘起了雪花,一朵雪花飘落在画纸一角,浸成了一片小小的水渍。

旁边,就是云念薇题的一行字。

那是《锦瑟》的最后一句——

此情可待成追忆,只是当时已惘然。

第四章

火兽之愿

第三愿

我有一愿,愿世间永无谎言。

一

火兽，名为祝融，是一只司管火焰的灵兽，它头生犄角，目光如炬，毛发火红，四只兽爪上踩着火球。

只看一眼，便能让人心生敬畏。

不过，这幅画还是少了一笔，火兽的一只犄角缺了一半。

林居意站在火兽的画前，默默地看了好久，才问："翎七，我能为火兽添上犄角吗？"

"不行，你已经领养了讹兽。"翎七淡定地指了指浮在半空中的讹兽。讹兽抖了抖毛发，不满地向林居意低吼一声。

林居意无奈，只好抚摸着讹兽的两只耳朵："不是嫌弃你，真不是……我只是想复活火兽，让它吐出绿火，救出云念薇罢了。"

"那就要等到愿意买火兽这幅画的客人。"翎七瞄了一眼火兽，"可惜，太丑了，一般人还不愿意买。"

林居意白了他一眼："麒麟兽还不是一样丑。"

"我比他好看多了，当年还是第一个被买走的呢。"说到这里，翎七挺直了胸膛，表情骄傲。

林居意翻了个白眼，整天和一只自恋的麒麟兽在一起，这日子没法过了！

"今天大概不会有客人了吧？"翎七抬头望了望天色，"阴天，这样的天气，人们都不会到这种阴暗潮湿的胡同里来呢。"

"就没有一点儿办法了吗？"

翎七略一思忖，起身将火兽的画轴卷好，走到门口："走。"

"去哪儿？"

"火兽祝融，司管火焰，也经常被当成灶神爷，接受凡人的供奉。因此，祝融格外贪吃。"翎七说，"说不定火兽看到哪个厨子特别顺眼，主动选他做自己的主人呢！"

"好嘞，就听你的！"林居意将另一幅画轴卷起。那幅画上，云念薇正垂眸看书，笑容恬静。

只是刚走了两步，林居意又想起了一个问题："可是火兽被封印在画里，不言不

第四章
火兽之愿

语的,我们怎么知道它选了谁?"

翎七伸出右手。在他的无名指上,戴着一枚白玉戒指。

"这是?"林居意不解其意。

翎七说:"当这枚戒指变成红色,就是火兽选定的主人出现了。遇到心仪的主人,火兽就会给我们这样的提示。"

二

林居意和翎七走遍了所有的餐馆,白玉戒指都没有变成红色,他们并没有找到火兽选定的主人。

"天下之大,为什么卖画这样难啊?"林居意忍不住向坐在自己对面的翎七诉苦。

他们跑了一上午,两腿酸胀,只好找了一家咖啡馆,点了两杯咖啡。

他以前是大少爷,进出都有高档轿车接送,什么时候受过这种苦?

"有缘人不是那么容易找的。"翎七喝了一口咖啡,动作优雅自然。

林居意今天穿的是一身休闲西装,很有绅士气派。翎七穿的则是传统的长衫,老气横秋。

这两个人坐在一起,有着一种强烈的违和感。所以来往的客人都会有意无意地看他们一眼。

"翎七,你就不能把这身衣服换掉吗?"林居意被人看得发毛,不满地问。

翎七给咖啡加了块方糖:"穿不惯。"

林居意换了个话题,将火兽的画卷展开:"翎七,我突然想到一个问题,火兽有什么灵通呢?不会是能吐火吧?"

翎七静静地品着咖啡,没有说话。

"如果火兽能够吐火,那我们也未必非要去饭店找客人。我们也可以去工厂。比如发电厂和火车站,他们需要很多煤炭来烧锅炉,火兽可以帮助他们节省能源。说不定,火兽喜欢的主人是个炼钢厂的工人!"林居意兴致勃勃地说。

翎七差点儿被呛到,咳嗽了几声,才瞪了他一眼:"火兽之火,不是一般的火焰,能够照出世间所有的秘密。"

林居意怔了怔:"这么厉害?"

这样厉害的能力,落在一个炼钢厂工人手里,好像也用不上……

林居意低头思索,寻思着要不要向翎七提议,先将火兽的灵通告诉买主,再说服买主掏钱买画。

反正愿意出一千大洋买画的人,都是为了灵通,而不是真的为了画。

正想着,他听到翎七淡淡地说:"咱们该走了。"

"哦,那结账吧。服务生——"

林居意将服务生喊过来,然后示意翎七掏钱结账。

没想到翎七坐着没动:"我没钱。"

"你怎么没钱?你不是麒麟兽吗?除了保佑祥瑞,你还是财神爷,别以为我不知道!赶紧变钱啊!"

林居意慌了,他现在不是林家大少爷了,口袋里没有半个子儿。

翎七面无表情,低声说:"你忘了,我的能力被封印了一大半。还有,云念薇之前从云家带过来的钱,也都送还回去了。"

林居意傻眼了:"所以呢?"

翎七下结论:"我没钱。"

林居意气得几乎跳起来。

他怎么总会忘记自己从少爷变穷光蛋这件事呢?他怎么能信赖翎七,以为翎七有钱付账呢?

"我说,你们到底结账不结账,不会是喝霸王咖啡吧?"站在一旁的服务生急了,开始出言不逊。

林居意忙摆手:"付钱,稍等。"

说着,他一把揪住翎七的衣领,凑到耳边:"等会儿我喊一二三,然后逃走,你记得善后。"

"为什么是你逃走,我善后?"翎七眼神冷淡,"麒麟兽要庇护人间,不能随便打人。"

"不是让你打人,是让你挨打。难不成还要我挨打……"林居意哼了一声。他到底还是不是琅玕馆的馆主?哪有管家袖手旁观,让馆主挨打的事情?

翎七点了点头:"好。"

林居意松了一口气,站起身,对服务生说:"这位先生结账,我先去趟洗手间。"

服务生看向翎七,林居意赶紧开溜,可刚走了两步,就听到身后的翎七说:"我

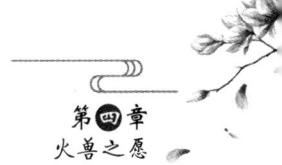

第四章 火兽之愿

不结账,我是留下挨打的。"

林居意顿时两眼一黑。这个笨麒麟,能不能等他走远了再说这句话啊!

果然,服务生回头,向柜台那边喊了一句:"有人喝霸王咖啡!"话音刚落,几名彪形大汉立即围了上来。

林居意汗颜:"我们不是故意的,要不先赊账吧,我们明天一定还给你们咖啡钱。"

"没钱就别来喝咖啡!想走,没那么容易!"其中一名大汉开始捋袖子,一副要打人的架势。

林居意不断后退,最后退到咖啡桌前,退无可退,于是开始考虑如何突围。他在学校也是学过武术的,可是要同时对付这几个人,还是挺棘手的。

"翎七,你不是会把时间静止吗?"林居意急中生智,忽然记起了翎七还有这个灵通的事情。

"哦,失效了。"翎七的表情依然没有什么波澜,"你忘了,画轴就是封印,把火兽的画带在身上,我什么能力也施展不出来。"

"你怎么不早说?"林居意气得要吐血。

"谁知道你没带钱,摊上这种事?"

林居意还要再说,彪形大汉已经不耐烦,一边揪过他:"小子,到底给不给钱?"

就在这时,忽然有人喊道:"住手!"

林居意往旁边看去,只见一个穿戴时髦的女子走上前,她从随身的包里掏出几张钞票放在桌上:"我请他们喝咖啡了。"

服务生将钞票收起来,摆了摆手,彪形大汉放下了林居意。

林居意整了整衣服,觉得有些不好意思,道:"谢谢,我们会把钱还给你的。"

女子摇了摇头:"不用还了,看你们行为举止也不像坏人,应该不是故意不付咖啡钱的。"她的声音轻柔而曼妙,听起来令人陶醉。

从她的穿着打扮上也能看出女子的出身不是一般家庭。她穿着时兴的黑呢大衣,头戴圆帽,帽檐上缀着一朵娇艳欲滴的玫瑰花。

林居意更难为情了:"不,女士,我们一定会把咖啡钱还你的。"

女子没回答他这句话,只是目光落在翎七胸前,出神地看着那个黄铜兽头。她问:"这是什么动物?我能看看吗?"

"说了你也不懂。"翎七态度冰冷。

林居意赶紧赔礼:"对不起,这是我的管家,他脑子有问题,对谁都这样,你别介意。"

女子没在意,只是优雅地在咖啡桌前坐下,笑了笑:"不让看那个兽头就算了,我能看看你们的画吗?"

林居意忙坐下:"当然可以。"

他将画卷展开,注意观察女子的表情。女子在看到火兽的那一瞬间,眼睛微微睁大:"真漂亮,这是古代神话中的祝融吗?"

"好眼光,这是火兽,也就是祝融。"林居意说。

"可是,火兽少了一笔。"女子指了指火兽的犄角。

林居意解释道:"只要你把这一笔的犄角添上,火兽就可以为你所用。它能利用自己的灵通,实现你的愿望。"

"哈哈,哪里有这样的事,你太会开玩笑了。"女子并没有当真,而是指了指林居意怀里的另一幅画,"我可以看看这幅吗?"

林居意犹豫了一下,将画卷徐徐展开。

那幅画上,是云念薇。

女子低头看了一眼,赞叹地道:"这两幅画画功都很到位,简直是栩栩如生。不如这样,都卖给我吧,你们要价多少?"

林居意为难地说:"这幅少女图,不卖。"

"为什么?"女子笑吟吟地反问,"我太喜欢这两幅画了,你们要么都卖给我,要么我一幅都不买。"

林居意十分后悔,当时就不该带云念薇的画出来。他犹豫着说:"女士,真的抱歉,少女图不能卖……"

"一千块大洋,两幅画。"一直沉默的翎七突然开口。

女子没有丝毫犹豫:"可以,我现在就付给你们!"说着,她重新打开包,写了一张支票。

翎七将支票收下,并递上一张名片:"谢谢。我们在琅玕馆,以后想要买画可以去这个地址。"

"那我有需要就去拜访你们,拜拜。"女子带着两幅画,向他们莞尔一笑,便告辞了。

林居意皱着眉头看女子乘坐的黑色轿车离开,他扭过头,火冒三丈地指着翎七:

第四章
火兽之愿

"翎七!你居然把云念薇给卖了!"

"卖给她没关系。"翎七举起了右手。林居意立即发现,翎七手指上的白玉戒指居然变得通红通红!

这说明,女子就是火兽选定的主人。

"所以,你才让云念薇跟着她?"林居意问。

翎七耸了耸肩膀:"蝶姬总要想办法自救,我们不能跟着她一辈子。再说,我们也不知道那个神秘女子的身份,需要云念薇给我们报信。"

三

云念薇虽然封在画中,但是她的意识自始至终都十分清醒。

从被神秘女子带上汽车之后,她就恨翎七恨得牙痒痒:他居然把她卖了!

不,是白送出去,一分钱没收。

如果不是有封印在,云念薇真的很想跳下汽车,找翎七好好理论一番。可是现在,她只能被女子拿在手中细细端详。

"这两幅画运笔独特,风格迥异,今天真是捡到宝贝了。"女子眯着眼睛看画。云念薇也偷偷看女子,发现她是真的很美。

这位女子气质柔中带媚,淡烟眉,秋水目,檀香口,加上肉皮儿极嫩,瞬间就凝结了世间所有的风华,让人挪不开眼去。

"卓小姐,上午买的瓷器已经放到车上了。还有,老爷刚才派人说要你早点儿回家。"司机突然开口。

瓷器?

云念薇抽了抽鼻子,忽然嗅到一股极淡的血腥味。她吓了一跳,再仔细嗅了嗅,那股血腥味又消失了。

"知道了,那对瓷器足足有大半个人高呢,记得小心轻放。"被称为卓小姐的女子回答,仍然没有放下手中的画,"对了,老爷要我早点儿回家,是有什么事吗?"

"没什么事,就是最近世道不太平,时家军和林家军在边镇打仗,老爷怕这城里混进逃兵。"司机回答。

云念薇上了心,在后续的倾听中得知,这名女子名叫卓青昙,是警察局卓长官的女儿。

原来家世这样显赫,难怪这么有钱,眉头都不皱就拿出了一千块大洋……云念薇在心里想。

汽车行到卓公馆,卓青昙施施然下了车,卓家已经准备了最丰盛的席面。她扑进卓母怀里,撒娇地喊了一句:"妈,我回来了。"

"外面世道乱,你不回来,我这一颗心就是放不下。"卓母将她引向席位,亲亲热热地说,"你爸爸最近公事多,咱们不等他,先吃。"

卓青昙开开心心地给卓母看手中的画:"妈,我买了两幅画,可有意思了,你看看。"

"你喜欢就好,快吃饭吧。"卓母只看了一眼,就挪开了眼睛。

卓青昙答应一声,将两幅画收好,然后递给了仆人:"把这两幅画和藤编箱都搬到我房间里去。"

"是,小姐。"

云念薇被卷在画轴里,只觉得一阵晃晃悠悠,一切便都静止了。她猜自己可能被放到卓青昙房间的书桌上了。

周围很安静,应该没有一个人。

现在,画卷的封印力量最弱,云念薇可以自己走出画卷。她试着动了下身子,往上一跳,就到了画轴外面。

这是一间布置雅致的房间,窗幔、床幔上都缀满了蕾丝,束缚床纱的金钩,一直垂到地上。床边上,一只八角镶铜的藤编箱静静地躺在那里。

空气中依旧飘着淡淡的血腥味。

云念薇顾不上这些,她看到了放在床头柜上的电话机,赶紧拨通了琅玕馆的电话。

许久,话筒里才响起了翎七慵懒的声音:"喂?"

"翎七!你居然把我卖掉了!"云念薇咬牙切齿,"我在卓公馆,你想办法把我再接回去啊。"

话筒里,翎七淡淡地说:"不接。你现在和火兽在一起,可以随时用火兽的绿火来帮自己摆脱画卷。"

"可是火兽还没有活过来……"云念薇还没说完,翎七就已经打断了她的话:"那你就要催促卓青昙画完最后一笔。"

语毕,话筒里已经传来嘟音。

第四章 火兽之愿

翎七把电话挂断了。

臭麒麟！

云念薇恨得牙痒痒，还想再拨打，忽然听到门外传来一阵脚步声。她赶紧躲到书架背后藏好。

房门"吱呀"一声开了，卓青昙走了进来。她脚步轻盈地走到地上那只八角镶铜的藤编箱前，一边用钥匙去开锁，一边笑着自言自语："爸爸一定喜欢这对汝窑青瓷。"

云念薇从书架的缝隙往外看去，只见卓青昙去开锁，却意外地发现——藤编箱上的锁，不翼而飞了。

锁呢？

云念薇的目光，随着卓青昙往下观察，这才注意到箱子边缘的地毯上，居然渗着一摊血。

血是暗红色的，应该淌出来有一阵子了。

不是说箱子里是汝窑瓷器吗？怎么会有血？

云念薇立刻紧张得心脏怦怦直跳。卓青昙也吓得脸色苍白，但她还是用颤抖的手打开了箱子。

箱子里蜷缩着一个昏迷的男人。

云念薇差点儿惊叫出声，赶紧用手捂住自己的嘴巴。

卓青昙原本是要尖叫，然后冲出房间去报警。父亲就是这个辖区的巡逻长官，一定会带着巡警火速赶来。可是莫名其妙地，她居然什么也没做。

这个男人，生得实在太好看了，尽管双眼紧闭，脸色苍白，但仅从那鼻梁眉骨，都能看出这是个美男子。

再往下看，那只手紧紧捂着腿，仍有鲜血在缓缓往外渗。卓青昙小心地将他的手拿开，发现他腿上有一个圆形的弹孔。这一刻，她的心莫名就疼了起来，将手里的帕子捂了上去。

箱子里的瓷器不翼而飞，取而代之的是一个英俊男人。要不是他负伤了，卓青昙真要以为他是瓷魅。

鲜血很快将帕子染红，卓青昙费了九牛二虎之力，才将男人拖出箱子。接着，她从柜子里取出医药箱。她学过医，一个取子弹的手术难不倒她。

等到给男人处理完伤口，卓青昙才松了一口气，开始搜查男人的口袋。

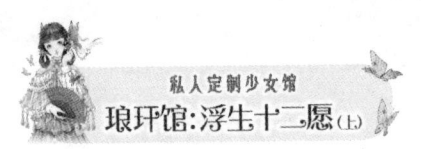

她先将男人手枪里的子弹卸出来,然后在他的上衣口袋里找到一块怀表,表底有一个"时"字。

卓青昙看着男人英俊的侧脸,喃喃地问:"你到底是谁?"

云念薇也很担心,万一这个男人是逃犯,那卓青昙岂不是很危险?

她忽然记起翎七曾经说过,火兽可以照亮世间所有的秘密,立即脱口而出:"火兽能够帮你知道他是谁!"

卓青昙愕然,猛然从地上跳起来,手立刻伸到枕头底下,掏出一把小手枪。

云念薇硬着头皮从书架后面走出来,面对黑洞洞的枪口,正不知道该如何介绍自己,卓青昙已经认出了她:"你是少女图里的人,你活了!"

云念薇点了点头:"你听我说……"

她开始讲述琅玕馆的来历,讲述火兽图的神奇和灵通。卓青昙刚开始还半信半疑,后来逐渐平静下来。

卓青昙问:"只要我补完火兽图的最后一笔,火兽就能活过来?"

"对,就像我一样。"

卓青昙咬着下唇,内心似乎在挣扎,她想了许久,才说:"好,我画。"

四

卓青昙为火兽添上最后一笔,画卷上立即升起一股白烟,白烟上端卧着一只浑身火红的火兽,正用铜铃般的眼睛看着她们。

"别怕,这是灵兽。"云念薇安慰卓青昙。

"那你呢?你也是灵兽?"卓青昙看向云念薇。

"我是蝶妖。"

卓青昙更加恐惧,甩开云念薇的手就要逃走,火兽却唤住她:"主人,她是蝶妖,我是灵兽,但我们是不会加害凡人的。"

卓青昙犹豫地停住脚步。

火兽抖了抖一身的红色毛发:"不仅不会害你,我还会帮你得到你想要的所有秘密。主人,你想知道躺在地上的男人,是什么人吗?"

卓青昙摇头,又点头。

"这里有一盏美人灯,能读出所有人的秘密。现在,它是你的了。"火兽笑着伸

出前爪，往青昙的方向一点，她面前便凭空出现了一盏灯。

这灯异常漂亮，有五寸来长，水晶琉璃座，花朵白玉罩，内里一盏灯火散发着幽幽的红光。

云念薇有些失望，那火光并不是绿火。

"火兽，你能吐出绿火吗？"云念薇说，"我想用绿火烧掉禁锢我的画轴。"

火兽摇头："不能。"

"为什么？"

"普通的灯油，只能供起红火。只有主人的心碎之泪，才能供起绿火。"火兽回答，"她就是我选定的主人。"

云念薇为难地看向卓青昙。也就是说，现在要想唤出绿火，关键就看卓青昙的了？

卓青昙盯着火兽："你为什么会选我做你的主人？"

"火兽的美人灯，要送给世间最美的女人。"火兽慢悠悠地道。

卓青昙只觉得荒谬："美人多得是，光是百乐门里就有七十二绝色。你完全可以送给她们。"

火兽只摇头，并不答话。烟雾渐收，火兽的身形模糊下去，最后完全消失。留在卓青昙手上的，只有那盏美人灯。

"卓姐姐，火兽的选择不会错，现在这盏灯属于你了。"云念薇说。

卓青昙有些歉意地看着云念薇："你需要这盏灯的绿火，是吗？可是我现在没有遇到什么挫折，心碎之泪可能……"

"没关系，不用担心我。"云念薇摇头。

就在这时，躺在地上的男子忽然发出一声呻吟，似乎就要醒过来。卓青昙赶紧推了云念薇一把："你先躲起来！"

"要不我们报警吧？"云念薇有些害怕，现在尚且不知道这个男人是善是恶，如果他是坏人可怎么办？

"不用，我心里有数。"卓青昙藏好云念薇，然后才走到男人身边。

男子吃力地坐起身来，用一双深潭般的眼睛看着她。他扶着受伤的右腿站起来，审视地看着她："这是哪儿？"

卓青昙回答："卓公馆，是我救了你。"

男子脸上浮起一丝笑意："谢谢。"然而话音刚落，他便由腰后拔出一柄手枪，

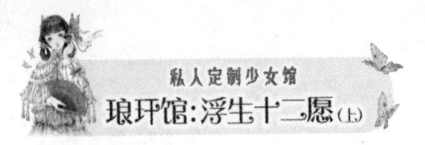

对准了卓青昙的眉心!

书架后,云念薇看到这一幕,吓得面如土色。她正在犹豫要不要冲出去,只听男人说:"帮我逃走。"

卓青昙不惊不惧,伸出纤纤手指,将那枪口压下来,直压上自己心口,挑衅地说:"你倒是开枪啊。"

男人犹豫,往前伸了伸枪口,两个人就这样对视了几秒钟,男人突然似笑非笑地看着她说:"我不知道昏过去多久,这里面的子弹肯定早被你收起来了。再说,你是我的救命恩人。"

卓青昙挑了挑眉,下意识地看向抽屉。他猜得不错,她是真的早就把里面唯一的一颗子弹卸了出来。

"我可以帮你走,不过,你是谁?"卓青昙问。现在,她是真的对这个男人感兴趣了。

男人沉默。

"好了,不说就算了。"卓青昙回过身,恰好看到桌上的那盏美人灯,她蓦然心念一动,便将那灯举到跟前。

灯光将男人的影子投射到墙壁上,几番变幻,画面终于清晰,出现在眼前的是一面旌旗,上面写着一个"时"字。旌旗之下,男人身穿戎装,胯下烈马驰骋,居然是一军统帅。

他是名震江南的时大帅?

卓青昙心里经受着两重惊涛骇浪,一方面是被这美人灯的威力所慑服,一方面是被时永麟的身份所震惊。

时永麟是林家军的心头大患。近日,时家军和林家军在边境发生了激战,时永麟深入敌后,却在一场激战中失去了踪迹。

没想到,他居然负伤躲进了她的古董箱里。

思及此,卓青昙慌乱地放下美人灯,掏出一把钞票给他:"这些够你逃了吧?"

"够了。不过,我该怎么报答你呢?"时永麟定定地看着她,语气笃定。

卓青昙的目光随意往旁边一扫,就看到了挂在墙上的地图。

她心头微动,有了主意。

拿起桌上的一支钢笔,卓青昙款步走到地图跟前,在上面画了个圆圈,回头笑盈盈地道:"你把这个地方打下来送给我,如何?"

第四章
火兽之愿

未等时永麟反应过来,她已经将钢笔合上笔盖:"开玩笑的,你不用报答我,快走吧。"

"君子一诺,驷马难追。我会记住对你的承诺的。"时永麟走向窗户,步伐微瘸,却异常坚定。

他打开窗户,敏捷地翻窗而出,消失在浓浓的夜色中。

卓青昙怔怔地看了好久,才走过去重新关上窗子,她回头看墙上那张地图,微红了眼眶。

云念薇从书架后走了出来:"卓姐姐,你为什么要放走他?"

"可能……是觉得他不是坏人吧。"

云念薇看向那个被卓青昙圈起来的地方,上面标注的是清北县。

"卓姐姐,你真的要时永麟把清北县送给你?"云念薇感到好奇,清北县对于卓青昙,到底有着什么样的意义?

卓青昙长叹一口气:"不过是嘴上痛快罢了。"顿了顿,她补充说,"清北县,是我真正的家乡。"

"到底是怎么回事?"云念薇问。

卓青昙犹豫了一下,开始讲述十几年前的往事。

卓青昙八岁之前,不姓卓,姓花。

那时候的她,就生活在江南的一隅,清北县。

清北县有三宝:名花、佳景和美人。县城里的地主十有八九都是花农,所种植的花卉遍销各地。

从卓青昙记事起,她就在花丛里玩耍、读书、习字。清风袭来,花香四溢,她追着蝴蝶嬉笑玩闹。

后来,这种幸福日子就结束了。

卓青昙的娘亲病死,花老爷娶了填房。花太太强势得像只斗鸡,生下儿子后就将矛头指向卓青昙,可怜的小青昙平日里吃不饱、穿不暖,最后就连立锥之地都没了。

某年,清北县发生了花卉枯死的事件,花太太说是府上阴气太重,趁花老爷出门谈生意,将原来太太的牌位扔出花家祠堂,然后将卓青昙卖给了杂耍班。

卓青昙至今还记得花太太的嘴脸——当时,花太太将卖人的银元揣进兜里,白了卓青昙一眼,骂道:"才卖这么点儿钱,到死你们都是赔钱货!"

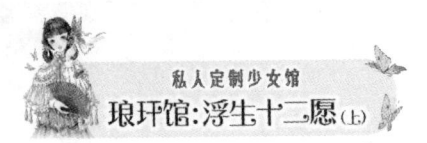

这句话像一把刀,狠狠地插进卓青昙的心里。她怒视着花太太,心里打定了主意,这辈子不做花家人也罢!

那是个游走天下的杂耍班,训练起来特别苛刻。卓青昙很快就受不了这种非人的折磨,逃走了。

八岁的卓青昙在街头流浪,最后偷偷地混入一艘轮船。

在船上,她被人当成小乞丐殴打,幸亏被一对好心的夫妇收留。这对夫妇,将她带回卓公馆,把她当作亲生女儿养大。

"原来,那不是你的亲生父母啊?"云念薇听到这里,忍不住一阵心疼,"你和林居意身世差不多,但是你比他要好很多。林居意的父母想要他当靶子,保护他们真正的孩子呢。"

卓青昙闻言,顿时心头泛酸:"原来,这世上还有比我更苦命的人。"

"也不能说苦命……"云念薇想起林居意那张玩世不恭的脸,"其实一切都在于你自己罢了!你觉得苦,便是真的苦。你不觉得苦,天大的苦也就无所谓。"

"这倒是真的。"卓青昙轻轻抚摸着那盏美人灯,喃喃地道,"这么多年过去,其实我只是想讨回公道。"

美人灯发散着静幽的光亮,不言,不语。

五

两个时辰过去,云念薇回到了画卷中。

卓青昙开始清理被血污弄脏的地毯,清理完之后,她又累又困,沉沉睡去。

等到天色微亮,卓青昙才被一阵叩门声惊醒。

"小姐,家里来了客人。"仆人在门外轻声说道。

卓青昙下意识地撩开窗幔,只见外面天空还是一片微蓝色,太阳并未升起。天色还早,谁会来做客呢?

"好,你先下去,我洗漱一番就来。"

半个小时后,卓青昙穿戴整齐,施施然下了楼。她愕然地发现,林居意和翎七在客厅里坐着,显然已经等了好久了。

翎七气定神闲地坐在沙发上品茶,而林居意则有些萎靡不振,眼眶下有些乌青,显然昨晚没有睡好。

第四章 火兽之愿

"你们是来还咖啡钱的吗?"卓青昙半开玩笑地说,"我说了,不用还了。"

"卓小姐,是这样的,昨天卖给你的少女图,我希望你能还给我。"林居意开门见山地说。

自从卓青昙拿走了云念薇那幅画,林居意就坐立不安。他心里清楚,翎七是想要云念薇待在火兽身边,自己解救自己,可他就是放不下,过不去心里这道坎。

所以一大早,他就把翎七烦到不行,只好答应同他一起来卓公馆讨要画卷。

卓青昙让仆人退了下去,才说:"现在还早,不如吃完早饭,我们慢慢谈?"

"不,卓小姐,那幅画对我来说真的很重要,请你现在就还给我吧。"林居意的语气近乎哀求,"我愿意把画钱如数奉还。"

卓青昙看向林居意,说:"画中少女叫云念薇吧?她帮我唤出了火兽,还陪我聊天到半夜。"

林居意一怔。

"也怪我,当时你们说的时候,我当你们是开玩笑,结果真正的火兽出现在面前时,我吓得不轻。"

林居意只好回答:"抱歉。"

"你们稍等,我这就把少女图拿下来给你们。"卓青昙站起身,往旋转楼梯口走去。

林居意松了一口气,低声对翎七说:"搞定了。"

翎七却悠然喝了口茶:"不行的,你还是没法带走云念薇。"

"为什么?"

"我说过了,云念薇必须要和我们分开一段时间,这是机缘注定。"翎七继续喝茶,眼皮都不抬。

林居意真想揍翎七一顿,正要挥出第一拳,忽然听到客厅外有人惊叫:"你们干什么?这里是卓公馆,有什么事和老爷说!"

接着就是粗暴的一声呵斥:"让开!"

世道太乱,到处军祸,征战连绵,这样的环境,将每个人的神经都训练到敏感至极。

林居意霍然起身,上楼到一半的卓青昙也停住了脚步,他们立即意识到,出事了。

客厅的雕花黄铜门被人一脚踢开,一名英武的年轻军官执枪走了进来,身后还跟着几名军人。

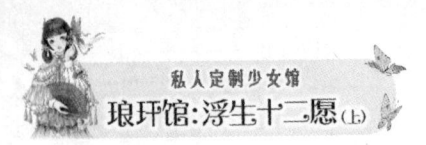

林居意在看到为首的军官之后，浑身的血液顿时凝固了。

那个人，居然是他的弟弟，林云崖。

离开林公馆之后，林居意一直在回避自己的过去，眼下忽然和故人相见，顿时压得他喘不过气来。

"你们是谁？想干什么？"卓青昙从楼上快速走下来，"这里是卓公馆，你们……"

林云崖冷笑一声，拿出自己的证件："我今早接到举报，有通缉要犯逃进卓公馆，特来奉命搜查！给我搜！"

自从林居意走后，林父就没有再委屈林云崖，直接将林云崖升为仅居他之下的军官。如今，林云崖的职位要高于卓巡逻官，自然能在这里耀武扬威。

士兵们立即冲上楼梯，楼上传来了卓夫人的惊叫声："放肆！你们要干什么？我家老爷……"

"奉命行事，谁敢阻拦？"伴随着士兵们的呵斥声，还有器物倒在地上发出的沉闷响声。

客厅里静寂无声。

林云崖用目光扫视周围，最后定在林居意身上："哥哥，在这里见到你，真让我意外。这么多天，你去哪儿了？"

"你们认识？"卓青昙吃惊。

"没做什么，不过是些不值钱的营生。林某如今当不起林长官这声'哥哥'。"林居意目光淡然。

就在这时，一名士兵忽然大步走下旋转楼梯："林长官，我们在卓小姐的房间里发现了这个！"

卓青昙太阳穴突突一跳。

只见那名士兵将一枚铜纽扣递给林云崖，从花色到样式，那铜纽扣显然是男子所用之物。

林云崖面色立即冷了下来，恶狠狠地问："卓小姐，你房间里怎么会有男子所用之物？快把时永麟交出来，不然别怪我不客气！"

卓青昙傲然而立："我不明白你在说什么。"

"青昙，青昙！"卓夫人从楼上仓皇走下来，"你们别伤害她，不然我就和你们拼命！"

第四章 火兽之愿

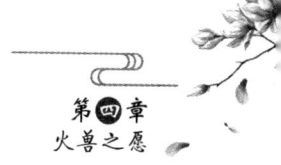

"妈！"卓青昙心疼。

林云崖迅速从腰间掏出一把手枪，对准了卓夫人："卓小姐，你说还是不说？时永麟在哪里？"

卓夫人倒吸了一口冷气："时永麟？那是和咱们打仗的死对头！林长官，这话你可不能随便说啊，咱们是对林家军忠心耿耿的。"

"这枚铜纽扣就是时永麟的，说明他就在你们卓公馆养伤！快把他交出来，不然我不客气了！"林云崖凶神恶煞。

卓青昙咬了咬嘴唇，并没有说话。

正在这僵持的时候，林居意忽然说："这枚铜纽扣是我的。"

"你的？"林云崖猛然扭头看他，"哥，你当我是三岁小孩儿？"

林居意没说话，只是慢慢解开西服外套。外套里面，他穿的是一件西装马甲，马甲上正少了一枚铜纽扣！

"这下子你信了吧？"林居意挑了挑眉，"我前几天来拜访卓小姐，去她房间里说了会儿话，没想到扣子掉了。现在给卓小姐惹了这么大麻烦，真对不住。"

卓青昙忙回答："没关系。"

"是这样吗？"林云崖半信半疑地望向卓夫人。

卓夫人赶紧点头："是，是，林公子最近常来。"

林云崖似笑非笑地看着众人："没想到我哥在落魄之后，还是艳福不浅，勾搭上了卓小姐这样的美人。"

他将手枪收起来，挥了挥手："走！"

一行人耀武扬威地离开了。

眼看着那些人走远，卓青昙才松了一口气，她走到卓夫人跟前，轻声喊了一声："妈，你没事吧？"

"我没事，可咱们卓家有事！"卓夫人冷傲地看向林居意和翎七，"两位既然没有要事，就请先回吧。"

林居意简单地和卓夫人道了别，便和翎七离开了。

卓青昙有些过意不去："妈，是林公子帮了我。"

卓夫人顿时怒不可遏："青昙，你和这位林公子骗得了那个长官，可骗不了我！你给我说实话，你到底有没有窝藏那个叫时永麟的人？"

卓青昙面白如纸，却一句话也没有说。

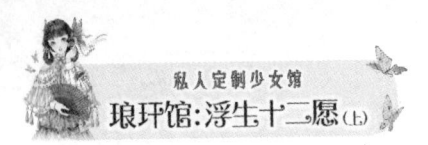

"有?"卓夫人目瞪口呆,"你怎么能做这种糊涂事?我们在林家军手下任职,时家军就等于是咱们的死对头!你救了时永麟,上头万一扣下通敌的罪名,我们可全都完了!"

这一带到处都在打仗,交界处一片混战,林家军和时家军向来针锋相对。两方为了争夺地盘,经常在边境交火打仗。

卓青昙沉默。

只是这沉默并不是理亏,也不是心虚,而是倔强。

"你今天哪里都别去,好好在家里面壁思过!"

卓夫人气不打一处来,转身上了楼。

六

卓青昙被禁足了。

她救了时永麟,虽然没有被林云崖抓住把柄,但这件事性质严重,卓家夫妇打算送走卓青昙。

在这之前,卓青昙只能被关在她的闺房里。

"卓姐姐,我可以变成蝴蝶飞出去。你想吃什么玩什么,我帮你买回来。"云念薇实在看不下去,想为卓青昙解闷。

卓青昙向她一笑,笑容有些发苦:"我想让你帮我买份报纸。"

"报纸?"云念薇有些惊讶,不过她还是答应了。

从那天开始,云念薇每天都给卓青昙买来一份报纸,卓青昙迅速将报纸浏览一遍,然后就放在一旁,不再翻阅。

云念薇觉得奇怪,便问道:"卓姐姐,你到底喜不喜欢看报呢?"

卓青昙一笑:"我看报纸,只想看有没有那个人的消息。"

那个人?

云念薇很快就反应过来,那个人是时永麟。卓青昙每天看报纸,就是在看有没有时永麟的消息。

"没有消息就是好消息。"卓青昙坐在梳妆镜前,里面的美人面容有些憔悴,"我想知道时永麟怎么样了,可是我又害怕在报纸上看到有关于他的消息。他这样的人一旦上了林家地盘上的报纸,那必定是……被捕了。"

第四章 火兽之愿

云念薇终于明白了这些天,卓青昙惴惴不安的原因——

她,爱上了时永麟。

终于有一天,云念薇化成蝴蝶飞到外面,听到了街头报童的喊声。

"号外,号外!林家军不敌时家军,清北县失守!"街头,卖报的小童在沿街叫卖。

云念薇赶紧挑了个偏僻角落化成人形,上街拉住小童买了一份报纸。

报纸的头版上印着时家三少的戎装半身像,英挺俊逸,气宇轩昂,帽檐下是一双深邃的眼睛,眼中显出睥睨神色。

她一眼就认出,这就是时永麟。

她火急火燎地飞回卓公馆,一头扎进卓青昙的房间:"卓姐姐,有时永麟的消息啦!"

卓青昙扑了过去,拿过报纸细细地看着。云念薇凑过去,只见报道点评了他攻下清北县的举动。洋洋洒洒的篇幅里,都在质疑时家三少剑走偏锋,居然爆冷攻下了一个清北县,还牵强附会地强调了清北县重要的地理位置。

只有云念薇明白,这些都不是真正原因。

时永麟是为了完成自己对卓青昙的诺言——打下清北县送给她。

看完报道,卓青昙整个人都呆住了,她喃喃自语:"他记得,他做到了……"

就在这时,房门外忽然响起一阵脚步声,卓青昙赶紧给云念薇使了个眼色,云念薇飞快地躲到书架后面。

门开了。

卓父穿着军装走进来,身后跟着眼眶通红的卓母,很显然,卓母哭过一次。

气氛立即变得很压抑,卓青昙惊恐地看着养父母:"爸、妈……"

"青昙,你不是一直想出去走走吗?我们已经为你安排好了,你收拾东西即刻动身吧。"卓母拿着帕子擦眼角。

窗帘全部拉上,房内的光线有些暗淡。卓青昙下意识地拿起美人灯,她看到卓父身后出现了一片诡异的灯影——在一艘海洋航船上,两三个人共同将一个女人抛入了大海!

卓青昙身体剧烈地颤抖起来,美人灯照出了卓父的秘密,他要杀人!

那个被抛入大海的女人是谁?是她?

卓青昙一句话也说不出来,惊恐地看着卓父。

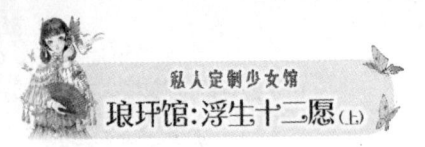

卓父走上前去,语气阴沉:"昙儿,你千不该万不该救时永麟。现在我军大败,林军长下令彻查,这件事终究裹不住,你还是远走高飞吧!"

是让她远走高飞,还是杀她灭口?

卓青昙心头剧痛,慢慢放下美人灯,含泪跪地:"是,父亲。"

她知道这一去就是末路,可她并不打算反抗。是她救了时永麟,给卓家埋下了一个隐患,她终究是辜负了卓家的培养。

所以,这十几年的养育之恩,她只能用命来还了。

七

卓青昙离开卓家的时候,除去很少的行李,珠宝一件都没拿,她只带走了两幅画和美人灯。

码头上人头攒动,穿海军服的船员们正在指挥乘客们登船。已经登船的客人,正在向码头上的亲人挥手告别。

卓青昙走下汽车,打量着码头上停靠的巨轮。

这是她的葬身之地。

卓家夫妇并没有前来相送,卓青昙有些失望,接过用人递过来的小皮箱,低声说:"我走了,你们回去对老爷和夫人说,我一切都好。"

说完,她便头也不回地往登船处走去。

每走一步,她的心便冷一寸。

卓青昙多希望养父母能够出现,将她拉进怀里,告诉她一切都会过去,他们终究还是舍不得她。

可是奇迹并没有出现。

卓青昙从口袋里掏出船票,打算检票上船,然而就在这时,旁边忽然挤进来一名男子,不由分说地拉着她的手就往另一个方向走。卓青昙想要挣扎,那个人却拉开一辆汽车的门,一把将她塞了进去。

"小姐!"跟来的卓家用人发觉有异,忙跑过去。可是从旁边涌来的一股人潮,正挡住了卓家用人的去路。

卓青昙坐在汽车里,还没定神,就听到那个塞她进车的男人低喝一声:"开车!"

第四章 火兽之愿

汽车嘀嘀响着喇叭,往码头外疾驰而去。卓青昙明白自己被劫持了,拉开车窗就要喊救命,却被身后的男人一把抱住:"是我!"

卓青昙回头看了他一眼,认出了那双墨如点漆的眼眸,顿时呆住了。

是时永麟。

他眸光深深,瞳仁里映出她惊讶的脸庞。那张脸依旧英俊迷人,配上黑色的长衫,少了军人的戾气,多了文人的儒雅。

"时大帅,你这是做什么?"卓青昙抓着手里的小皮箱,"我要出去走走,赶不上船我就走不了了。"

"别扯谎了,你惹上我这号人是活不成的。卓家不是送你出去走走,是送你去见阎罗王。"时永麟声音里不辨喜怒,"我不能坐视不管。你救了我一命,我也救你一命。"

卓青昙呆了呆,说:"那好,我们两清,你找个安全的地方放我下去。"

"不放。"他将她的手握住,尽管她戴着蕾丝手套,还是感觉到一股炙烫从他手心里传递过来。

卓青昙挣扎:"你要把我带去哪里?"

"清北县。"时永麟似笑非笑,"你不是要这个吗?我打下来送你了,正好当作给你的聘礼。"

卓青昙脸一红,有些羞愤。她是对他有好感,但并不喜欢他这种不给商量余地的作风。

"时大帅也太自大了,你以为你要娶,我就愿意嫁吗?"卓青昙冷笑。

"容不得你不愿意,你不嫁也得嫁。"他一笑,露出洁白整齐的牙齿。

卓青昙气红了脸。

军人的脾性就是如此霸道和直接,她早该想到他会如此不讲理的,可是却管不住自己的一颗心。

八

时永麟将卓青昙带到了清北县。

虽然他私下里霸道无礼,但在众人面前,却给足了卓青昙面子。

他面上对她恭恭敬敬的,也给她准备了独立的小院和厢房,不到一天工夫,时家军上下都对她礼数十足。

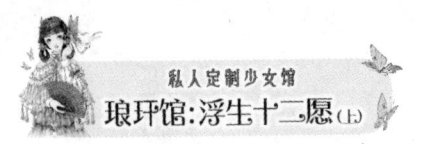

卓青昙心里这才稍稍宽了一些，尽管她很不喜欢他那套强硬做派，但他表面功夫做得人心里像被熨过一般。

而且，时永麟并没有限制她的自由。他白日里去忙军机政务，然后就让卓青昙自己四处走走。

云念薇从画中出来，发现自己居然置身于清北县，下巴都快惊掉了。

"你说你要嫁人啦？"云念薇睁大眼睛，"没关系，包在我身上！卓姐姐，我帮你逃走。我不行，还有火兽呢！"

说着，云念薇就要闭上眼睛，运用自己为数不多的灵通之力。

卓青昙面红耳赤，点了点她的鼻梁："谁说要逃了？"

"你真的要嫁？"云念薇睁大眼睛。

"除了这里，我没有别的地方可以去了。"卓青昙说着，眉宇间笼上一抹轻愁。云念薇一怔，知道戳中了她的伤心事，也就没再多说。

"罢了，不说这些，陪我出去逛逛吧。"卓青昙起身，随手从衣柜里拿出一件旗袍，在云念薇身上比了比。

她已经很久没有看到清北县的风景了。

再次踩上这片土地，卓青昙有种恍若隔世的感觉。青砖黑瓦，碧水环绕，空气中弥漫着花香，都是熟悉的童年记忆。

"青昙，这条街好热闹啊。"云念薇目不暇接地看着熙熙攘攘的小街，被一个个路边摊位吸引了。

卓青昙在大街小巷里走着，在看到一处宅院的时候，猛然停住了脚步。云念薇察觉有异，顺着她的目光望去，只见门匾上写着"花府"。

云念薇顿时明白了，这是卓青昙的家。

她小心地问："卓姐姐，你要进去吗？"

"不进。"

听说这几年，花家的生意做得越来越大，拥有全县最大、最肥沃的土地，土地上开满了花，十里送香。

卓青昙远远望着那宅门，果然翻新扩大了不少，她盯着那门楼，盯到眼睛酸痛，才带着云念薇转身离开。

卓青昙没有想到，生身父亲会主动找上门来。

那是两日后的清晨，仆人将花老爷带到她面前，怯生生地道："夫人，有人找。"

第四章 火兽之愿

卓青昱冷冷抬头，看到眼前的花老爷明显苍老了不少。见到她，花老爷尴尬地道："昱儿，你回来了。"

"说吧，找我什么事？"卓青昱转过身，对着镜子戴耳环。

花老爷擦了擦额头上的汗："昱儿，你能不能跟时少帅说说，不要收掉我们花家的土地？"

卓青昱的心一寸寸地冷了下去，没有伤害后的歉疚，没有重逢后的欢喜，爹来找她，不过是为了利益。

她心烦气躁，将耳环一把拍在桌子上："可以。"

"真的？"花老爷惊喜。

"不过，我有什么立场去说这件事呢？"卓青昱故意慢悠悠地说，"我现在不是花家的人了，我姓卓。我娘的牌位，都被扔出花家祠堂了呢。"

花老爷继续擦汗："好，两天后，我会把你娘亲的牌位迎回祠堂，可以吗？"

卓青昱不答，给女仆递了个眼神，让她送客。花老爷一步一回头，不甘心地喊："昱儿，你一定要保住花家的土地，不能落到时永麟手里！"

卓青昱抱着双臂，冷冷地目送花老爷远去。

"夫人，人走远了。"女仆匆匆从外面回来。

"这件事对少帅保密，明白吗？"卓青昱加重了语气。

女仆惊恐不已，唯唯诺诺地答应。

两日后，卓青昱带着女仆来到了花家，花老爷已经准备好了仪式，请了县上最德高望重的老族长，要把卓青昱娘亲的牌位重新迎进祠堂。

卓青昱望了望人群，故意问："花太太呢？"

花老爷一怔："她身体不舒服，没来。"

卓青昱便冷了神色："是心里不舒服吧？当年她拔了眼中钉，现在钉子又插回来了。"

"这……这是什么话呢？昱儿，你就看在花家生你的分上……"花老爷紧张得语无伦次。

最后还是老族长走上前来："卓青昱姑娘，我们还是不要耽误了吉时，赶紧开始仪式吧？"

卓青昱点头应允。

仪式开始，花家长子捧着卓青昱娘亲的牌位，在众人的簇拥下一步步走向祠堂。

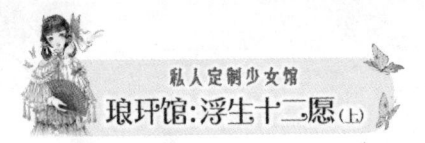

女人不得入祠堂,所以卓青昙只能站在门口观望,她想起往事,心里五味杂陈。

这么多年的屈辱,终于得以昭雪。

卓青昙没有注意到一个鼻青脸肿的女人悄然走到她身后,眼睛里散发着狼一样的光。那正是花太太,她不肯让卓青昙娘亲的牌位入祠堂,结果被花老爷动用家法打了一顿。

花太太从袖中掏出了一柄利刃,刃口散发着森寒的光。她眯了眯眼睛,将刀尖对准了卓青昙的后颈。

眼看,手起刀落,一条人命危在旦夕。

当半空中传来一声枪响,卓青昙才慌忙回身,看到花太太站在身后。

花太太手腕受伤,手中的匕首一下子掉在了地上。众人吓得连连后退,卓青昙也心有余悸。

她抬头看向不远处,看到时永麟半身探出车窗外,手里举着一把手枪,枪口还冒着青烟。军车开到跟前,他下车快步走到卓青昙面前:"刚才很危险,你知不知道?"

花老爷被这突如其来的剧变惊呆了,他回过神后,快步走到花太太跟前,使劲踢了她一脚:"你这个疯女人,居然想杀我女儿?"

"你要休了我,我也不会让你好过!"花太太捂住流血的手腕,转而看向卓青昙:"你又回来?出落得一副狐狸魅相……"

话未说完,时永麟就掏出手枪,对准了她的眉心:"闭嘴。"

花太太望着黑洞洞的枪口,两眼一翻晕了过去。

卓青昙抓了抓他的衣袖,小声轻唤:"永麟……"

这声音小得如猫叫一般,却让时永麟放下手枪。他目光锐利如电,用命令的口吻道:"打这个女人三十鞭子,留两个人在现场监督,务必要让仪式顺利进行。"

花老爷忙不迭地点头。

时永麟拥着卓青昙离去,关车门的动作犹带着怒气。

卓青昙终于不忍:"其实我也没有受到什么伤害。"

"不用说了。"他在车座里,紧紧将她搂住,"如果我晚来一分钟,你就会被……我不敢想那个画面!卓青昙,其实我很早之前就爱上你了。"

一听到她去了花家,他紧张到极点,忙备了车赶来,他早就知道卓青昙那段惨痛的童年,所以生怕她出了什么意外。

第四章
火兽之愿

卓青昙被时永麟搂在怀里,感觉像被当作一件珍宝般相待。她抬头看他的下巴,上面有没有刮干净的青色胡楂,还有来不及冲去的肥皂水,忍不住轻笑。

这一笑,明媚陡生,倾尽繁华。

时永麟惊喜地低头:"卓青昙,你笑了?"

卓青昙红了脸,点了点头,重新陷入他的温柔怀抱。她自己都觉得荒唐,让她接受时永麟的,居然是那几滴肥皂水。

九

卓青昙嫁给了时永麟。

他们举办了一场最豪华的婚礼,婚后的生活也非常甜蜜。

卓青昙取笑他:"让人看到了,要说你美色误事的。"

他笑得宠溺:"误就误了,反正我的命都可以是你的。总有一天,我要把这所有都送到你面前。"

卓青昙靠在他的肩膀上,心里却有些不自在。时永麟不知道,她想要的不是他的命,不是所有,只是他。

当卓青昙将这一切都说给云念薇听的时候,云念薇隐隐有些不安,她总觉得嫁给一军首领,不是一件简单的事。

可是看到卓青昙幸福的脸,她的担忧就全都说不出来了。

如果没有发生那件事,云念薇想,卓青昙一定可以继续幸福下去。

那是一个普通的早上,卓青昙打扮妥当,正要乘车出门看戏,忽然被化老爷在门外拦住。

"昙儿,就算我花家对不住你,可清北县的百姓也是无辜的,你们怎么可以做出这样的事!"花老爷上来就是一番数落。

"你在说什么?我听不懂!"卓青昙又惊又怒。时永麟早就跟她说过了,他会支付花家一笔丰厚的赔偿款,但是土地必须要征用。如今花老爷这又是闹得哪一出?

"如果你想要更多的钱,就去找永麟。"卓青昙使劲挣脱花老爷。

已经有警卫员上来拉开花老爷,他一边挣扎,一边喊:"昙儿,你们这样做,会遗臭万年的!"

卓青昙听得心惊肉跳,她觉得事情有些不对劲,如果只是征用土地,花老爷为什

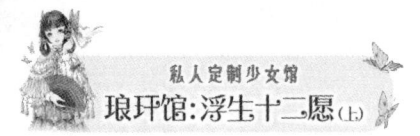

么要说得这么严重?

思及此,卓青昙再也没了看戏的心思,怏怏回了房间。她展开云念薇的画,轻唤了声:"念薇,出来吧。"

一股青烟从画上升起,烟收云散,云念薇出现在眼前。她笑得明媚:"卓姐姐,今天要带我去哪里玩呀?"

二八年华,正是少女心性,在画里关了几天就雀跃得按捺不住性子。

卓青昙苦笑:"让你出来陪我解闷,不是出去玩。"

"发生什么事了?"云念薇上前问缘由。

卓青昙将事情说给她听,云念薇心念一动,想起火兽已经很久没有出现过了,她提议:"不如用美人灯怎么样?"

卓青昙一怔,用美人灯可以看到任何人的秘密,可是用来窥探时永麟的秘密……

她想了又想,最终还是点了点头。

入夜,时永麟终于带着满身的疲惫回来了。自从之前和林家军打了那一仗,军费吃紧,军务紧迫,所有的担子都压在他的身上。这阵子,他正在想办法筹集军费。

"永麟,你征了清北县的土地,用来做什么了?"卓青昙拎着那盏美人灯,袅袅娜娜地走到他跟前。

时永麟没有回答,转身去开灯:"一盏灯太暗了。"

"不暗,我就想这样看着你。"卓青昙引他坐下来,"今天花老爷来找我了,你……到底在那土地上做了什么?"

时永麟一怔,随即笑道:"没什么,不过是盖了些厂房。清北县舍不得丢了花卉生意,你爹又是养花大户,这才闹上门的吧。你让他别急,我会把补偿给足的。"

卓青昙没有说话,大睁着眼睛看他身后的那面墙,墙上有影,影子渐渐清晰,有了色彩,最后成了一幅画面。

画面中,"时永麟"指挥军队,在土地上种了大片的罂粟!还有京森人在旁边向他递过一张纸。"时永麟"看上去很满意,在纸上签了字。

"你怎么了?"时永麟紧张地抱住她的肩膀。

卓青昙一把甩开他:"你骗我!你用清北县的土地种鸦片!"

"鸦片比花卉贵多了,卖了这个,我就不用愁军费的事情了。"时永麟收了笑。

"那跟京森人合作,是怎么回事?"

第四章 火兽之愿

时永麟一怔,笑了笑:"你不会以为,凭我一己之力,我就能得了这些吧?京森人的武器精良,给我开出了一个无法拒绝的价格,我何乐而不为。"

卓青昙恨恨地看着他,泪水一滴滴地落了下来:"永麟,收手吧!别种鸦片,别和京森人合作。你要权力,用不着牺牲这么多人!"

"你懂什么?"时永麟紧紧盯着她,眸中风雷激变,"帝王脚下踏白骨,一双手不可能不沾一滴血!要想赢,就要付出代价!"

卓青昙笑得迷离凄然:"你怎么知道,你就是帝王,不是那白骨?"

他没回答,恼火地将她甩到床上,然后摔门而去。

躲藏起来的云念薇赶紧冲了出来,去扶卓青昙:"卓姐姐!"

卓青昙嘴唇颤抖,扶着云念薇的手,泪水在眼眶里晃了晃,终究还是落下了。

"这是他第一次对我动粗。"

"卓姐姐……"云念薇不知道该如何安慰,她想了想,哽咽道,"我帮你逃走吧……"

卓青昙轻笑:"念薇啊,每次都逃,那谁来面对那些问题呢?"

"要面对什么问题?"

"京森人。"

云念薇沉默。很早之前,老师和同学们就在议论,说京森方面一直蠢蠢欲动,可能在谋划着一场大阴谋。

"不想这个了,你不是要绿火吗?"卓青昙从地上捡起美人灯,"这眼泪,已经是够心碎了吧?"

眼泪滴落在美人灯的火焰上,红彤彤的火焰立即变成了绿火。卓青昙拉开抽屉,取出那幅美人图,用绿火点燃,火舌便舔满了整幅画卷。

云念薇感受到身体瞬间变得很轻,她再看地上那幅画,画纸丝毫没有被损毁,只是里面的海棠花和石头不见了。

绿火烧掉了海棠花和石头,终于让她摆脱了封印。

"念薇,你现在也恢复自由了,离开吧。"卓青昙突然冷漠地开了口。

云念薇一惊:"姐姐,你不要我陪你了?"

"陪我有什么用?看我的笑话吗?绿火已经解除了你的封印,你还待在我身边做什么?"卓青昙一把拉开窗帘,清凉的风立即灌入屋内。

"姐姐!"云念薇心痛如绞,这么多天的相处,她真心觉得卓青昙是个善良的

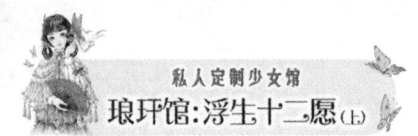

人。为什么她因为时永麟就要赶自己走?

"走吧。"卓青昙表情冷漠。

云念薇无奈,只好抱着那幅空白画卷,走到窗前,她深深地看了卓青昙一眼,然后闭上眼睛,顷刻便变成了一只蝴蝶,飞入了空中。

卓青昙站在窗前,看着蝴蝶远去的影子,喃喃地道:"对不起,念薇,这个乌七八糟的地方,根本就配不上你。"

她抚摸着手里的美人灯,只见灯火一晃,逸出一股青烟,火兽终于再一次出现了,它依然浑身毛发火红,浮在半空,用悲悯的眼神看着卓青昙。

"火兽,你不是为我所用吗?那你告诉我,我该怎么办?"卓青昙伸出白玉般的手指,凄然问他。

火兽道:"很简单,你把美人灯的秘密告诉时永麟,就能换回他的宠爱。美人灯能够读心,有了这个能力,你还怕时永麟得不到一切?"

卓青昙便笑了,一边笑一边流泪。

"当初你为什么选我?"她站起身,一步步向火兽走过去,"火兽啊火兽,你说美人灯要送给美人。可是美人那么多,你为什么偏偏选了我?"

火兽不答。

"回答我!"

火兽摇头叹息,消失不见了。

十

云念薇孤零零地站在拱桥上,望着来来往往的人群,有些茫然。

如今,她只能回琅玕馆,可是她又放不下卓青昙,担心卓青昙和时永麟再起冲突。

军人跋扈起来是很冲动的,万一时永麟兽性大发,不顾卓青昙的性命……

云念薇正胡思乱想着,旁边忽然有人递了一个烧饼到她嘴边,接着耳边响起了一个熟悉的声音:"饿了吧?"

云念薇惊喜地抬头,看到林居意正站在自己面前,翎七站在几步外,依旧是那副冷冷的样子。

"是你们!"云念薇惊喜不已。

林居意笑道:"我和翎七在这里住了好久,就是在等火兽把你从画轴里放出来。"

第四章 火兽之愿

现在你自由了,我们回琅玕馆吧。"

翎七面无表情地拿过云念薇怀里的画卷,展开看了看:"果然变成空白的了,总算是卖掉了两幅画。"

"不,我不能回去。"云念薇为难地说,"我担心卓青昙,总觉得有事要发生。"

林居意和翎七对视了一眼。

"这清北县的花地,都用来种鸦片了,我不能坐视不管……"云念薇话刚说到一半,林居意便将烧饼塞到她的嘴巴里,堵住了她后半句话。

他淡淡地说:"大街上人来人往的,你也不怕噎着。"

云念薇狠狠地咬了一口烧饼,使劲嚼起来,她也是一时激愤,才忘记旁边有来来往往的人群。

"走吧,我们在附近找了个客栈,有什么事,到了房间里面再商量。"翎七往远处一指。

到了客栈,将房门关好,林居意才问:"到底怎么回事?"

"时永麟居然靠倾销鸦片来充当军费,还和京森人合作!"云念薇气得一拳头砸在桌子上。

林居意眉头紧蹙:"没想到卓姐姐落在这种人手里。翎七,我们一定要做点儿什么。"

翎七目光凝重地看着云念薇:"你这几天,先把时家军驻军府的情况打探清楚。"

云念薇这才想起,跟在卓青昙身边的这几个月,她的活动范围也只是那一个小院。哪里是军机要地,哪里是鸦片仓库,她根本就一无所知。

"这就叫'知己知彼,百战不殆'。"林居意若有所思地说道,"云念薇,或许你在打探的时候,还可以联合卓姐姐。"

云念薇眼神亮了,这是个好主意。

她怀着一腔热情,第二天一早就变成蝴蝶飞到时家府上,从空中俯瞰整个军院,将结构都牢牢记在脑中。

然后,云念薇凭借着记忆,找到卓青昙居住的小院,可是让她失望的是,卓青昙并不怎么关心时事,开始热衷于跳舞看戏,还要向下人学习打牌。

那个重情重义的卓青昙,不见了。

云念薇不敢相信自己的眼睛,她接连几天都流连在小院上方,结果只看到卓青昙

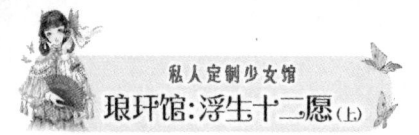

变得越来越陌生。不仅如此,卓青昙还对时永麟更加温存,很快就和他重归旧好。

终于,云念薇按捺不住了,她趁人不备,化出人形,落在卓青昙面前。

卓青昙先是一惊,随后很快镇定下来:"小蝶妖,早就让你远走高飞,怎么你还没离开这个地方?"

"卓姐姐,你不是讨厌时永麟做的那些龌龊事吗?"云念薇眼角酸涩,"为什么你现在助纣为虐,同流合污?"

卓青昙弯起嘴唇:"清高没有什么好下场,还是那句话,我没有其他地方可去。"

云念薇心中一痛,那个敢爱敢恨的卓青昙,彻底没有了。

没等她说出下一句话,卓青昙已经提高了声音:"你再不走,我就喊人了。到时候你想走都走不了了!"

不远处传来了一阵脚步声,云念薇无奈,只得化蝶飞走。

她飞到半空中稍作停顿,俯瞰下去,只见卓青昙全没了刚才的犀利,双眼迷离地站在那里,瘦削的身躯如同一朵风中落花。

那样的表情,让云念薇有些心疼,又有些气愤,那个生性正直的卓青昙,怎么会为虎作伥?

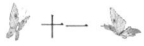

十一

云念薇怀着满腔悲愤回了客栈,她便将时家军军院的地形图完完整整地画了出来。林居意和翎七当下就决定,火烧鸦片库。

七月底,正是罂粟成熟收割的季节,过不了几天,这些害人的玩意儿就要被运往各大码头,流入各地。

入夜,他们偷偷潜入了时家军军院。

云念薇化成蝴蝶,最先抵达鸦片库。由于最近军务繁忙,鸦片库这边并没有多少警卫看守。她化成人形,蹑手蹑脚地走进鸦片库,看到除了堆积成山的鸦片箱,还有一个熟悉的身影。

那是卓青昙,她背对着云念薇,正向那些鸦片发出低低的笑声。

云念薇怔怔地望着卓青昙,她并不知道卓青昙此刻正在回忆着自己小时候,她在花海中玩耍、奔跑,那些迎着日光绽放的花朵,如今被碾压、侮辱,被罪恶所取代。

第四章 火兽之愿

"花会被践踏,可是人的血性不会。清北县有三美,何曾出过这样的丑东西?"卓青昙幽幽地说。

她取下美人灯的灯罩,点燃了鸦片。火光像倾城而开的花朵,骤然绽放在这暗夜里。

然后,卓青昙回身,看到目瞪口呆的云念薇。她一怔,微微叹气:"小蝶妖,你怎么还不走?"

"你让我走,是怕我惹祸上身,是不是?"云念薇眼中含泪,往前走了几步,"卓姐姐,你为什么要把事情一个人扛下来?你告诉我,我们会为你分担的!"

卓青昙摇头:"我不想把你牵扯进来。小蝶妖,你带着火兽离开吧,如果我估计得没错,时永麟马上就要赶到这里了。"

她将美人灯递了过来。

云念薇一把抓住卓青昙的手:"卓姐姐,要走一起走!"

"小蝶妖,别牺牲无辜的性命。我一个人就可以了。"卓青昙轻笑。

原来,卓青昙早已计划好了今天。在她的计划中,她先和时永麟和好如初,在全府上下都营造出一种时永麟信任她的感觉。然后,她再于夜里来到库房,只说是时永麟让她来这里盘点,警卫就不会再怀疑。等她进了库房,就用美人灯烧掉鸦片库。

她不会让时永麟售卖鸦片的,也坚决不让他和京森人合作,为了这个目的,她宁愿葬身火海。

死有什么可怕?如果重于泰山。

火兽在这时从美人灯中飘然而出,它在半空中抖动了一下火红的毛发,然后对卓青昙说:"现在我可以回答你的问题了。"

"什么?"

"当初送你美人灯,是因为你是真正的美人。"

卓青昙一怔,凄然而笑:"原来如此啊……那我真是荣幸。"

"念薇,卓姐姐!"翎七和林居意闯进仓库,大股的浓烟和烟尘呛得他们剧烈地咳嗽起来。

林居意气喘吁吁地说:"有士兵来了!翎七做出的结界,挡不了多久!快走!"

云念薇赶紧将卓青昙往外拉,卓青昙顺从地往仓库门口走去,然而,就在他们走到门口的时候,卓青昙却忽然将美人灯塞到云念薇手中,然后将她狠狠推到一边,自己往另一个方向跑去。

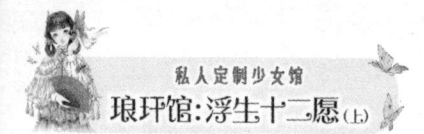

"念薇!"林居意一把抱住眼看就要追过去的云念薇,"那边有士兵,还有京森人!不能去啊!"

翎七也劝说:"她在给我们制造逃跑时间。"

"我知道!可是难道我们眼睁睁地看着卓姐姐去送死吗?"云念薇泪流满面。

火兽浮在半空,忽然瓮声瓮气地开口:"我有办法救主人。"

"你想做什么?我不允许你做傻事。"翎七严肃地看着火兽。

"麒麟,你身负天命,不能干扰太多人间规则,否则将会受到惩罚,但是我火兽可以!"火兽抖了抖浑身的毛发,"可是我不能连累主人,在这之前,我要和主人解除契约。"

十二

那一夜,火光烧红了半边天,外面枪声多如落雨。

等到一切都平静下来的时候,鸦片仓库已经烧成了黑灰。

卓青昙被士兵押着站在仓库门口,嘴角挂着冷冷的笑。

时永麟面色阴沉地从仓库里走出来,旁边有警卫员小心翼翼地说:"大帅,一点儿都没剩下……"

话音未落,时永麟便一把揪过卓青昙的衣领,逼视着她:"你就这样绝情,就这样狠心?"

这段时间,她所表现出来的柔情款款,原来全都是在麻痹他!

"对。时永麟,杀了我,以解你心头之恨。"卓青昙不卑不亢地说。

时永麟咬牙切齿地问:"你不过是仗着我下不了手,才让我杀你!"

"不,"卓青昙冷冷一笑,"我只是让你看看我的血!是鲜红的!"

时永麟一怔,终究还是松了手。

就在这时,院外忽然响起一阵嘈杂,一名京森军官带领着几十名士兵快步走进来。这名京森军官,就是时永麟最近合作的京森人,君代。

"时大帅,我已经接到线报,鸦片库被烧毁了。"君代面色阴沉,"这样的话,你用什么钱来购买我们的武器?"

时永麟淡淡地回答:"那就不买了。"

君代愣了一下,说:"时大帅,别这样绝对,说不定我们可以从其他方面进行合

第四章 火兽之愿

作。"

"我也不打算合作了。"时永麟的声音彻底冷了下来。

时永麟深深地看了看卓青昙,她的头发蓬乱,脸上都是飞灰,可一双眼睛还是那样清澈明亮。

他从她眼睛里看到了一丝希冀,忽然明白了——她想要他做什么。

君代看明白了当前的局势,蓦然动作飞快,一把拉过卓青昙搂住,从腰间掏出一柄手枪,对准了她的太阳穴。

时永麟脸色一变,挥了挥手,身后的士兵也纷纷将枪口对准君代。

君代咧嘴一笑,露出森白牙齿:"从第一眼看到这个女人开始,我就知道大帅难过这道美人关。现在时大帅居然要为了讨美人高兴,放弃和我的合作!既然这个女人阻碍你,那我不如现在杀了她。"

卓青昙又想起时永麟对她说过的话,帝王脚下踏白骨,要成为万人之上,就要有脚踩万人枯骨的决然。

她闭上眼睛,凛然道:"你要开枪,就开枪好了。"

"你放开她!和她无关!"时永麟额上青筋暴起,想要上前夺回卓青昙,却又怕君代有所动作。

就在这危急时刻,时永麟忽然听到身后传来一句:"枪下留人!"

众人愕然,纷纷循声望去,只见云念薇一行三人缓缓走来,翎七手中举着美人灯,灯上浮动着浑身毛发火红的火兽。

"天哪!传说中的灵兽?"君代喃喃自语。

翎七一笑:"对,只有我举着灯,你们才能看到这只火兽。火兽寄托于美人灯,这盏美人灯有看到别人秘密的灵通。"

君代眼睛里立即迸发出贪婪的目光。

"只要你放了卓姐姐,这盏美人灯就是你的了。"云念薇说。

君代仰头哈哈大笑:"有了这盏灯,我就能看到别人的秘密,那我要什么没有?可以,可以!"

"卓姐姐,现在需要你和火兽解除契约,这样美人灯就能赠送给君代了。"林居意对卓青昙说。

卓青昙苦笑一声,对火兽说:"再见,火兽,从现在开始,我不是你的主人了。"

火兽慢慢地飞到卓青昙面前,那盏美人灯也跟着飞了过去,它深情地看着卓青

昙:"再见了,主人。"

君代放开卓青昙,然后将美人灯一把抓在手里。

时永麟忙抱住卓青昙,迅速往后退去,他大概已经预料到了危险。

果然,火兽的眼睛里忽然迸发出两道精光,美人灯里的火焰熊熊燃烧起来,瞬间将君代包裹在火舌里!

"啊——"

君代发出撕心裂肺的喊声。

"快跑!"林居意拉起云念薇就往外跑,时永麟也赶紧带着卓青昙迅速撤退,他们身后响起了如林的枪声。

墙头上忽然涌出许多人影,无数子弹向他们射来,身边不断有人中枪倒下。原来,君代早就猜到时永麟要反悔,提前包围了府邸。

人潮涌动,冲散了他们。

"永麟!永麟!"卓青昙忽然发现时永麟不在身边,大声喊着,可是四周到处都是炮烟,她看不到他。

翎七伸手打了响指,周围的炮弹顿时停止了飞行,他找到一个快要塌掉的墙头,飞身踩上去,转身向其他人伸出手:"快,我撑不了多久。"

林居意将云念薇举上墙头。

翎七拽着云念薇,跳出了墙头。

"卓姐姐,快,我把你拉上来,我们一起逃。"林居意蹲在墙头上,向卓青昙伸出手。

卓青昙无奈,只好伸出手,蹬住墙上的一块砖坑,想要爬上去,然而就在这时,原本静止的气氛忽然变了,子弹横飞,炮火声音又传来。

翎七的能力只能维持一分钟。

"你们给我站住!"一名京森军官睚眦迸裂地举着军刀冲了过来。

卓青昙一凛,伸手一推林居意:"快走!"

林居意想去拉卓青昙,可是被她推得失去平衡,倒在了墙外。

墙内,卓青昙跟跄而逃,却被一块碎砖绊倒,一下子摔倒在地。那名京森军官高举着军刀,狞笑着:"受死吧!"

卓青昙闭上眼睛。

预料中的剧痛没有到来,她听到了一声枪响。

第四章
火兽之愿

卓青昙缓缓睁开眼睛,看到那名军官已经倒在了自己的面前,他身后不远处,时永麟举着手枪,枪管冒着一股青烟。

"帝王脚下踏白骨是不错,但如果这白骨里有我的女人,那也是不行的。"他举着手枪,一字一句地说。

他微微喘着气,看上去像是匆匆赶来,一如那时的他,在预感她有危险后,胡子都来不及刮干净就跑过来救她。

"永麟……"卓青昙哽咽。

时永麟向她走过来,每一步都很艰难,他的肩头和腿上都有血洞,汩汩地往外冒着鲜血。卓青昙扑过来,号啕大哭:"永麟,走,我们一起走!"

"不行,我是拖累……"他倒在她怀里,将那只手枪塞到她手里,"你走吧,墙头外面,你的朋友们应该已经安排好了一切。"

卓青昙落泪,使劲摇头。

"我欠你一句对不起。卓青昙,我什么都不要了,我只要你。"时永麟眼中的光彩迅速暗淡下去,"我一直都没有告诉你,我早就打算和京森人停止合作,可是我没有……"

"我知道,我知道!你别说了,我们一起走!"卓青昙咬着牙将他扶起,拼尽全力走到墙头下。

卓青昙用尽全力想要将他举起来,却忽然停止了动作,她呆呆地看着时永麟,他耷拉着脑袋,已经没了声息。

林居意重新从墙头爬上来,看到这幅惨景,也怔住了。他自幼锦衣玉食,还是第一次近距离地看到鲜血和死亡。

"永麟!"卓青昙伏在时永麟身上,痛哭出声。

十三

那天,林居意还是将卓青昙救了出来。

云念薇很想让卓青昙跟他们一起回琅玕馆,她觉得卓青昙那样充满诗情画意的人,还是适合岁月静好的日子。

可是,当时家军的余部找到了他们时,卓青昙决定和余部一起走。

"卓姐姐,我相信你一定会喜欢琅玕馆的,为什么你不愿意去?"分别时,云念薇红了眼眶。

卓青昙微微一笑,抚摸着她的头发:"小蝶妖,琅玕馆没有我爱的人,而身后的兄弟们,都承载着他曾经的宏图愿望。"

这是云念薇最后一次见到卓青昙。

当时,她说完这句话之后,便和那些士兵一同离去了。

远处,残阳似血。

后来,有传说,在一处山林里,有一个组织,他们劫富济贫,惩恶扬善。

有人说她本姓卓,也有人说她本姓花。

人们都说,这个女人不仅勇猛,还是真正的美人。

第五章

瑶草之愿

第四愿

我有一愿,愿世人皆仰慕于我,思慕之情如椟中珠宝。

一

"痛痛痛！我说你轻点儿啊，小七七！"清晨，林居意的房间里发出了一声痛呼。

从清北县回来的时候，林居意被一枚榴弹击中肩膀，翎七只好再次透支灵通，将云念薇和林居意瞬移回了琅玕馆。

作为管家，保护馆主的生命安全是翎七的责任，可是，这个馆主有点儿烦人……

"你说，你叫我什么？"翎七忍着怒气问。

"小七七！"林居意一边把玩着翎七的黄铜兽头链坠，一边笑得无赖，"是不是很好听？我跟你说，你天天一张冰块脸，我给你起个平易近人的外号，这样你整个人就萌萌的了。"

翎七沉着一张脸，很无语。

"是不是很萌？"林居意丝毫没有留意到翎七危险的眼神。

翎七面无表情地按着林居意的肩膀，将绷带狠狠一缠："萌。"

"嗷——"林居意痛得脸都变白了。

房门"吱呀"一声开了，云念薇端着一碗药走进来："林居意，该喝药了。"

林居意赶紧收起了开玩笑的表情，变得严肃而认真。他接过药碗一饮而尽，说："云念薇，我的伤好多了。"

"我知道。"云念薇笑了笑。

"我的意思是说，既然我的伤好得差不多了，你也该离开琅玕馆了。你是蝶妖，现在自由了，可以回到蝶族继续当你的公主。"林居意这些话说得有些艰难。

云念薇脸上的笑容消失了。

"我不走。"

林居意笑得有些苦涩："你待在这里做什么呢？现在外面已经在打仗了，人间大乱，不是你该待的地方。"

"我不走！"云念薇没好气地将药碗夺过来，"我不想做蝶妖，我只想当人！难道你要把我这点儿念想也剥夺吗？"

林居意哑口无言。

他其实也不想赶走云念薇，可是时局每况日下，他担心琅玕馆这个清静之地也会遭到破坏，倒不如，让云念薇先离开，省得她受到伤害。

第五章
瑶草之愿

"你放心，我在琅玕馆里不会吃白饭的。"云念薇走到门口，回头看了林居意一眼，"我会帮你卖画的。"

"那好，你帮我卖画。"林居意勾起嘴唇，"三天后，如果没卖掉的话，你就离开。"

云念薇犹豫："三天？"

"对，你答应不答应？别看翎七，他只是管家，我是馆长，我说了算。"林居意故意激她。

云念薇咬了咬牙："好，三天就三天！"

说完，她走出了房门。

等到房间里彻底安静下来，林居意才微微叹气，看了看站在一旁的翎七，他仍然是那副冷淡的样子，剔透瞳仁里漠然如故。

"小七七，可能你没有人的感情，不能明白我现在复杂矛盾的情绪。"林居意仰头躺在枕头上，"我到底怎样做，才能不伤害云念薇？"

翎七顿了顿："她要留下，你就答应她留下就是了。蝶姬有灵通之力，不太可能被伤害。"

"可是妖族和灵兽，就是因为人类的贪念才一步步失去灵通之力的。"林居意忧心忡忡道。

他也想留下云念薇，可是未来会怎么样，他心里真的没底。

林居意想，他可能一辈子都忘不了在学校里时，云念薇跑到他面前，红着脸递给他一封信的情景。

她的身子小小的，清亮的眼神里透着倔强，身后，云锦万里。

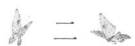

二

车辆呼啸而过，路上行人悠闲而过。娜娜身穿貂皮大衣，拎着手包站在街头，似乎在等待什么人。

忽然，一辆黄包车冲了过来，撞得娜娜一个趔趄，她"哎呀"一声，忙稳步站好，满脸愠怒地吼："你长没长眼睛？"

"对不起，太太。"黄包车车夫草草地点了点头，然后飞驰而去。

娜娜白了他一眼，忽然下意识地摸了摸自己的手包，顿时脸色大变。

"我的钱!"娜娜惊慌失措地喊,她的手包底部被割开长长的一道,里面已经空空如也。

车夫听到惊叫,回头看了一眼娜娜,居然弃车逃走。

娜娜指着他尖叫:"拦住他!他偷了我的钱!"

就在这时,路旁忽然冲出一道人影,一头撞到车夫肚子上,将车夫撞了个面朝天。那个人影站定,从地上捡起一块砖头:"快把钱还给那位小姐!"

拿着砖头的是个穿花衫的女孩子,看样子只有十四五岁,清秀的脸庞,一双乌溜溜的大眼睛无比精神。

车夫吓得忙讨饶:"我给,我给。"说着,车夫从怀里掏出钱包往旁边一丢,爬起来就逃。

娜娜走上前,对那女孩子感激地一笑:"多谢你。"

女孩子捡起钱包:"小姐,不用谢。"

"咔!"有人在旁边喊了一声,娜娜立即换了一副表情,冲导演抛了个媚眼:"导演,我这段表现得怎么样啊?"

原来,这是一个正在拍摄的剧组,拍摄的是一部讲述传奇人生的电影,娜娜正是这部电影的女主演。

导演哈哈一笑:"娜娜表现得很好!上午的拍摄结束了,大家都休息休息!"他顿了顿,指了指穿花衫的女孩子:"露珠儿,你的戏有点儿生,下次注意点儿。"

露珠儿一呆,脸更红了,低声说:"是,对不起,导演。"

"我说露珠儿,我知道你平时呆呆的,但是演戏的时候要尽量放机灵点儿,知道吧?你台词说得那么僵硬,到时候观众会批评我们的!"副导演不满地说。

露珠儿被一通批评,低着头不知所措。

娜娜弯唇一笑,忙打圆场:"露珠儿是我妹妹,我来教她,保管让导演满意。"说着,她拉过一把椅子坐下。

露珠儿挨着娜娜坐下,眼泪在眼眶里打转,娜娜拍了拍她的手背:"露珠儿妹妹,吃这行饭,不努力是不行的,你就是太胆小了,一演戏就害怕。"

"我知道了。"露珠儿将头垂得更低了。

娜娜在心里叹了口气。露珠儿是她的好姐妹,可就是性子闷了一些,在演戏这个行当很吃亏,总是不讨人喜欢。

她还想再说些什么,忽然听到身后有个熟悉的声音在说:"求求你,看看这幅画

第五章 瑶草之愿

吧,画中的灵兽和妖可以实现你的愿望……"

"去去去,这是剧组,别来捣乱!"场务不耐烦地驱赶。

娜娜回头,看到云念薇抱着几幅画,正在向剧组工作人员挨个推销。半年时间不见,云念薇比她印象中的样子清瘦了几分,眼睛显得更加灵秀有神。

她歪着头想了想,蓦然就记起了自己曾经在林公馆里见过云念薇。当时是林家寿宴,小姑娘提着两盒点心来送礼。娜娜到现在还记得云念薇的样子,动作局促,可是眼神明亮。

就是她,当时林居意还介绍说云念薇是自己的同学。

"小姑娘,来这边。"娜娜招手。

云念薇眼神一亮,忙跑到娜娜面前。不过她很快就认出了娜娜是谁,立即添了几分戒备,她没有忘记,娜娜在林公馆里招蜂引蝶的模样,以及她们还起了一点儿小小的冲突。

娜娜似笑非笑地问:"小姑娘,你还记得我吧?"

"不买画我就走了。"云念薇抱着画轴就要离开,娜娜忙起身将她拦住:"别急呀,谁说我不买?"

云念薇抬眼,看到眼前的娜娜比以前更加成熟漂亮,杏眼更加有风情,这是一个颠倒众生的女人,但就是没法让她产生任何好感。

"一幅画一千大洋。"云念薇没好气地说。

娜娜拿起一幅画,看到上面画着一株绿色藤蔓,粗大的藤条缠绕着生长,隐约可见枝蔓的形状是一个人形,只是最顶端的那一根枝条是白色的,没有填涂绿色颜料。

她笑了笑:"构思倒是精妙,也不是那种山山水水,就是古怪了些。"

云念薇白了她一眼:"这是瑶草。"

"瑶草?没听说过。"

"《山海经》中记载:'瑶草有奇效,服之媚于人,为人所爱。'意思就是说,你吃下瑶草的一片叶子,所有人都喜欢你。"云念薇说得头头是道。

露珠儿在旁边听得入了迷,痴痴地问:"真的有这样神奇?"

"那是自然。"

娜娜见露珠儿入了神,"扑哧"一声笑了出来。

云念薇不高兴了:"你笑什么?"

"这幅画一千大洋是吧?我这妹妹买了。"娜娜笑得眼睛都弯了起来,"露珠

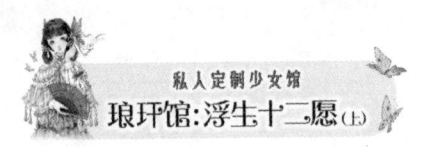

儿，你不是喜欢吗？你就买了吧。"

露珠儿立即面露难色："可是我没有一千块大洋……"

"怕什么，我来帮你。"

露珠儿愣住了，不知道娜娜说的是真心话还是场面话。一千大洋，她可从来都没有支配过那样一大笔钱。

云念薇顿时惊喜："真的？那你是付支票还是现金？最好是支票，现金我拿回去不方便。"

"支票。"

娜娜往旁边一瞥，正看到布景师在布置一处摊位，那是下一场要拍摄的场景，按照剧本，她要去一个书画摊前购买颜料。

她扭着腰走过去，铺开一张白纸，在上面写了几笔，然后递给云念薇："给，这是画钱，你拿好了。"

云念薇仔细一看，上面居然写着五个字"一千块大洋"，顿时气结："你什么意思？"

"我帮露珠儿写一千块大洋，买你这幅仙草。"娜娜笑得促狭，"你指着一幅画说那是仙草，是神物。我写了一千块大洋几个字，怎么就不能买你的画？"

露珠儿立即尴尬得不行，笑容凝固在脸上，她抱着那幅瑶草图，放也不是，不放也不是。

云念薇一把将瑶草图拽了过来："不买就不买！别来戏弄我！"

她扭头就要走，娜娜却再次拦住了她。

"你捣鼓这些稀奇古怪的玩意儿，是不是已经不在云家住了？"

"关你什么事？"

"我的意思是，你整天在外头逛游，应该是个消息通，那你肯定知道林居意在哪里。"娜娜低声问。

"不知道。"云念薇没好气地回答。

娜娜却一笑："我知道你喜欢林居意，他失踪了，你应该很悲伤才对。可是我提起他的名字，你只表现出对我的不耐烦，并不伤心，那我猜——你知道他的下落，对不对？"

云念薇没想到自己会露出破绽，也没想到娜娜居然如此精明，她狠狠撞开娜娜，闷着头就往外走。

露珠儿想喊住她,娜娜拽了她一把:"你还真想买啊?"

"姐姐……"

"那是假的!一幅画而已,能让所有人都喜欢你?"娜娜掏出小镜子照起来,"人们喜欢的,是漂亮的脸蛋,抹了蜜的嘴皮子,除此以外,什么都不是!露珠儿,醒醒吧,别总是一副老实的样子,总被人欺负。"

露珠儿难过地低下头。

"娜娜小姐,休息好了吗?我们开机了!"导演笑眯眯地对娜娜说。

娜娜忙收起小镜子,笑靥如花:"这就来。"

导演看向露珠儿,笑容淡了几分:"露珠儿,你也准备准备,好好表现,别连累剧组。"

露珠儿赶紧应了一声,趁着众人不注意,扭过头去擦了擦眼角的泪。

她从来都活得如此卑微,像一根草芥。

她想要什么,不想要什么,从来都不重要,只因为,没有人喜欢她。

三

云念薇气呼呼地回了琅玕馆,抱着画卷瘫在椅子上。

翎七走了进来,瞄了她一眼:"受委屈了?"

"没有。"

翎七自然不信:"早就告诉你,推销画可是很不容易的。"

云念薇望着屋顶,忽然问:"翎七,为什么非要买画人付一千块大洋呢?"

翎七一笑:"因为世人爱财,大洋是他们顶喜欢的东西。在我们眼里,那不是一千块大洋,是代表着凡人的爱之珍贵。将灵兽和妖交给他们,我才放心。"

"要是他们出不起钱呢?"云念薇想起露珠儿,那个眼睛里闪着热切光芒的女孩。

可是,她付不起钱……

"那就付出其他代价吧。"翎七十分轻松地说,"比如,付出十年的寿命,也可以。凡人也都很爱惜自己的生命。"

云念薇咽了口吐沫:"算了,还是让他们给钱吧。"

翎七站起身:"咱们在这里说得起劲,可是根本没人愿意买画。"

话音刚落,就听到门外响起了一个声如蚊蚋的女声:"我买。"

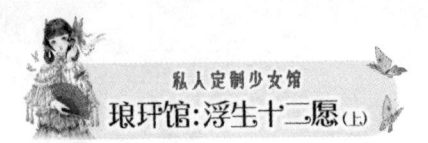

云念薇从椅子上一跃而起,看到露珠儿怯生生地走进来,她重复了一遍:"我买,瑶草图。"

有客人上门,云念薇反而不知道该如何招待,翎七倒是依旧从容淡定,让露珠儿坐下,问:"你为什么想买?"

"我想让所有人都喜欢我。"露珠儿回答,她搓了搓衣角,求助地看向云念薇:"我可以赊账吗?"

云念薇想也没想,一口答应:"可以,你只要写一张欠条就可以了。"她现在急切地想卖出一幅画,好可以继续留在琅玕馆。

云念薇展开瑶草图,在桌子上铺好:"露珠儿,这瑶草图还差一笔,只要你添上一笔,瑶草就为你所用了。"

露珠儿走上前,挑了一支画笔,蘸取了一点儿绿色颜料,将瑶草空白的部分填补完整后,她半信半疑地问:"然后呢?"

话音未落,画纸忽然动了动。露珠儿顿时满脸惊恐,连连后退:"难道……活了?"

"本来就是活的。"翎七敲了敲画纸,"要出来就赶快,别磨叽了。"

话音刚落,画纸上便伸出一株绿色的枝蔓藤条,像一个人的手,按住画纸使了使劲,底下的身躯便跃到纸上。

这小小的一株绿色藤蔓太像人的身躯了,四肢俱全,唯独没有头。它扭了扭,发出了细小的声音:"主人在哪里?"

云念薇和翎七齐齐看向露珠儿。

露珠儿吓得转身就跑,却听到云念薇在身后高声喊:"叶公好龙的故事听说过吗?"

"没……没……"露珠儿不知她是什么意思,颤巍巍地站住了。

云念薇淡淡地说:"古时有一个人叫叶公,他很喜欢龙,天天画龙。有一天,龙知道了这件事,很高兴,特意现形来见叶公。结果,叶公吓得屁滚尿流,连呼救命。露珠儿,你不会也像这个叶公一样没出息吧?"

露珠儿转过身,迟疑地走到瑶草面前。

翎七将瑶草捧起来,递到露珠儿手里:"拿回去栽到花盆里,摘下一片叶子吃下去,就能达到你想要的效果。"

露珠儿心绪复杂地捧着那株会动的瑶草,用手帕盖住,低声说了一句"谢谢"就

第五章 瑶草之愿

出了琅玕馆。

她走得很急,不停地回头,生怕身后有人追,可是低头看了看手中的瑶草,却又有点儿害怕。

露珠儿返回了自己所住的地方,这是一栋颇有古意的二层小楼,木楼梯年久失修,踩上去咯吱作响。露珠儿每次走上去,都会感到害怕,可她现在飞快地上楼,将楼梯板踩得嘎吱作响。

她跑进房间,将瑶草放到桌上,然后从窗台上拿起一个花盆。花盆中原本有一株未开的玫瑰花,露珠儿想也没想,就将玫瑰拔出来,将瑶草种了进去。

窗外,响起了隆隆雷声,暴雨倾盆而下。

电闪雷鸣中,露珠儿的脸被照得惨白,她看着瑶草,低低地笑了起来:"全靠你了,全靠你了!"

这时,房门悄悄地开了,娜娜穿着睡衣站在门口,当她看清楚房内情景时,吓得一把捂住嘴巴:"露珠儿,你在干什么?"

屋内没有开灯,露珠儿蹲在地上,像一个鬼魅,窗扇大开,风呼呼地灌进来,将床纱吹得老高。此情此景,确实有些瘆人。

露珠儿赶紧跳起来,将窗户关上,然后才把灯打开。娜娜快步走进来,扫了一眼狼藉的地面:"你怎么把玫瑰花给拔了?"

"我……我不想养这种娇气的花了,所以改种其他的植物了,好养活。"露珠儿赶紧将瑶草搬起来放到窗台上。

"为什么?"

露珠儿看着娜娜,都说灯下看美人,别有一番风味,如今娜娜坐在面前,她心里不由得感慨,此言非虚。

娜娜肌肤莹润,眼睛妩媚,身姿玲珑有致。这样的娜娜,是一朵又香又红的玫瑰花。

"没什么原因,我就像这株绿植,不知名姓,普普通通,就该这样活着。"露珠儿眼神闪烁,"所以,我不该养玫瑰,养养这种草就行了。"

娜娜有些触动,拉住露珠儿的手说:"你别这样想,咱们都配养玫瑰花。当初我们两个一块来到这里打拼,相依为命,最坏的时候一块锅巴吃三天。那时候没机会,挣钱少。现在我总算接到电影了,以后可以提携提携你。你只要好好演戏,咱们的日子一定会一天比一天好。"

一天比一天好?

露珠儿冷笑。

道理她都懂,可为什么她总是那个依附于娜娜的人呢?她已经受够了活在娜娜阴影里的日子。

只要娜娜存在,人们永远对她没有好脸色。因为人们会将她们两个人进行对比,然后做出选择,凭什么她就是那个不受待见的呢?

而且娜娜也未必对她好,就说那木质楼梯吧,看着摇摇欲坠,露珠儿每次上楼都心惊胆战。可是娜娜每个月的钱都花在吃喝打扮上,从来都没有想过找人修缮。

露珠儿甚至觉得,娜娜经常在一楼歇息,不需要每天都上二楼的卧室,所以她也就装作看不见露珠儿每天上楼的窘迫。

"姐姐,我累了,想休息。"露珠儿从枕头底下掏出睡衣,那件睡衣是普通棉质的,不同于娜娜的真丝蕾丝睡衣。

娜娜站起身,往门口走去:"行,那我去休息了,你别想太多。"

房门轻轻地关上了。

露珠儿将瑶草抱在怀里,深深叹了口气:"瑶草啊瑶草,你真的能让所有人都喜欢我吗?"

瑶草忽然伸展了一下身躯,似是伸懒腰:"可以,我的主人。"

"我该如何做?"

"每天掐一片叶子,看着你想要取悦的人,将叶子吃掉。我保证,那个人会喜欢你到发疯的程度。"瑶草说。

露珠儿微微一笑:"这样简单?"

说得这样美好,她都想眨一眨眼睛就是明天了。

四

翌日,露珠儿起床梳洗,在准备去剧组之前,她摘下了一片瑶草的叶子。

为了保护瑶草,她小心翼翼地将瑶草搬到桌子上,将窗户关得严严实实的。走下楼时,露珠儿看到娜娜已经坐在一楼的长桌上喝咖啡了。

娜娜穿着一件真丝旗袍,头发卷成了大波浪,正优雅地一边举起咖啡杯,一边垂眼读着报纸,露珠儿顿时生出一股无名之火。

她记得很清楚,当初从乡下来城里,娜娜就因为比她多认得几个字,在应聘剧组

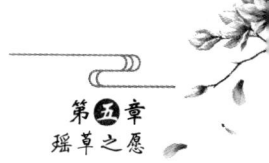

第五章
瑶草之愿

的时候，导演才给了娜娜一个角色。可是娜娜和露珠儿相处的时候，从来没有提过教她读书写字的事情。

这个时候，娜娜怎么不说提携她了？等到真正关键的时候，好姐妹都藏着私心！

露珠儿火大，将椅子一拉，坐了下来，她拿起面包，狠狠咀嚼起来。

娜娜看了她一眼："起床啦？喝杯白水吧，去去火气。"

"我一个粗人，也只能喝白水了。"露珠儿端过白水，一饮而尽，她现在更加生气了，娜娜居然嘲讽她不配喝咖啡？

等着！

露珠儿怒气冲冲地吃完早饭，跟着娜娜往外走。两个人坐上黄包车，一路无话，来到了摄影棚。

今天这场戏是重头戏，要拍男主角和女主角第一次见面的场景。男主角是当红小生孟三千，也是露珠儿的偶像。

摄影棚里，剧组的工作人员已经各就各位，副导演一看娜娜，赶紧迎了上来："我的姑奶奶，您总算来了！您是主心骨，少了您可不成啊。"

娜娜得意地笑了："导演呢？快开始吧，我昨天可背了几个小时的剧本呢。"

"在那儿！"副导演一指。

娜娜赶紧堆了满脸的笑，风情万种地走了过去，导演正拿着剧本，和孟三千讲戏。孟三千穿着白色西装，梳着大背头，正全神贯注地听导演说话。露珠儿不由得就看呆了眼。

她犹豫了一下，从口袋里掏出那片瑶草叶，走到导演面前，将叶子吞了下去。而娜娜正在和孟三千打招呼，根本没有留意到她的动作。

导演一抬头，正看到露珠儿，不由得呆住了。

他眼睛里的神采一点点亮了起来，似是暗夜里的星辰，终于等到了乌云散开，他霍然起身，颤声问："你……你是谁？"

露珠儿羞涩地低下头："我是娜娜的妹妹，叫露珠儿，也是剧组的演员。"

"你特别像明星元小令，可惜啊……她英年早逝，我一直寻找，也没有找到和她相像的。"导演感慨万千，"露珠儿，我觉得你很有潜质，你的一举一动，都和元小令很像！"

众人讶异。

孟三千失笑："导演，你今天是不是没戴眼镜？露珠儿一点儿也不像元小令！"

"我不许你侮辱她!"导演加重了语气,看向娜娜的眼神开始变了,"对不起,娜娜,我想……女二号那个角色更适合你。"

娜娜勉强维持着笑容:"导演,我知道你爱和我开玩笑,快正经拍摄吧。"

"我是认真的。"导演拿起喇叭,向工作人员喊,"服装,服装在哪里?带我们的女主角去换衣服!我已经决定把女主角更换成露珠儿了!"

副导演目瞪口呆:"导演,你说换就换啊?"

导演点头,拍着露珠儿的肩膀,语重心长地说:"我太喜欢你这个型的演员……你一定能出人头地。"

露珠儿激动了,她没去看娜娜是什么表情,只是跟着服装师去换衣服了。她穿上那身女主角的服装后,化妆师来给她化妆,看着镜中一点点美丽起来的自己,露珠儿感动得几乎要流下两行热泪。

这种被人仰慕的感觉,真好!

娜娜直接被降为女二号,倒是没说什么,乖乖地去换了衣服和妆发。等到开始拍摄,露珠儿才发现了一个问题——

她没有背剧本。

之前拿到剧本,露珠儿发现自己只有十三句台词,她将这十三句话背熟了之后,就将剧本扔到一旁。

现在,她根本不知道这是个什么故事,女主角要说什么台词。

"导演,露珠儿戏感太差了,根本激发不了我的表演热情。"很快,孟三千就开始抗议。

副导演也说:"导演,别闹了,我觉得娜娜更适合女主角。"

娜娜一句话不说,站在摄影棚一角,冷冷地望着露珠儿,露珠儿被那目光所伤,几乎抬不起头来。

"没关系,我来给她讲戏。"导演拿起剧本,让露珠儿过来,然后给她讲解她应该说什么台词,有什么样的表情,该如何走位,如何做动作。

露珠儿听得一知半解,但总算是知道这场戏该如何去演。她根据导演的提示,勉强完成了一天的拍摄。

因为临时换角色,拍摄进度被拖慢了许多,剪辑师要对以前拍的戏份进行修改,编剧也要根据露珠儿的情况,对后续的剧情进行调整。

没人对露珠儿有好脸色。

第五章
瑶草之愿

露珠儿发现自己被众人孤立了，那种被导演赏识的兴奋之情，顿时消散了大半。

露珠儿怏怏地往外走，正碰上娜娜在拦黄包车，她正犹豫要不要跟娜娜同行，娜娜已经坐上车，向她招手："上来吧。"

露珠儿忐忑不安地坐上黄包车，这个城市的画卷在两个美人面前逐渐展开。

"说吧，你付出了怎样的代价，才让导演把女一号的角色给你了？"娜娜从精致的手包里掏扇子，一边扇着扇子一边问。

露珠儿一悚："我什么也没做。"

"骗傻子呢？"娜娜眯起妩媚的眼睛，"你资质这样差，我拼了命地举荐你，才勉强能让你演女二号。现在导演直接将你定为女一号，这其中要没点儿蹊跷，你能上位？"

露珠儿很气愤，往后一靠："不管你信不信，我都问心无愧！娜娜，你真的把我当好姐妹吗？有你这样揣测好姐妹的吗？"

娜娜一言不发，只盯着露珠儿看。露珠儿被她看得发毛，索性说："你这样怀疑我，我看我们也做不成好姐妹了。明天我就从你那里搬走，从此不受你半点儿恩惠！"

那二层小楼虽然上了年头，但房子细节处处都透着一股浪漫气息，露珠儿虽然舍不得搬出那小楼，但为了保护瑶草，她觉得自己应该找个清静的地方。

"随便你。"娜娜扭过头。

两个人，就这样分道扬镳。

五

第二天，露珠儿又摘了一片瑶草叶子。

她从来都没有锁门的习惯，因为身边没有什么值钱的东西，但今天，她将房门锁得死死的。

娜娜依然早早地在客厅吃着早饭，露珠儿看也不看，仰着头走出去，掏出自己最后的钱，拦了一个黄包车。

到了剧组，露珠儿远远就看到导演正在和孟三千谈话，她赶紧走过去。孟三千背对着门口，没有看到露珠儿。

于是露珠儿便听到了孟三千的抱怨："导演，你从哪里找来的一个活宝啊？露珠

儿这个人根本不会演戏！如果你真的要换角，也行！但是你不找专业演员，你好歹找个花瓶是不是？露珠儿五官平平，我根本没兴趣。"

露珠儿愣住了。

她呆呆地站在孟三千的背后，被浇了个透心凉。

"你别管其他，相信我的眼光。"导演安慰孟三千。

露珠儿颤抖着手，从口袋里拿出那片叶子，轻轻喊了一声："孟三千。"然后，她飞快地将叶子吞了下去。

孟三千回头，看到露珠儿之后，顿时惊讶地睁大了眼睛，他仿佛被她的美丽所震撼，呆呆地看着露珠儿，喃喃地道："平儿？"

露珠儿很享受他的目光，微微笑开："孟少，我是你的搭档，露珠儿。"

孟三千这才回过神来，激动地拉住露珠儿的手："露珠儿小姐，下班你有时间吗？我想请你吃西餐。"

"可以，谢谢孟少。"露珠儿心如鹿撞。

导演笑呵呵地说："刚才还说没感觉，这不就有感觉了？三千，带着露珠儿好好演戏。"

孟三千使劲点头，目光几乎无法从露珠儿身上挪开。露珠儿忽然觉得他的目光有些奇怪，像是在阅读某本书，观摩某件瓷器，却没有将她当成一个血肉鲜活的露珠儿。

她赶紧摇摇头，将这些念头扫了个干净，眼前是她一直梦寐以求的孟三千啊，她怎么能退缩？

"哟，这么快就摆平了孟大少，露珠儿你还真是好手段。"娜娜走过来，盯着孟三千握住露珠儿的手，语出嘲讽。

她今天穿了件珍珠白的旗袍，手腕上套了件宝石链，整个人雍容华贵，美艳无双，可是却没有像往常那样激起人们的热情。

"娜娜，你说什么呢？露珠儿的性格温和，你别老是欺负她。"孟三千不满了。

娜娜顿时气得满脸通红："不过是说一句话而已，这也叫欺负吗？"

露珠儿假装解围："孟大少，不要说了，娜娜从女主角变成女二号，心里有气是应该的。"

"行了行了，娜娜，你赶紧去准备吧。"导演向娜娜摆摆手，孟三千也转身走向更衣室换服装。

第五章 瑶草之愿

露珠儿挑衅地看着娜娜,她如今终于扬眉吐气了一回。

娜娜凑近露珠儿,冷冷地盯着她:"你别以为孟三千给你好脸色,你就能得到他的心。他以前有个未婚妻,得病死了,孟三千对她念念不忘!露珠儿,你先别得意。"

露珠儿一呆。

可是,她从没想过要成为孟三千的什么人,她只是将孟三千当成偶像,想要自己的偶像也喜欢自己。

"他的未婚妻叫什么名字?"露珠儿下意识地问。

娜娜哼了一声,飘然离去,错身的时候,她吐出了一个名字,平儿。

露珠儿呆若木鸡地站在原地,她万万没想到,孟三千的未婚妻居然叫平儿。

刚才她吞下瑶草叶,孟三千看到她之后,错将她认作是平儿,这究竟是巧合,还是有某种秘密?

露珠儿心事重重,草草将戏份拍完,应付地和孟三千吃了一顿晚饭。

从餐馆出来,孟三千主动提出送露珠儿回家。昏黄的夜灯,将两个人的身影拉得很长。

孟三千听说露珠儿要另租房子,大方地将自己一处闲置的房产租给她,价钱很低。

"可是,孟大少,我没有太多钱。"露珠儿有些不好意思,她从剧组领的是女主角的薪水,都是按日结算。

孟三千豪气地一挥手:"没关系,我可以不要钱。"

"那不行,不管怎么样,我都要给你钱的。"露珠儿坚持从日领的薪水里掏出一部分给孟三千。

孟三千赶紧推拒:"我怎么能收你的钱,平儿……"他赶紧改口,"露珠儿小姐。"

平儿,又是平儿。

露珠儿没再回避这个问题,她盯着孟三千的眼睛:"平儿是你的未婚妻,是吗?"

孟三千面色沉痛地点点头:"她已经走了……在影迷的眼里,我是举世无双的花花公子,但谁能知道,我的心里放着一个不可能的人。"

"能让我看看她的照片吗?"露珠儿有些不耐烦。

孟三千犹豫了一下,掏出一块怀表打开:"露珠儿小姐,除了你,我从来都没有给任何人看过她的照片。"

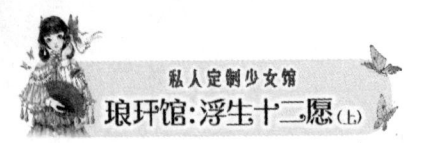

他将怀表递过去,露珠儿看到表壳里嵌着一张照片,照片上的女子笑容温暖,眉眼平和,和露珠儿一点儿也不像。

露珠儿在看到照片的第一眼,就怔住了。

一个可怕的念头浮上她的心头。

"露珠儿小姐,你怎么了?"孟三千发觉她的脸色不对劲。

露珠儿将怀表塞给他,仓皇失措间发现自己已经站在小楼的楼下,她来不及告别,匆匆忙忙进了门,将大门紧紧锁住后就往楼上冲。

到了自己房间门口,她慌慌张张地掏钥匙,差点儿将钥匙掉在地上,等终于打开房门,她一阵风般地冲进去,将房门紧紧锁住。

露珠儿顾不上喘气,扑到瑶草面前:"这是怎么回事?你说,你说啊!"

瑶草比昨天长大了一些,枝叶伸展了许多,它仿佛刚刚被吵醒,打了个哈欠:"主人,怎么了?"

"导演将我认作是元小令,孟三千将我认作是平儿!可我跟她们一点儿也不像!你说,这是不是你干的?"

瑶草顿时弯下身子,一副萎靡的姿态:"主人,你质疑我的能力?"

"也……也不是……我就是想问个明白。"露珠儿忽然有些结巴。

瑶草答:"主人,我的叶子能让别人在看到你的时候,想起生命中最美妙的人或事。导演看到你,会想起他为之倾倒的元小令;孟三千看到你,会想起他念念不忘的情人。我就是这样让他们喜欢上你的,这有什么不对吗?"

"不,不对!他们喜欢的人应该是我!我不想当其他人的替代品!"露珠儿有些失落。

瑶草无奈地摇头:"主人,你扪心自问,自己有什么优点吗?就拿演戏来说,你虽然相貌中上等,可镜头感不强,台词你背熟了吗?演戏的时候能够进入状态吗?你领到了薪水,第一想到的不是去穿衣打扮,提升自己的品位和审美,而是去和孟三千吃饭。那你明天出现在众人面前,还是一个普普通通的乡下姑娘。不靠我,你怎么让人喜欢你呢?"

露珠儿一句话也答不上来,颓然地坐在了床上。

再没有比她更粗糙落魄的女一号了,穿着棉布衣裳,睡着窄短的小床,脸上没有一点儿铅华……

"我懂了。"她喃喃地道,"瑶草,我不会再利用你的叶子了。"

第五章
瑶草之愿

六

第二天,露珠儿迟到了。

就在场务大发脾气、副导演向导演争取换角的时候,露珠儿才姗姗来迟。她穿着真丝旗袍,头发烫成了大波浪,脸上涂着轻粉,一颦一笑皆是风情,完全蜕变成一个时髦女郎。

再也不是昨天那个土里土气的乡下姑娘。

娜娜看到她之后,立即瞪圆了眼睛。她从早晨就没见过露珠儿,原来露珠儿起了个大早,是去购物了。

"露珠儿,你更漂亮了!"导演和孟三千赞不绝口。

露珠儿低头一笑,尽显风情。

"好好表现,电影的投资商林少今天要来。"导演低声说,"他听说换角了,非要来看你的戏。"

露珠儿顿时紧张起来:"啊?"

林家是本地的名门望族,林家有两位公子,大公子林居意忽然失踪,二公子林云崖在军中担任要职。今天,那个位高权重的林云崖要到这里来?

这可是比孟三千还要厉害的大人物。

露珠儿的心"扑通扑通"地跳了起来,她点了点头:"我知道了。"

换衣化妆的时候,露珠儿定定地看着自己,她无心背熟台词,一门心思地想着,等会儿林云崖到了,她要如何表现才能出彩。

说实话,她有些心虚,毕竟她没有娜娜出色。

怀着这样的心思,露珠儿走出化妆间,一眼就看到林云崖已经来了,被人众星捧月般地围在中间。他穿着一身笔挺军装,意气风发,气派果然不是孟三千这种奶油小生能比得上的。

"这就是新换的女主角?"林云崖转过身,看到了露珠儿,"差强人意嘛,我还是觉得娜娜好。"

露珠儿顿时像被人从头泼了一盆冷水,浑身都凉透了,她听不懂"差强人意"是什么意思,却能听懂后半句话,还是将她和娜娜做比较,然后选择了娜娜。

娜娜从旁边踱步过来,娇嗔地往林云崖肩头上一点:"林少,大家都在这儿呢,

你怎么不给我妹妹面子呀？我和露珠儿是好姐妹，谁演女一号都行。"

"谁的演技好，我就支持谁演女一号。"林云崖语气温柔。

"你这是夸我吗？"娜娜故意问。

"当然是夸你了，我不像其他人，有眼无珠。"林云崖用宠溺的语气对娜娜说完，再次看向露珠儿："行了，你们开始拍摄吧，我在旁边看着就行，别管我。"

露珠儿木然地向他点了点头。整个上午，她都恍若梦中，眼睛里只有那个谈笑风生的林云崖，没有戏，没有台词，没有摄像机。

"露珠儿，你在干什么？"导演终于忍无可忍，上前低声对她说，"你今天的戏比昨天更差了！再不打起精神，我向林少也没法交代了！"

露珠儿一怔，嘲讽地笑了起来："导演，你不是昨天说我像元小令吗？"

"再像，那也只是外表像。露珠儿小姐，你要认真演戏，不能再出神了。"孟三千从旁边插嘴说。

原本外表也不像，一切只是瑶草叶的作用。

她的目光越过导演的肩头，看向坐在不远处的林云崖，他正在和娜娜说着话，说到开心处，仰头哈哈大笑。

娜娜就是机灵，妙语连珠，这是她永远都无法做到的。

"导演，我想先休息。"露珠儿低声说。

导演恨铁不成钢地叹息道："那先休息十分钟，我去和林少道个歉。"

露珠儿点头，匆匆逃往化妆间，她拿出自己的一只手包，从包里掏出一个粉底盒，里面有一片瑶草叶静静地躺着。

她想哭。

明明发誓不再利用瑶草叶，可她早上离开的时候，还是忍不住掐了一片带了出来。

"最后一次，这真的是最后一次，如果林少撤资，我的女主角地位就不保了。"露珠儿给自己找了一个完美的理由。

她将叶子含在口中，施施然走出了化妆间，径直往林云崖的方向走去，就在林云崖抬头看她的刹那，露珠儿将口中的叶子吞了下去。

林云崖的表情立即发生了变化。

那是一种从冷到热，从远到近的目光。他缓缓站起来，表情惊讶，像是发现了人间瑰宝。

露珠儿知道瑶草叶子起作用了，服之媚于人，果然力量强大。

只是不知道，林云崖会将露珠儿当成他生命中哪个重要的人呢？

"露珠儿？"林云崖惊喜连连，"你刚才走过来的姿态，比其他女明星还要多几分气度风华呢！"

娜娜惊讶地看着林云崖："林少？"

"娜娜，你看露珠儿，是不是比刚才美多了？"林云崖自信满满地说，"我相信，观众肯定喜欢露珠儿，只要咱们的海报一放出去，这部电影肯定场场爆满。"

娜娜冷笑："林少，你刚才还说露珠儿可能是票房毒药呢。"

"那是刚才！我现在觉得她可爱无双。"

露珠儿也很惊诧，林云崖居然没有将她看作另一个人。她试探地问："林少，你是不是觉得我像哪个人？"

"像谁？你谁也不像，你就是你自己！"林云崖脱口而出。

露珠儿心头涌上一股暖流，她没有被当成别人，她在林云崖眼中，就是真真正正的露珠儿！

这一局，她又赢了。

露珠儿垂着眼皮斜看娜娜，看到娜娜脸上的窘迫表情，感到十分痛快。

不过，她必须要和娜娜分开住了，不然，瑶草的秘密迟早会被发现。

七

露珠儿一边想着心事，一边将戏份演完。收工后，她收拾东西的时候，才发现娜娜不见了。

"娜娜呢？"她抓住一名工作人员问。

工作人员回答："娜娜小姐早就完成了自己的拍摄，提前回去了。"

露珠儿立即感到一阵不安，娜娜提前回家，不会是发现了瑶草的秘密吧？

她顾不上和导演打招呼，提着手包匆匆走出摄影棚，拦了一辆黄包车就往家里赶。一路上，露珠儿在心里想，一定要从娜娜租下的小楼里搬出来，立刻、马上！

到了家，她匆忙上楼，看到自己的房门还是严丝合缝地关着，才舒了一口气，还好，娜娜没进来。

可就在这时，娜娜的声音从身后传来："露珠儿，你是担心这个？"

露珠儿的心一下子提到了嗓子眼，她猛然回头，看到娜娜笑语晏晏地站在身后，

手里捧着那盆瑶草!

"还给我。"露珠儿冷冷地逼过去。

娜娜一伸胳膊,将那盆瑶草悬空在楼梯上方,厉声道:"你再过来,我就把它丢下去!"

露珠儿呆住了,她不确定瑶草摔下去会怎样,她隐隐觉得瑶草没有那样脆弱,但她不敢冒险。现在,瑶草已经是她的全部,她的生命,她的血脉。

"别,有话好好说。"露珠儿挤出一个笑容,"不就是一盆绿植吗?姐姐,你不会拿这个和我撕破脸的,对吧?"

娜娜哼笑:"你别装了,我全都想起来了,这盆绿植跟那天那个小姑娘推销的瑶草图一模一样!你真的把它弄活了?"

"没有……"

"别狡辩了!那个小姑娘说,服用瑶草叶,可以媚于人。你就是用这种方法,让所有人都喜欢你!"

露珠儿忽然冲过去,将瑶草抢到怀里,她急红了眼,狠狠推开了娜娜的手。

"啊——"娜娜发出了一声尖叫,身体后仰,从楼梯上摔了下去。

重重的一声闷响传来,娜娜躺在大厅里,一股股红的血从她身下汩汩流出。

露珠儿惊慌失措地放下瑶草盆,跑出去喊人帮忙,然后将娜娜送到了医院。

在急救室外,她抱住双膝,不断地流泪,一遍遍地想起初来这座城市时,她和娜娜那些相依为命的日子。

她终于愧疚难过起来。

"这位小姐,你的朋友已经没有大碍了,在医院休养几日就可以了。"许久,急救室的大门开了,医生走出来对露珠儿说道。

露珠儿忙问:"医生,会有后遗症吗?"

"病人可能会有失忆的症状,不过不要担心,好好休养就可以了。"医生说。

露珠儿这才放下心来,她决定去买一些有营养的东西,好好帮娜娜调养,然后等到娜娜恢复记忆,她要跪在她面前忏悔,请求她的原谅。

可是当她走到走廊门口,却看到了蜂拥而至的记者和影迷。记者正在采访医生,询问娜娜的病情;影迷们当得知不能进入病房看望娜娜的时候,流下了眼泪。

露珠儿呆呆地看着这一切。

"求求你,让我进去看一眼娜娜小姐吧。"影迷们不断地哀求,护士们赶紧将走

第五章
瑶草之愿

廊的门关起来:"你们不能进去,病人需要休息。"

露珠儿看着这疯狂的一幕,忽然觉得有些可笑。

她刚才居然想要向娜娜忏悔?可是她才是那个被遗忘、被伤害的人啊!她有什么需要忏悔的?

娜娜被这么多人爱着,比自己幸福多了!

"露珠儿小姐,请走这边通道。"一名护士给她指了指另一条楼梯,示意她避开人群。露珠儿点点头,木然地离开了医院。

她步行走回了小楼,缓缓上了楼,看到那盆瑶草还放在二楼的走廊上,她蹲下来,眼泪一滴滴地落下来:"瑶草,我想让所有人都爱我,该如何做?"

"那你就要更努力才可以。"瑶草细声细气地说。

"怎么努力?"

"像娜娜一样努力。"瑶草说,"其实娜娜每天都读书看报,努力学习各种社交礼仪。你大概不知道,她周末的时候会去附近的音乐学校上课,可是你却在睡懒觉……"

"别说了!"露珠儿狠狠地打断它的话,"你怎么知道这些?"

"我是瑶草精,自然知道。"

露珠儿仰头哈哈大笑起来:"对,我不努力,一点儿也不努力,可是我等不及,你知道吗?我想眨一眨眼睛,所有人都拜倒在我脚下……"

她走进房间,扑倒在床上号啕大哭,哭自己为什么如此无能,哭自己为什么只能用眼泪来安慰自己。

哭累了,她沉沉地睡了过去,就这样浑浑噩噩地过了一天,她再次睁眼的时候,才发现外面天色大亮,居然是第二天了。

她猛然想起了瑶草,忙跳下床,她将瑶草重新放到自己的桌子上,青翠的叶子在风中伸展开来。她松了一口气,重重地坐在床上,心想着不知道娜娜怎样了。

想到娜娜,露珠儿浑身一悚。如果娜娜想起往事,会不会揭发是她推自己?

露珠儿哆哆嗦嗦地站起身,现在唯一的办法就是让更多的人喜欢自己。

她捧起桌上的花盆,两脚深浅不一地走了出去。她一边下楼梯,一边低声说:"瑶草,你把所有的叶子都给我,我想让更多的人喜欢我,更多!"

瑶草摆了摆身体:"把叶子都给你,我会死。我死了,你就会被封到画里。"

"画,对,画……"露珠儿将瑶草捧起来,"我要去琅玕馆。"

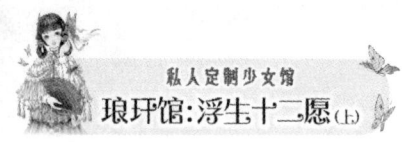

八

琅玕馆。

林居意坐在院子里晒太阳，眼前是一排木架，架上垂挂着无数根细白面条，云念薇正在扒拉着晾晒。

"你这是打算在这里住多久？晒这么多面条。"林居意嘀咕了一句。

云念薇拨开一排面条，对他吐了吐舌头："告诉你，我卖掉了一幅画，我赢了，你别想赶走我！"

"哼，不过是赊账而已，都不知道买主什么时候来付钱呢。"林居意不屑一顾，然而下一秒钟，翎七的声音从前厅传来："茶煮好了没有？来客人了，是买瑶草的客人。"

云念薇赶紧端了茶壶和茶碗出去，林居意从椅子上一跃而起，直直往前厅走去。一进去，他就看到露珠儿坐在椅子上，怀里抱着那盆瑶草发呆。

"这位客人，已经出售的画是不退的。"林居意看到她居然把瑶草带过来了，皱起了眉头。

"喝茶吧。"云念薇将一碗茶放在露珠儿身旁的黑木小茶几上。

露珠儿这才恢复了一些神采："我不是来退画的，我是来付钱的。"说着，她从包里掏出一张支票放在桌子上。

翎七拿过支票，点了点头："谢谢惠顾。琅玕馆不留客，喝完茶你可以走了。"

"不，我还有一个要求。"露珠儿又从包里掏出了三四张支票，"我想买下琅玕馆所有的画，钱我有得是！"

翎七皱了皱眉头。

云念薇也大吃一惊，仔细打量着露珠儿，觉得她的穿衣打扮比初见时要考究许多。她怎么会突然有这么多钱？

"你的钱是从哪里来的？"林居意问。

露珠儿很快镇定下来，淡淡地说："这是客人的隐私吧？你们只要卖画就可以了。"

"买画也是需要机缘的，"翎七继续让茶，"喝茶。"

天气有些热，露珠儿也觉得有些口渴，便拿起茶碗喝了一口。一口清茶入肚，她

第五章 瑶草之愿

忽然觉得哪里有些不对劲了。

她并不知道,那是用讹兽鳞片泡过的茶水。

"回答我,这些钱都是从哪里来的?"翎七继续追问,只是这一次加重了语气,眸光也变得严厉。

露珠儿结结巴巴地说:"是……是我从演员的薪水里预支的,其他的钱都是我用……用瑶草叶子……"

她吞下了许多瑶草叶子,去见了几名投资商,那些人起初对她不屑一顾,后来因为瑶草的灵力,立即慷慨解囊,借给了她几千块大洋。

翎七仰头哈哈一笑:"原来如此,那这些钱买不了琅玕馆的画了。"

"为什么?"露珠儿气愤。

"挣钱不易,才会珍惜这一千块大洋。当你付出金钱的时候,那些钱承载着你的喜爱,可是当你挣钱轻而易举,这一千块大洋对你来说就如同敝帚!敝帚你听不懂是什么意思吧?就是你家里的破扫帚!你拿这样来路的钱买画,就如同用垃圾来换取画卷,不可能!"说到最后,翎七发了怒,一掌拍在桌子上。

云念薇吓了一跳,她还是第一次见到这样暴怒的翎七。她小声地对露珠儿说:"你快走吧,记得把钱还回去。"

露珠儿站起身,无奈地叹气:"好,我可以走,也不买画了,但是你们能不能再答应我一个条件?"

林居意说:"什么?"

"如果我姐姐娜娜来买画,你们千万不要卖给她。"露珠儿认真地说。这是她深思熟虑后的一个想法。

娜娜已经知道了琅玕馆的秘密,难保不会依葫芦画瓢,来这里买上一幅画,如果娜娜也复活了一只灵兽或者妖,那自己该怎么办?

还是没办法赢过娜娜!

看着露珠儿理直气壮的样子,翎七怒极反笑,从齿缝中吐出一个字:"滚。"

九

露珠儿灰溜溜地离开了琅玕馆,她走了几步,忽然反悔,想再和翎七理论一番,可是当她回过身,却发现琅玕馆不见了。

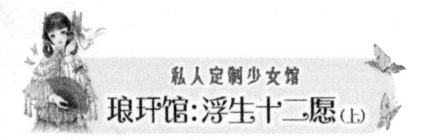

"就是在这里,怎么不见了?"露珠儿寻了几回,原本琅玕馆的位置变成了一堵墙。她强迫自己镇定下来:"没关系,我还有瑶草,有了它,我什么都不怕。"

可是她低下头,发现瑶草尖上生出一块黑斑,有些枯萎。露珠儿急了:"瑶草,你怎么了?"

"主人,我是以你的善念为食的,你的贪念会让我渐渐枯萎。"瑶草有气无力地回答。

露珠儿傻眼了,她心里很清楚,失去了瑶草,她什么也不是,她疯狂地晃动着瑶草:"那怎样才能让你活过来,你说啊!"

瑶草却不再回答。

"不行,我不能再贪心,强迫自己走演员这条路了,当了女主角,我会想成为当红明星。红了之后,我还要想办法让所有的观众都喜欢我。"露珠儿自言自语地道,"这样什么时候是个头儿?我的贪念会逼死瑶草。"

她这样喃喃地说着,心里已经有了主意。

露珠儿抱着瑶草,一直走到胡同外。头顶的阳光很刺眼,她仰起头眯了眯眼睛。

"小姐,需要车吗?"一辆黄包车停在她面前。

她镇定了一下,迈向黄包车:"需要。"

"小姐去哪里?"

露珠儿抚摸着瑶草的枝叶,淡淡地说出四个字:"城南医院。"她心里有一个疯狂的念头,无论如何也要去实践一下。

病房里,林云崖正在喂娜娜喝鸡汤,娜娜靠在枕头上,每喝一口,林云崖面上的笑容就舒展一分。

露珠儿走进病房,看到这一幕,忙转过身。林云崖下意识地回头往门口看,忙喊了她一声:"露珠儿,你是来看你姐姐的吧?快进来。"

"姐姐?"娜娜茫然地看向露珠儿。

露珠儿迟疑地回过身,直到这一刻,她才相信娜娜是真的失忆了。

"姐姐,我来看你了,你身体好点儿了吗?"露珠儿将一篮子水果放到床头柜上,紧挨着林云崖坐了下来。

娜娜抚摸着缠着绷带的头,有些苦恼:"抱歉,我想不起你是谁,我只是觉得,你手里那盆绿植好熟悉。"

第五章 瑶草之愿

露珠儿低头看手里的瑶草，微微一笑。林云崖从旁边好奇地凑过来："露珠儿小姐，这是什么绿植？可见你挺喜欢它的，来看娜娜都带着它。"

"林少，我有几句话，不知道你可不可以拨冗一叙？"露珠儿问。

"当然可以。"林云崖站起身，对娜娜温声说，"娜娜，我去去就过来，你等我。"

露珠儿一边跟着林云崖往病房外走，一边瞟了娜娜一眼，娜娜坐在病床上，眼神柔弱无助，像受惊的小鹿，也像是迷途的白兔，这样的娜娜，自然获得了林云崖的无限怜爱。

不过，再过一会儿，这些全都是她的！露珠儿想。

走到病房外面，林云崖挑了个偏僻的地方，回过身问露珠儿："露珠儿，你想对我说什么？"

露珠儿盯着林云崖，慢慢地将手中的三片瑶草叶放到嘴里，然后吞咽了下去。

"你这是做什么？"林云崖有些愕然，然而很快，他的眼神就变了，变得更加热切。

露珠儿享受地闭上眼睛，轻轻地说："我只是想问你，林少，你有没有觉得我像谁？"

"露珠儿，你谁都不像……"林云崖的声音都发抖了，"我突然觉得，你是世界上最美好的事物。"

"是吗？"露珠儿心中一喜，知道瑶草叶起了作用。这一次，她又赌对了！

她知道，在林云崖心里，娜娜是一个很重要的人，要拼过娜娜，她就需要使用更多的瑶草叶。

思及此，露珠儿羞涩地低下头："林少，你这样说，我可就认定你这是喜欢我的表现了。"

"当然喜欢你，你要什么我都给你。"

露珠儿抬起眼，脱口而出："那我要做林家的少奶奶，你也给吗？"

林云崖一怔，随即，他眼神中的热情熊熊燃烧起来："可以！你要天上的月亮，我也给你。"

"可是我出身低微，恐怕你的父母不会答应的。我觉得，他们更喜欢娜娜小姐吧……"露珠儿的声音越来越低。

林云崖激动起来："比起你，娜娜小姐算什么？我之前只是对娜娜小姐有好感罢

了，现在对你，才是真心的！"

露珠儿顿时狂喜，她终于比过娜娜了！

"我不信，你刚才还喂她喝鸡汤，这能是一般好感？"露珠儿装作不高兴的样子，猛然转过身。

林云崖赶紧辩解："林家投资了娜娜所在的电影公司，我是林家唯一的继承人，那么娜娜就是我的摇钱树啊！摇钱树受伤了，心里委屈了，我自然要百般照顾了，这有什么好奇怪的？"

露珠儿心里更加甜蜜。

原来，他只是将娜娜当成赚钱的工具罢了。

思及此，她回过头，向林云崖露出了一个自以为倾国倾城的笑容。

十

几天之后，一个震惊的消息传遍全城，林家娶了一个出身低微的女子做儿媳妇，这个消息来得太突然，让许多人难以接受。

不仅是百姓震惊，林家父母也无法接受，他们对自己未来的儿媳的要求是必须同时具备美貌、才华、地位，只有这样，才能配得上他们林家。

可是那个露珠儿算什么？不过是个乡下丫头，来到城里几年，才总算是演了一个女一号。于是，林家父母坚决不同意这门婚事。

林云崖就跟中了邪一样，看到父母阻挠婚事，便长跪不起。最终，林家父母不得已让露珠儿过了门。

大婚那天，二层小楼早已被装点一新，除了娜娜，所有相识的人都来向露珠儿道喜，他们脸上挂着谄媚的笑容，千篇一律。

露珠儿没想到自己会这样幸运，只是吞下几片瑶草叶，就迷住了林云崖。她甚至都不需要亲自和林家父母对抗，林云崖就帮她摆平了一切，牵着她的手，迈进了林公馆的大门。从此，她就成了林家的女主人。

她手上戴着"鸽子蛋"，穿着雪白的婚纱，风风光光地嫁进了林家。

在林公馆豪华的婚房里，露珠儿拥有独立的衣帽间，里面放满了绫罗绸缎。

露珠儿放弃了演员生涯，她再也不需要看剧本、背台词，每天只是喝喝茶、打打牌，一天的时光就过去了。

第五章 瑶草之愿

她每天修身养性，涤清杂念，于是瑶草真的一天比一天茂盛起来，长出许多新叶。露珠儿常常掐掉几片，当着林云崖的面吞下去，她知道，如今她能仰仗的只有林云崖。

"主人，除了林云崖，你就没有其他想要取悦的人吗？"瑶草终于忍不住问她。

露珠儿正穿着金黄的真丝旗袍，在房间里听音乐，闻言，她微微一笑："除了他，我谁都不想取悦。"

"为什么？"

"因为我在别人眼里，不过是一个替代品罢了。"露珠儿眯了眯眼睛，伸手拨弄着瑶草的绿叶，"你的叶子，只能让我成为一种美好的幻想。别人看到我，都觉得我像他们最怀念的某个人，而不是露珠儿。可是林云崖，从来都没说过我像谁，就凭这一点，我就认了。"

瑶草抖了抖："可是，林云崖也不例外。主人，希望你不要再把我的叶子花费在林云崖身上了。"

"住口！我要他喜欢我，生生世世都喜欢我。"露珠儿斩钉截铁地说。

瑶草不说话了。

露珠儿忽觉有异，扭头一看，发现娜娜站在门口，正不可思议地看着她。

她慌忙起身："你怎么来了，也不敲门？来人，来人啊！"

丫鬟匆匆赶过来："夫人，有事吗？"

"你们怎么让她就这么进来了？"

丫鬟满脸惊恐，连忙解释："娜娜小姐是林公馆的常客，从来没有拦住不让进的规矩……"

"那是以前！现在我嫁过来了，一切规矩都得听我的！"露珠儿声色俱厉，"给我滚！"

丫鬟吓得赶紧扭头下楼，而娜娜还站在原地，像看一只怪物一般打量着瑶草。

露珠儿冷笑："娜娜姐姐，我那句'滚'，也是对你说的。"

"这到底是怎么回事？丫鬟没看见，我看见了！你刚才在和一棵草说话！"娜娜快步走过来，神情激动，"我想起来了，全都想起来了！你为了这棵草把我推到楼下……"

"那又怎么样？姐姐，我现在是林夫人。"露珠儿冷冷地说，"我有瑶草，你没有。我比你强上百倍！"

娜娜怒极反笑:"你的意思是,这棵瑶草能够让任何人喜欢上你,对吧?"

"没错。"

一个月不见,娜娜瘦了许多,身姿如同风中杨柳,那双眼睛也大了许多。她看着露珠儿,语气里饱含自嘲:"你以为我也喜欢林云崖,所以处处和我敌对,是吧?"

"难道不是?"

"我不过是逢场作戏罢了,因为我了解他,林云崖不爱任何人,也包括你。"娜娜一字一句地说。

露珠儿身上忽然一阵发冷,觉得有哪里不对劲。娜娜说林云崖不爱任何人,那么林云崖到底把她当成了什么?

"我希望你别对林云崖抱太大希望,自己还是要有一技之长。言尽于此,告辞。"娜娜说完,决绝而去。

露珠儿看着她窈窕离去的身影,忽然笑了起来:"嫉妒,你一定是嫉妒我!"她伸出颤抖的手,揪下几片瑶草叶子:"有了这个,我什么也不怕。"

青葱的叶子躺在她手心里,才让她生出一丝安全感。

露珠儿坐在小阳台上,一直坐到天黑,才终于看到一身军装的林云崖从外面回来。她慌忙起身,走进房间,在镜子前整理了一下自己的衣服和妆容。

林云崖上楼,看到黑黢黢的房间,皱着眉头开了灯,他不满地向身后的女佣叮嘱:"以后天黑就要开灯。"

"是,少爷。"

露珠儿赶紧迎上去:"云崖,对不起,是我忘了开灯了。"

林云崖淡淡地看了她一眼,没有说话。

露珠儿忽然心里很没有底气,林云崖渐渐变了,变得越来越不愿意和她交流,她不知道究竟是哪里出了问题。

她只能,一次次地吞下瑶草的叶子。

露珠儿将手心里的叶子吞下,然后直直地看着林云崖,她想到林云崖狂热的眼神,心里不由得暗喜。

"真漂亮,漂亮!"果然,林云崖快步走到她面前,眼神惊喜。

露珠儿低头一笑:"云崖,你这样说我很高兴。"

然而下一秒钟,林云崖忽然变了脸色:"你怎么说话了?"

"说话不好吗?"露珠儿茫然地抬起头。

第五章
瑶草之愿

"别说话,别说话!就这样静静地站着。"林云崖斩钉截铁地下了命令。

露珠儿毛骨悚然,一步步地往后退:"云崖,你怎么了?"

他的眼神如同野兽:"我让你不动,也别说话!"

露珠儿吓得哆嗦,只得站住,她不知道,也不懂林云崖在想什么,只是心里一阵阵地后悔。

如果她没有贪图更多的爱,就不会吞下过量的瑶草叶,也不会惹下这么多的麻烦。她颤抖着问:"云崖,我是谁?你还知道吗?"

林云崖终于温柔下来:"你是黄金,是我最爱的黄金。"

黄金?

露珠儿被这个答案惊呆了,她一步步地后退,终于退无可退,身后就是冰冷的墙壁。

林云崖走过来:"露珠儿,不知道为什么,我看到你就像看到了黄金。你在我眼里,就是个金人儿。你别说话了,就当一个金雕像,好不好?"

"不,我不是金子,我是人!"露珠儿大喊,可是林云崖像听不到她的喊声一般,喃喃自语:"这样大的金子……"

露珠儿终于落下两行眼泪,此时她才明白,瑶草叶可以制造一种幻象,让人们在看到她的时候,仿佛看到自己最喜欢的东西。可是,永远都不是喜欢她露珠儿啊!

她想不到的是,林云崖最喜欢的不是什么人,而是黄金。可她却自作多情地以为,林云崖没有当着她的面喊其他人的名字,就是喜欢她这个人。

错了,全错了!

露珠儿躲开林云崖,扑到窗台前,一把抱住瑶草:"瑶草,快告诉我怎么让林云崖恢复正常?"

"不可能了,你已经吞下了瑶草叶。"

露珠儿绝望了,而林云崖已经扑到了她身后:"让你别动、别说话,你怎么不听?你乖乖地坐在那里别动,我什么都给你。"

"不!我是露珠儿,不是你们喜欢的其他什么东西!"露珠儿跃身跳上窗户,"你别过来!"

林云崖急了:"你别做傻事!"

露珠儿想要拨开他的手,却用力过猛,脚下一滑,身体瞬间失去了重心。

她尖叫一声,从窗台上摔落下去。

十一

露珠儿没有死。

她从二楼窗台上摔下去，正好摔在草地上，只是受了一点儿轻伤，可是她的额角撞到了石头，从此便胡话连篇，疯疯傻傻。

林家夫人疯了，这传出去就是一个笑话，林老爷连夜将露珠儿送走，并对外宣布露珠儿已死。

死讯传到琅玕馆，云念薇有些难过，如果当初她没有将瑶草卖给露珠儿，露珠儿就不会死。

"不管露珠儿有没有瑶草，她都要明白一个道理——这世界上没有无缘无故的爱。她要想获得人们的喜爱和赞美，就要让自己变得美好起来。"翎七还是那副淡定的样子，坐在椅子上，慢慢品着他喜欢的碧螺春。

林居意有些不忍："可是，露珠儿付出了生命的代价，实在是可惜……"

"她没死。"门外忽然传来一个鹂歌般的声音。

云念薇吓了一跳，赶紧往外面看去，只见娜娜和露珠儿一起走了进来，露珠儿手里捧着那盆瑶草。

同样是两个美人，同样身姿窈窕，同样穿着精致的旗袍，只是一个华彩万丈，一个木讷呆滞。

露珠儿眼神呆滞，有些木讷地看了一眼云念薇，就将目光垂了下来，而娜娜在看到林居意的一刹那，就惊叫出声："林大少爷，你真的在这里！"

林居意慢慢站起身，苦笑着说："娜娜，我已经不是林大少爷了。"

"为什么……"

"不用问了，我不会回林家，永远都会在这所琅玕馆里。"林居意知道娜娜想问什么，忙阻止了她。

娜娜只好沉默。

"露珠儿，你怎么样了？"云念薇迎上前去。

她心里喜悲交加，不知该如何是好。喜的是露珠儿的死讯只是讹传，悲的是露珠儿看上去过得并不好。

露珠儿动也不动，只是低头看着手里的瑶草，又似乎什么也没看。

第五章
瑶草之愿

娜娜右手轻轻搂着露珠儿,叹气:"我们是来送这盆瑶草的。"

"她到底怎么了?"

娜娜回答:"露珠儿自从受了那次打击之后,就再也没有说过一句话,整天只是呆坐着。医生说,她可能受了太大的刺激,不过谢天谢地,今天总算说了一句话,让我陪她来送还瑶草。"

云念薇接过那盆瑶草,瑶草扭动着身体,发出失落的声音:"主人,你不要我了吗?"

露珠儿轻轻地摇了摇头。

"主人,我能够帮你,让别人喜欢你。"

露珠儿微微张口,喉咙似乎干涩异常,终于吐出了一句话:"不用了。瑶草,再见了。"

那些虚情假意,那些不属于她的喜爱之情,真的都不用了。如今的她只想说一句:"再见,永远不见。"

这一声再见,能够解除他们的主仆关系,只见瑶草抖了抖,忽然化作一道绿粉,旋转着飞向半空,然后消失了。

云念薇茫然地望着屋顶,翎七从椅子上站起来,解释道:"瑶草自由了,画卷又空出了一张。"

娜娜长叹一声,有些愧疚地看向云念薇:"对不起,以前我对你的态度不太友好,在此向你道歉。"

这一刻,她态度谦和,不再是那个电影明星娜娜,更像是一个邻家姐姐。

"不用,我已经不计较了。"云念薇轻轻摇头,担忧地看向露珠儿,"只是她以后会如何生活呢?"

娜娜笑了笑:"你别忘了,我是她姐姐。小时候我们在泥巴地里打滚的时候,就商定了要照顾彼此一辈子。"

露珠儿依然木木地站着,仿佛没有听到娜娜所说的话。娜娜有些失望,牵着她的手,说:"告辞。"

"娜娜,"林居意忽然喊住她,"你有没有后悔过,当初应该买下瑶草图,让瑶草为你所用呢?"

娜娜停住脚步,愕然回头,然后失笑:"林大少爷,为什么要问我这个问题?"

"因为我想知道,买画之人的下场会不会都是一样的。"

娜娜略一思索,摇了摇头,耳垂上的珍珠耳环来回摇晃,带起了一圈圈温柔的光晕。

"我不会买瑶草图的,"她认真地回答,"因为只有来之不易的东西,人们才会珍惜。"

来得容易的东西,去得也容易,包括这世间的——爱。

一直没有太多情绪的露珠儿,在此时忽然浑身一震,她睁大眼睛看着鞋尖,眼眶里蓄满了泪水。

娜娜没太在意,只是向林居意点了点头,搂住她的肩膀就转身离去。

林居意站在琅玕馆门口,目送她们离开,直到她们的身影消失在巷口,还没有收回目光。

云念薇想起露珠儿最后的表情,忙问:"林居意,露珠儿的神智明明是清醒的,她为什么要故意装傻?"

"她不是故意装傻,她是不好意思面对娜娜,毕竟她伤害过娜娜。"林居意怅然一笑,"不过我觉得,露珠儿应该快要想通了,在这个世界上,真正对她好的人是谁。"

微风习习吹来,吹起了云念薇的长发。她歪着头看他,乌黑的眼眸里充满慧黠:"是啊,我也这么觉得。对了,林居意,这次你不会再赶我走了吧?"

这一笑美丽至极,仿佛霞光也为此温柔,清风也忍不住驻足。

林居意忽然心头狂跳,忙扭转视线去看天边,不敢多看云念薇一眼。

此时,西边天际铺满了万里云锦,光华流转,成群的昏鸦哑哑叫着,飞向归巢的路。

他鼓了鼓勇气,牵起了云念薇的手,那只手柔腻细滑,握在手里如同握住了一块美玉。

"我不会赶你走。"林居意慢慢地说,声音有些喑哑。云念薇这才翘起嘴角,露出一抹胜利的笑容。

她并不知道,林居意的这句话并没有说完——

我不会赶你走,因为你在我心里。

第六章

长生之愿

第五愿

我有一愿，愿此生绵绵长长永不绝。

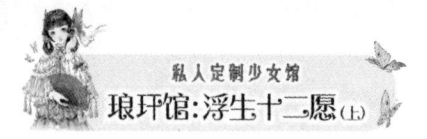

一

一场雨过后，林花谢了春红。

琅玕馆已经冷清多日，今日终于迎来了一位客人。

那富商中等身材，穿马褂，戴黑框小圆眼镜，拄着一根原木拐杖，鼻子底下两撇小胡子格外滑稽。

他尖着嗓子叫："一千块大洋？你们这是坑钱呢，还是抢钱呢？"

云念薇顿时汗颜，她为了继续卖画，十分卖力地在人流密集的街道上向来往的路人们推销。终于，一个富商打扮的人对琅玕馆的妖族画卷很感兴趣，她还以为一定能够做成这笔生意，没想到……

翎七依旧一身竹青长衣，他用淡色瞳仁看了富商一眼："连一千块大洋都不愿意出，看来你也不是很喜欢这些画，既然如此，请回吧！"

"谁说我不喜欢？"富商恼火地叫，"我生气是因为你的态度！"

"好了好了，是我们的错。"林居意赶紧上前解围，"要不然这样，你如果没有这么多钱，可以先赊账。"

富商嘿嘿一笑："赊账？"

"对，先给我们打个欠条，等你有钱了再付。"林居意尽量保持着声音谦恭平和，他以前锦衣玉食，还从来没有这样和别人说过话。

"那好，五十年之后我再还。"富商作势就要从袖中掏纸笔。

翎七皱起了眉头。

"得了吧，人生在世短短几十年，你欠上五十年早该死了，到时候我找谁要去？你还是麻溜地把钱付了！"

富商并没有立即答应，而是色眯眯地看了云念薇一眼："让我付钱也行，我得考虑考虑。这样吧，我晚上有个酒会要参加，如果这位小姐能陪我去跳支舞，我立即付清全款……"

云念薇一惊，脸顿时涨得通红。

富商却肆无忌惮地盯着她看，心里盘算着晚上那场酒会。然而就在这时，林居意忽然挡住了他的目光。

"你……"富商勃然大怒。

第六章 长生之愿

第二个字还没说出口,他就被林居意一把提了起来,脖颈上顿时传来了窒息感。富商一边努力让脚尖触地,一边挣扎着:"你!放手……"

"我警告你,别动歪脑筋,不然我不客气了!"林居意眼睛里几乎要喷出怒火。

"林居意,别这样!"云念薇赶紧上前掰他的手,她的眼眶里蓄了一圈晶莹的眼泪,哀求地望着林居意,整个人楚楚可怜。

林居意手一松,富商才重新站到地上,他剧烈地咳嗽着,指着他们喊道:"你们……就你们,别想卖出一幅画!"

说着,便落荒而逃。

翎七淡淡地看了林居意一眼:"从他进门的那一刻起,我就嗅到了他身上散发出的邪气。"

林居意一把拉起云念薇:"走,我们离开琅玕馆!"

"林居意,你不能离开琅玕馆的!"云念薇惊叫。

"就像这臭麒麟说的,人生短短几十年,我为什么要把时光浪费在这个鬼地方?"

林居意拉着她就往外走,他从来没有一刻像现在这样愤怒,他不能忍受云念薇被人怠慢一丝一毫。

云念薇心头狂跳,同时也有些感动。她也想不顾一切地和林居意离开,可是……

走出琅玕馆两三步,林居意感觉面前有一堵无形的墙,挡着他无法前行。云念薇小心地问:"结界?"

"臭麒麟!"林居意愤怒地回头,看到翎七优哉游哉地站在门口,一副事不关己的样子。

翎七慢悠悠地说:"你觉得,我会让你如愿离开这里吗?外面兵荒马乱,京森人已经开始进攻,很快就会打到这里。你带着云念薇在这个时候出去,不是吃炮弹就是挨暗刀,还有,因为战乱,米价狂涨,你这是打定了主意要饿死了吗?"

林居意更加愤怒,刚要开口说什么,云念薇忽然摇了摇他的手:"你看,有人来了。"

在十步开外,一名身穿袄裙的年轻女子静静地站着,正笑盈盈地看着他们,她看上去不过二十岁出头,面容温和,只是眉心笼着一抹轻愁。

"请问,是琅玕馆吗?"女子轻声问。

云念薇忙回答:"是的,你要买画吗?"

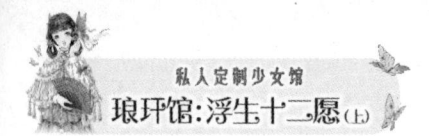

女子点头:"听说画中灵兽和妖都缺少了一笔,只要补完就能获得一只灵兽或妖,让它为自己所用。是真的吗?"

"进来谈吧。"翎七伸出胳膊,示意女子进来。女子袅袅娜娜地走了过来,直直地进入门内去了。

林居意见她轻松穿过结界,也试着往前跨了一步,不料,额头正碰在结界上,他被撞得龇牙咧嘴。

翎七睨他一眼,冷冷地说:"还不快进来,开张了!"

林居意哼了一声,皱起了英挺的眉头。

二

一刻钟后,云念薇端上一杯碧螺春。

女子修养极好,微笑着向云念薇道谢,云念薇抿唇一笑,问:"这位小姐,你刚才说想买画?"

"是,你们三个人,谁是老板?"女子看向三人,不等回答,便指向林居意和云念薇,"我猜你是老板,她是老板娘。"

谁……

谁是老板娘啊?

云念薇在心里抓狂,面红耳赤的,一个字也说不出来,她偷偷看了林居意一眼,发现他也在偷偷看她,赶紧转移目光。

"他们不是夫妻。"翎七淡淡地说。

女子"啊"了一声:"刚才在门口,我看到他们手牵着手,还以为已经结婚了呢。"

林居意有些不好意思,低声说:"让您见笑了。"

"没关系。"女子笑靥澹澹,"我叫含柔,你们叫我含柔小姐好了。"

翎七从刚才就一直低垂着眸子,不知道在想些什么,听到女子如此说,他才抬头道:"你就是名门陈家的千金,陈含柔吧?"

室内的气氛顿时僵了下来。

陈家,赫赫有名的名门望族,祖上在历史上权倾朝野,如今家族没落,那门第也是一般人可望不可即的。如果陈家不称名门,城内无人敢称贵族。林居意和云念薇惊

呀——面前的温润女子,居然不是想象中懒散奢华。

"你……你是怎么知道我的身份的?"含柔惊愕。

翎七倨傲地道:"不光知道你是陈家千金,我还知道你这次来,是有一个人命关天的愿望。"

含柔身子微微一抖,一股惧意升上心头,他居然只用了一眼,就看穿了她所有的意图!

他,究竟是谁?

她再也坐不下去,白着一张脸,站起身就要往外走,可是走了两步,她还是犹豫了一下,站住了。

云念薇忍不住斥责翎七:"你这样说,会吓到她的。"

"只有这样说,才能看清楚含柔小姐是真心想买画,还是假意。"翎七拖长了尾音,"现在看来,含柔小姐心智坚强,就算再害怕,为了所爱之人也还是打算和我们谈一谈。"

含柔转过身,眼睛里泪光闪闪:"是,我爷爷病入膏肓,我想要买一幅画,看能否延续他的生命。"

"人各有命,既然日暮,何必强求?"

含柔凄然道:"道理是这个道理,可我还是不能接受爷爷离我而去。"

林居意思忖了一下:"好,我们卖给你。"

翎七给了林居意一个冷厉的眼神,可他像没看见一样,继续说:"我带你去挑画。"

林居意领着含柔往院子里走,完全一副少东家的模样。翎七终于软了态度,道:"你们等一等,只有九尾狐才能实现长生之愿。"

"九尾狐?"含柔停住脚步问。

翎七解释道:"狐生九尾,一条尾巴就代表一条命,九尾狐就有九条命。你要实现长生之愿,就等于是让九尾狐送一条命给你。此事非同小可,除非让九尾狐自己答应帮你才可以。"

含柔面上震了震,想了想还是道:"好,我愿意试试。如果九尾狐不愿意帮我,我也不会讨回画钱。"

翎七不由得佩服含柔,果然是聪明人,一下子就明白了自己话中的潜在含义。

"含柔小姐果然是爽快人,这边请。"林居意一边请含柔,一边白了翎七一眼。

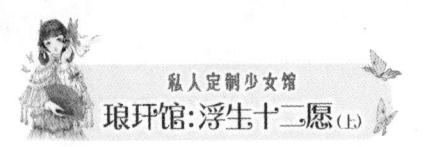

三

一个时辰后,含柔回到了家。

那是一栋老房子,院落很大,院子一角的槐树枝叶繁茂,落下大片大片的荫凉。

她匆匆进了门,用人和她打招呼,她也只是含糊地应了一声:"我不吃晚饭了。"

走进自己的房间,含柔将房门关得紧紧的,才抬起头看浮在半空中的一只九尾白毛狐狸。那狐狸发毛雪白,两只眼睛灵秀无比,正一眨不眨地看着她。

"九尾狐,你能帮我吗?"含柔急声问。

九尾狐摇了摇尾巴,细声细气地说:"你大概不知道,我以前犯下了罪孽,已经被封去了大部分仙力。如果你要我帮你,只有一个办法。"

"什么办法?我愿意付出所有。"含柔忍不住往前走了两步。

九尾狐道:"你听我讲完一个故事,就明白这个办法了。"

含柔心中忍不住疑虑,但还是点了点头:"你说吧,我洗耳恭听。"

九尾狐清了清嗓子,开始讲起了自己的故事——

一百多年前,我只是一只尚未得道的小狐狸。

彼时,正是贪玩的年纪,狐族却将我委派到墨山,守护一株不死树,一同被委派的,还有我的师兄辰翊。

辰翊也是一只道行未满的小狐狸,化出人形之后,身材颀长,俊逸儒雅,在暗夜里看着你的时候,那一双墨眸里仿佛盛满了星光。我从看到他第一眼开始,就喜欢上了他。

但辰翊太闷了,用几个笑话都逗不出他一个笑容,说得多了,他便说:"灵云,这些笑话都是从哪里来的?"

我骄傲地昂起头:"我是从凡人那里听来的。师兄,你就笑一个嘛。"

辰翊却说:"罚跪一个时辰。"

"师兄!"我讶然。

"狐族委派我们两个看守不死树,我们就该谨言慎行。你整天偷偷跑出去玩,万一引来了凡人怎么办?"

我嘟起嘴巴,想起那些凡人:"他们看起来也不像坏人。"

第六章 长生之愿

辰翊便冷笑："看起来不像坏人，可他们做着坏人的事！你再多说一个字，就多跪一个时辰。"

我不敢吭声了，乖乖地跪了下来。

辰翊不知道，我遇到的凡人不仅没有做坏事，反而救了我，所以我才不信他说的，凡人会做坏事。

那是一个下午，我偷偷地从不死地跑了出来，在山林里掏鸟蛋吃，不知道从哪里射来了一支冷箭，"嗖"地破空而来，刺中了我的尾巴。

一阵剧痛袭来，我从树上摔了下来。附近马蹄声声，还伴随着凡人的吆喝，我吓得头皮发麻，顾不得受伤的尾巴，急匆匆地逃走了。

逃到一处小溪旁，我晕倒了。

等到我醒来的时候，发现自己正置身于一间小木屋里，尾巴已经被白布包扎完好，房间中央还有一只小吊炉，里面"咕嘟咕嘟"地冒着泡。

我爬起来，想要往外逃，却撞到了一个小男孩，他"哎呀"喊了一声，一把抱住我："小狐狸，别怕！"

我被他抱在怀里，格外温暖。

小男孩伸手一下下地抚摸着我的皮毛："这里是猎园，都是皇宫里的贵族们狩猎的地方，你下次别来这里啦。"

他又说了好多话，我大概听明白了，小男孩名叫姜海生，爹爹在猎园里当驯兽员，所以他跟着爹爹住在这个小木屋。

我将头埋进他怀里，浑身懒散。姜海生不是坏人，他救了我，笑起来可爱极了。

"你走吧，爹爹快回来了。"姜海生领着我走到一处山林出口，"记住这里，再也别进来了，那些贵族最近都会在这里转悠。"

我跑出好一段距离，回头还看到姜海生站在原地看着我。

他真是个好人。

想起他，我心里就暖暖的。

"你又胡思乱想什么呢？"辰翊闭着眼睛打坐，忽然冷冷地问出一句。

我赶紧在蒲团上跪好，揉着膝盖委屈地说道："师兄，我腿疼。"

辰翊叹气，睁开眼睛："腿疼就不用跪了，只是你得记住，下次别随便去人间。凡人很狡诈，你应付不来。"

我敷衍地答应着，心里却是另一番心思。

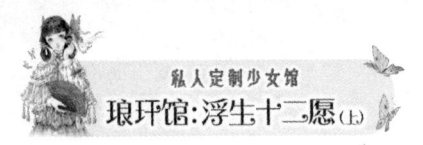

四

所谓的不死树,其实就是一株小树苗,只有我的胳膊粗。

我常常歪着头问辰翊:"师兄,不死树什么时候才能长大啊?"

辰翊穿一身白衣,被风吹起,如同谪仙一般。他淡淡地回答:"不知道,等到长大了,我们才能离开。"

我很失望,从上次见到姜海生,已经过去十天了。如果守着不死树,我要多久才能再见到他呢?

辰翊没察觉我的异样:"我要闭关修炼三日,你守着不死树,要记得浇水捉虫,知道吗?"

我心头一喜,赶紧点头。

辰翊闭关了,我给不死树浇了点儿水,就匆匆下了山。我心心念念的姜海生,那个有着温暖笑容的凡人,我要去见他。

可是,我没有在猎园找到姜海生,后来,我从几名驯兽师的言谈中得知,姜海生的爹爹打算让姜海生去书院读书,所以举家搬离了猎园。

我嗅了嗅木屋里姜海生留下的气味,然后在书院里找到了姜海生。他正坐在私塾里,摇着脑袋读着《诗经》:"关关雎鸠,在河之洲,窈窕淑女,君子好逑。"

风乍起,吹起窗边一根花枝。花枝摇晃,零零落落的花瓣飘下来,落在姜海生的肩头。我伸出手,帮他拍去花瓣,于是,姜海生扭头,便看到了我。

"小狐狸?"他睁大了眼睛。

我低声笑:"我化出人形,你怎么还知道我是那只狐狸?"

"你没把尾巴藏好,其中一根上面缺了毛,可见受了伤。"

果然,屁股后面九只尾巴还在摇晃,看来,还是我仙术不精。

我脸上一红,赶紧收起了尾巴:"呵呵,我故意露出来给你看的。姜海生,别读书了,我们去山林里玩吧。"

姜海生摇头:"不,爹爹要我将来考取功名,我不能不读书的。"

功名?

那是什么东西?

我歪着脑袋问:"功名这个东西,好吃吗?你要是有,给我尝尝呗。"

第六章 长生之愿

姜海生笑起来,露出了两排好看的小米牙,他还没来得及回答我的话,私塾先生的呵斥就传了过来:"姜海生,不好好念书,还有闲心给我走神?"

我吓了一跳,赶紧念了个隐身咒。

私塾先生走到姜海生跟前,严肃地说:"把手伸出来。"

姜海生惊恐地伸出手,私塾先生高高举起戒尺,冲着他的手心狠狠地打了起来。姜海生痛得"哎呀"喊了起来。

我心头一紧,赶紧伸出自己的手,垫在姜海生的手上。戒尺一下下地打在我的手心,疼痛难忍,可是一想到能够代替姜海生受过,我心里格外舒坦。

惩罚完私塾先生转身走向课台,我这才现出身形,向他的背影狠狠啐了一口:"什么玩意,居然敢打我。"

"小狐狸,疼吗?"姜海生看着我高高肿起的手心,眼泪一颗一颗地往下掉,我心念一动,摇头:"为了你,我就不疼了。"

那天,姜海生放学之后,给我买了烤地瓜,地瓜里面金黄金黄的,吃在嘴里又香又甜,我第一次尝到这样的美味。

"姜海生,你能给我买一辈子的地瓜吗?"我一手一只烤地瓜,一边啃一边问。

他重重地点头:"小狐狸,以后我当了大官,有了钱,你爱吃多少地瓜,我就给你买多少。"

我笑起来。

那是我过得最幸福的一天。

三天时间倏忽而逝,辰翊快要出关了,我赶紧连夜赶回了墨山。不死树依旧郁郁葱葱,没有任何异状,我松了口气。

不多时,辰翊出关了,他从山洞中徐徐飞出,如鹤般优雅地降落在不死树跟前。

彼时,我正拿着锄头,佯装为不死树松土,见他过来,我擦了擦汗,笑道:"师兄,你出关啦?这三天我可没闲着,除了浇水捉虫,就是给不死树松土,可累坏我了。"

谁知,他开口就是:"你去了人间?"

"哪有?我老老实实在墨山待着呢。"我瞪眼。

辰翊微微一笑,挑起我的粉纱衣袖:"三天前我闭关的时候,你就穿着这身衣服。三天过去了,你还是这一身。灵云,你是出了名的爱干净,能三天不换外衣,只可能是偷跑去人间了呗。"

我哑口无言,百密一疏啊百密一疏,我怎么就忘记换身衣服了呢?

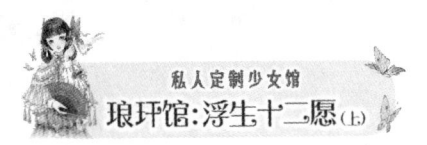

五

辰翊从此对我寸步不离,将我看得死死的,我哭过闹过,求他放我去凡间透透气,他都不理不睬。

我恨透了他,每天数着日子过,渐渐心如死灰。终于有一天,不死树长成了参天大树。

辰翊对我说:"我可以放你去凡间,但是你不可以离开我的视线。"

"真的?"我一跃而起。

他点了点头,看着我出了神:"就这样关着你,也关不住你的心。"

我一呆,正琢磨着他话中深意,他已经扭头走出山洞。

辰翊带着我来到凡间,化作一对寻常兄妹的模样。街道上熙熙攘攘,来往行人络绎不绝,道路两旁的小摊上的货品琳琅满目。我无心欣赏,一心只想着再见到姜海生。

"师妹,这支簪子你觉得好看吗?"辰翊走到一个货摊前,拿起一支银簪给我看。我草草点头:"师兄觉得美,那就美吧。"

辰翊买下银簪,却将簪子放到袖中,转身就往前走。我好奇地问:"师兄,这簪子难道不是送给我的?"

"当然不是,是送给我钟情之人的。"辰翊说完,忽然拦住一名穿素缎衣裳的女子,将银簪塞到她手里,拉着我就走。

我大吃一惊,回过头看那个女子,只见她高瘦的个儿,一张俊俏脸庞涨得通红,正羞赧地往这边瞧着。我顿时明白过来,不满地道:"师兄,你不让我到凡间乱逛,你自己却来凡间,还爱上了一名女子,回头我一定要告诉族长。"

他猛然顿步,严肃地看着我,一双墨眸深邃如潭。我害怕了,结结巴巴地说:"你……你让我见见姜海生,我就什么也不说。"

辰翊哼笑:"他已经不记得你了。"

"我不信!"我心头一痛,"不过才过了几年时间,他一定记得我!他说过,要给我买一辈子烤地瓜的。"

辰翊拉长了脸,半晌才道:"好,我就让你去见他,不过要是他不记得你了,你就得回墨山去,知道吗?"

第六章 长生之愿

这惊喜来得太突然，我一把抱住辰翊的胳膊，开心得几乎要哭了出来："师兄，你真好！"

他面红耳赤，一把将我的手甩开。

再次见到姜海生，我有些恍惚。一别经年，他不再是那个小男孩了，而是长高了，也变俊了，成了一名儒雅书生。

他站在花树下，正摇头晃脑地背书，无意中看到我站在假山后面，他问："你是府上新来的丫鬟吗？"

姜海生，果然不认识我了。

我抬头看了一眼辰翊，他念了隐身咒，正面无表情地坐在墙头上，看我又要哭，他淡淡地说："他已经不认识你了，何必强求，回去吧。"

"不，他认识我。"我咬了咬牙，将九条尾巴变了出来。果然，姜海生眼神一亮，匆匆走了过来："是你！"

我得意地仰起脸："是我，我来看你啦。"

"你一下子消失了好几年，我以为再也看不到你了。"姜海生将我的手牵起，"小狐狸，你看，我爹挣了好多钱，宅院也大了，你别走了好吗？"

我一呆。

"我是狐狸，你是凡人，我们不能在一起的。"我脑中还保留着一丝理智。

姜海生斩钉截铁地说："折子戏里，狐仙最后都嫁给了爱慕的书生。小狐狸，你也想和我在一起的，对不对？"

"这……"我犹豫地扭头看向辰翊所在的方向，可是墙头上空空如也，辰翊居然不见了。

他不知道什么时候离开了。

也许是不在意我，也许是对我彻底失望。

我怔怔地看着黑色瓦片，上面偶尔落下一两片落叶，显得静谧而寥落，一如我此刻的心境。

"小狐狸？"姜海生见我不回答，赶紧喊了我一声。

我回过头，点了点头："好，我留下。"

姜海生激动得声音都变了："那真是太好了！"他随即抓了抓头皮，为难地道，"只是我要先考取了功名，才能娶你。"

又是功名。

我不像以前那样懵懂了，以为功名是一块糕点。我笑了笑："这算什么难事，我帮你取了这功名就是。"

姜海生这才舒展了眉头："谢谢你，小狐狸。"

说话时，他头上花树簌簌，落英缤纷。

一不留神，我便醉了心。

六

我再也没有回墨山，在姜海生的宅院里住了下来，他为我安排了一处幽静雅致的院子，说是空置许久，无人注意。

辰翙没有来找我，他就这样忽然放我离开。有时候，我会有一瞬间的恍惚，觉得推开雕花小轩窗，就能看到站在窗下的辰翙，他会嫌弃地看我一眼，说："师妹，玩够了该回去了。"

可是并没有，哪里都没有他，他真的不管我了。

我很失落，幸好姜海生每天都来看我，为我吹笛，陪我作画，给我讲外面发生的趣事。终于有一日，他愁眉苦脸地对我说："灵云，听闻京城的考官已经开始阅卷了，如果我没有高中，那就还要再读三年。"

"海生，你才高八斗，一定能够高中的。"我安慰他。

他摇头："山外有山，人外有人，我能不能中榜，真不好说啊。"

我暗自琢磨，该如何帮助姜海生，那些功名利禄我不懂，我只想让姜海生开心。

入夜，我偷偷溜出姜府，一路来到了京城科举的考官家里。

我进入考官的书房，发现书案上放置着许多考卷，上面画着我看不懂的符号，我琢磨了半天才明白，那是几名考官共同评阅留下的评级符号。

可惜，那些最好的卷子里并没有姜海生的。

姜海生的考卷，被分在即将封存焚毁的一堆里，换言之，他落榜了。

我灵机一动，吹了口仙气，姜海生考卷上的符号瞬间都变了，都是最好的评级。

做完这一切，我偷偷溜回了姜府。那一晚，我睡得格外安稳，一想到姜海生高中后就娶我，我乐开了花。

大概过了一个月的时间，终于放榜了。

那几天，姜海生心神不宁，眉头不展。我安慰他不要放在心上，并断言："你一

第六章 长生之愿

定能够高中探花。"

他苦笑:"哪里有那么容易,爹爹今早还说我能捞个五品就是祖上积德了。"

不料,话音刚落,外面就传来了丫鬟的喊声:"少爷,少爷!您高中探花啦!老爷让你赶紧去前厅!"

姜海生霍然起身,脸上全是惊喜。我在旁边看着,心里满是得意,不过是小小仙术,就给姜海生带来了那样大的惊喜。

可是我没有想到的是,人间秩序并非那样简单。

没过多久,几名考官联名告状,声称姜海生篡改考卷,大逆不道。很快,皇上怪罪下来,将姜海生投入大牢,不日问斩。

姜家上下哀恸不已,姜老爷连日叹气,姜夫人则一病不起,他们想将姜海生救出来,可是姜家只有富贵,没有权势,根本无能为力。

我急了,策划着劫狱,毁掉这些牢狱,对于我来说简直是小菜一碟。

辰翊却在这个时候出现,责问我说:"你是不是还想让姜家赔进去?你可以救姜海生,和他远走高飞,可是他的家人该如何自处?"

"师兄!"我一把抱住他,眼泪簌簌而落,"你给我出个主意,别让姜海生死。他救过我,我欠他一条命。"

许久不见,辰翊清瘦了一些,他依旧是那样飘逸脱俗,只是眼睛下面一片青鸦色,有些憔悴。

他抚摸着我的脸:"别急,我帮你把姜海生救出来,再送他一世功名。"

说完,辰翊挥舞衣袖,漫天花雨扬扬而落。天空白云瞬息万变,黑白飞快地交替,包括身边万物也都在匆匆变幻。

我惊讶至极:"这是什么样的仙术?"

"时光倒流。"

我心头顿沉,一把揪住他的袍子:"不行,这样会耗费你大量灵力的!"

"那又如何?如果姜海生死了,你也不会独活。灵云,我救他也就是救你。"辰翊回答。

我感动极了,那一刻,我几乎要脱口而出,我不想和姜海生在一起了,而是要和辰翊待在墨山一生一世。可是想起辰翊已经心有所属,我就难以启齿。

有些东西,错了一瞬便是错过一生。

"谢师兄,你的恩情我永生不忘。"我向他跪拜,再起身的时候,我看到辰翊眼中也有点点泪光。

"灵云,总有一天你会明白,这不是什么恩情。"辰翊说。

七

时光倒流了几日,停在考官阅卷的前一天,我没有再去篡改试卷,姜海生也安然无恙。

他依旧每日陪我写字、赏花、吟风弄月,可是我突然觉得同样的事情再做一遍,味同嚼蜡。

"灵云,你每日都闷闷不乐,是有什么心事吗?"终于有一日,姜海生问出了这样一个问题。

我勉强一笑:"海生,我在人间的日子太久了,我想回去了。"

姜海生一惊,手中的棋子顿时落在棋盘上,他牵住我的手,声音颤抖:"灵云,你别走。我本来还打算娶你呢!就算这次落榜,我也要娶你!"

我抽回手:"不用,海生,你不用娶我,因为我不会嫁给你。"

他眼中终于沁出泪水:"灵云,你终于厌倦我了,对吗?"

我愧疚,将他的眼泪擦去:"别哭,我不走了,不走了。"

姜海生这才破涕为笑,牵着我的手坐下来:"你等我,我去去就来。"说完,他快步走出房间,再回来的时候,手上捧着一只烤熟的地瓜。

"灵云,快吃,刚出炉的。我怕凉了,一路跑着回来的。"姜海生满头大汗,将地瓜给我。

我吃着香甜的地瓜,心情终于一点点舒展开来。这是记忆中最甜美的味道,专属于我和他的。

在姜府的日子倏忽而过,姜海生也到了该娶亲的年龄。他一次次地问我,我都回绝了他。

十里红妆,凤冠霞帔的娶亲仪式对于我来说,有着不可抵挡的诱惑,可是那种神圣的仪式,要和自己深爱的人一起完成才可以。我总觉得,我并不是深爱姜海生。

我一直这样认为,直到姜海生病重。

他从落榜之后就卧床不起,不知道得了什么怪病,一日比一日消沉。最后医生断言,他活不过一个月。

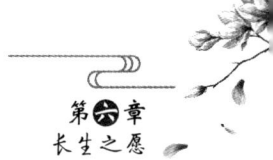

第六章
长生之愿

我心如刀绞,趁室内无人告诉他:"姜海生,你别怕,我去给你寻蓬莱灵芝、东海药宝,一定能够治好你的病。"

姜海生苦笑一声:"没用了……神算子都说过,我命不久矣。"

我哭得上气不接下气,哽咽道:"不试试怎么知道?只要有仙药,就一定让你活命。"其实我说这些话,自己心里也没有底气。我和蓬莱、东海都没有交情,去讨要仙药,八成是不行的。

飞出姜府,我蓦然想起了不死树。

那是上古流传下来的宝物,集天地之灵气、日月之精华,能够续凡人性命,延福添寿。

可是我的使命就是守护不死树,在它没有完全成熟之前,不可动之分毫,否则,天诛地灭。

为了救姜海生,我豁出去了。

我下定决心,飞回墨山。远远的,不死树上一抹雪影,正是辰翎,他在树上吹笛,笛声悠扬。

见我飞落,他抬起眼皮,淡然一笑:"回来了?"

"回来了。"我心虚地回答。

"回来了就好,我去给你摘果子去,我记得你最爱吃桑葚果了,以前常常吃得满嘴红汁液,可滑稽了。"他说着,像是沉浸在回忆中。

我忍住眼泪,趁辰翎走开的时候,飞快地刮掉了一块不死树的树皮。只这一点点,就足够救姜海生的命了。

很快,辰翎回到树下,手里提着一个包裹。我笑着问:"师兄,你不是给我摘果子吗?拿包裹干什么呢?"

"你行色匆匆,我就知道你不会在墨山久留。"他将包裹递给我,"走吧,我知道你只是回来看我一眼而已。"

我愕然,辰翎居然看穿了我的心思?

"师兄,我发誓,等救了姜海生的命,我一定会回来的。"我说完,忽然觉得有些可笑,"不过,你也不需要我陪伴,你喜欢的是一名人间女子。"

那个穿素缎衣裳的女子,才是辰翎喜欢的人。

辰翎怅然若失:"是啊,你不提醒我,我都忘记自己喜欢的是她了。灵云,你知道吗?她叫宁敏,已经嫁入皇宫了。"

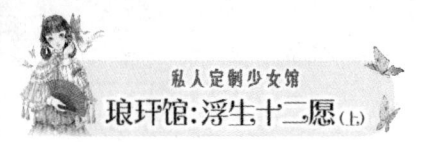

我"啊"了一声,惋惜起来:"师兄,你应该早向他表露心迹的。"

"没什么,人狐殊途,本就不能一生一世。"辰翊倒是很想得开,仰头灌了一大口酒。

我怏怏地接过包裹,向辰翊告别,然后飞离了墨山。

云端之上,我回头张望,看到辰翊站在不死树顶端看着我,身姿飘逸如云。

八

我将那块不死木带回了姜府。

姜海生还剩一口气,全府上下用老人参汤吊着。看到我从外面飞回来,他抬起眼睛,向我伸出了枯槁的手。

"我回来了。"我从怀里掏出不死木,"这块木头可以救你的命,我马上将它泡水给你服下。"

他一把拉住我,艰难地说:"不用,你泡的茶,家里人肯定不放心让我吃。只有我拿这块不死木,说是神仙所赐,才能让家人信服。"

我点头,将不死木递给他,他说得有道理,从始至终,姜府的人都不知道我的存在。

走回自己所住的院落,我长长地舒了一口气,将辰翊给我的小包裹放在桌上,只是包裹底部划过胳膊的皮肤,我忽然感到一阵温热。

桑葚果怎么会热?

我心生奇怪,将包裹打开,顿时惊呆了,那包裹里放的不是桑葚果,而是烤好的地瓜,被一层层的绿麻叶包着,生怕凉了。

记忆的碎片一下子撞进脑海,全都是辰翊。

他说:"我喜欢的另有其人。"

他说:"灵云,总有一天你会明白,这不是什么恩情。"

他说:"走吧,我知道你只是回来看我一眼而已。"

辰翊从一开始就看透了我的心思,他知道我回去是为了取一块不死木,他为什么不阻拦我?

我拿起一块地瓜,剥开皮吃了一口,是熟悉的香甜味道。终于,我的眼泪落了下来。

姜海生的地瓜,我从来都吃得很开心,可是辰翊的这块地瓜,为什么让我那么想哭呢?

第六章 长生之愿

我一直以为我喜欢的人是姜海生,可是直到这一刻,我才真正明白自己的心——不知何时,我已经爱上了辰翊,入骨入髓。

究竟是什么时候爱上辰翊的呢?

可能是在他衣带仙风的时候,可能是在他用清澈的双眸看着我的时候,可能是在他吹奏一曲清越笛音的时候,也可能就是在他赠我这只小包裹的时候。

"姜海生,我要走了。"我飞入姜海生的卧室,想要和他做最后的告别,可是他不在床上,一名丫鬟正在叠被。

看到我进来,丫鬟吃惊:"你是谁?从哪里进来的?"

"姜海生呢?"我指着空空如也的床问。

丫鬟不理我,想要走出去喊人,我一把抓住她,厉声问:"姜海生呢?"

"进……进宫了。"丫鬟被吓得瑟瑟发抖。

我蒙了一下,问道:"一盏茶前,他还病着,他怎么入宫了?"

丫鬟一边挣扎,一边摇头:"我不知道,来人啊!快来人啊!"

我预感到不祥,忙飞身出去。姜府已经乱成一团,有人不停地在喊:"妖孽临世!妖孽!"

可笑,就是我这个妖孽拿来了救人性命的不死木。

我一直飞向皇宫,想要一探究竟。

皇宫里雕栏玉砌,层层叠叠,如同金黄波涛连绵起伏,我不知道姜海生在哪里,只得伸手捏了个咒,发现他人在梨棠宫里。

那是后妃所居住的宫殿,他怎么会在那里?

我疑惑,用了隐身咒隐起身形,然后飞落下来。梨棠宫守卫森严,看来所居住的妃嫔十分受宠。离得近了,还能嗅到空气中弥漫的淡淡药味。

主殿里,忽然传来皇帝哈哈大笑的声音:"姜爱卿,你所言非虚?"

我太阳穴突突一跳,忙走进主殿,只见一面雕花木床上,皇帝正坐在床头,而姜海生跪在皇帝面前,手里捧着那块不死木。

他低着头,一字一句地说:"臣句句属实,绝不敢妄言。这块不死木,能够肉白骨、生死人、治天下病!"

我呆住了。

跪在地上的姜海生,声音洪亮,身姿矫健,根本没有半分病弱的样子。难道,他躺在床上虚弱的样子,都是骗我的?

"好一个肉白骨、生死人!"皇帝眼中闪着激动的光芒,回身将床上的女子扶起来,"敏妃,你听到了吗?你的病有救了!"

"皇上……"敏妃脸色苍白,很显然病得有些时日了。

在看到敏妃的一刹那,我愣住了,那居然是辰翊赠送银簪的女子。

"姜爱卿,快将这块不死木呈上来给敏妃治病。"皇帝下令,"你若是能治好敏妃的病,我立即赐你功名!"

姜海生高声应答:"是!"

我站在十步开外,看着这一幕,冷冷地笑。

好一个功名利禄,就这样让世人思之如狂,不惜背叛爱人吗?

我现出身形,款步走上前去:"姜海生。"

姜海生愕然抬头,在看清楚我的面容之后,顿时面如死灰。他瘫坐在地上:"灵云……你发现了……"

"对,我发现了。"我淡淡地说,"我发现你原来早已不是天真无邪的姜海生,我发现你已经变成了一个痴迷功名的蠹虫!"

他低下头,一句话也说不出来。

"你是谁?"皇帝疑惑地盯着我,"这宫里守卫森严,你是怎么闯进来的?"

我不理他,伸出手,一把抢过姜海生手中的不死木。

姜海生抱住我的腿,哀求道:"灵云,小狐狸,你的命是我救的,为了报答我,你不应该让我做官吗,不该让我发财吗?只要献上不死木,就能让我做官,你为什么不报答我?"

这话让我恶心至极,我一把将他推开,然后转身就往宫外走去。

"来人!拦住她!"皇帝下令。

那些守卫如潮水般涌了上来,我使出仙术划出一道光弧,弧线所到之处,守卫被击飞了出去。

"都给我让开,不然我不客气了!"我厉声说道。

没人再敢拦我,我如入无人之境,径直往宫外走去。一路上亭台楼阁,雕梁画栋,散发着淡淡的宝光,无论是在狐族所居的青丘,还是在不死木所生的墨山,都看不到这等盛景。

多诱人,这就是让姜海生痴迷的东西。

我心中怒火横生,一甩袖子,放出无数利剑,劈断了宫柱,刺破了壁画,就这样

第六章 长生之愿

一路发泄，我终于快要踏出宫门了。

就在这时，一声高喝从身后响起："妖孽，还不快快伏法！"

我回头，看到一名道士站在身后，口中念念有词，还没等我反应过来，他吹了一口气，一张黄符就飞了过来，"啪"的一声贴到我的面上。

"啊！"我痛得冷汗直冒，在地上翻来覆去。

只听那道士冷冷地说："卑劣妖孽，妄想和凡人结姻，反倒是断送了自由身！还不快求饶，我饶你不死！"

我勉强支起身体，听到他这句话，忽然感到很可笑，身体的剧痛反而淡去了几分。

不远处，皇帝和一众侍卫匆匆赶来，一同赶来的，还有姜海生。

"妖孽卑劣？妄想与你们高贵的凡人结姻？"我反问，仰天狂笑，"我一腔热忱想要报答他的救命之恩，结果他欺我、瞒我、利用我！到底是谁卑劣？谁要与这种中山狼结姻？"

姜海生顿时面如死灰，望着我一句话也说不出来。

"大胆妖孽，还不伏法！"道士口中念念有词，将我手中的不死木夺了过去，不仅如此，他还掏出一张符咒向我抛来。

这张符咒估计法力更强，还未近身，我就能感受到一股强烈的罡气，刺激得我直流眼泪。

真的，要死了吗？

我默默地闭上眼睛，等待死亡的那一刻。不料，皇帝忽然出声阻止："且慢，道长，不要伤她性命。"

"皇上，这妖孽法力高强，我怕会留有后患。"道士说。

"她都这样了，还能作什么妖？"皇帝嗤笑，"来人啊，把西华宫赐给她居住。道长，你在西华宫布下符阵困住她。"

我吃力地抬起头，看到皇帝正眯着眼睛望着我，眼睛里暧昧不明。

九

西华宫据说是先帝宠妃所居住的地方，曾经盛极一时，我望着宫室内的摆设什物，果然不俗。

宫女们呈上糕点水果，都被我砸了出去。我想要闯出西华宫，无奈那臭道士设下

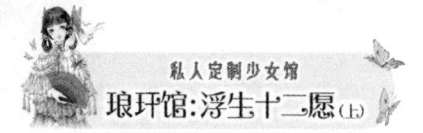

的符阵太过强大，怎么都拼不过。

我累得气喘吁吁地坐在椅子上，宫女们听闻我的真身是一只九尾狐，也不敢再上前，纷纷在殿阶外候着。

"小娘娘，你再怎么折腾，也飞不出道长布下的符阵，还不如吃点儿东西，省得委屈了自己。"有宫女隔着一道门劝我。

肚子的确饥肠辘辘，我感觉到浑身的妖力都在流失，尽管如此，我还是有力气去恨——为什么姜海生要背叛我？

"我不吃你们人间的食物，让人作呕！"我冷声回答。

就在这时，皇帝的声音飘了过来："放心吧，没下毒。"

我眼皮突突一跳，向外望去，只见皇帝走了进来，身后跟着两名掌灯的宫人。

宫人将纱灯点亮，便退了下去。皇帝直勾勾地盯着我，弯唇一笑："这饭菜能不能吃，你应该很清楚才对，小九尾狐。"

"我不知道下没下毒，反正你们凡人的心已经毒如蛇蝎。"我瞪了他一眼，扭过身子不看他。

皇帝凑上前来，柔声道："小九尾狐，你这样艳丽可人，谁忍心下毒杀你呢？对不对？"

我后背立即起了一层鸡皮疙瘩，忙跳开："你要干什么？"

皇帝年轻的面容蒙上了一层阴鸷："助我长生。"

我一怔。

"听闻九尾狐有九条命，每一条命都可为凡人续命。朕要的不多，只要你为我续八条命。"皇帝悠然说。

我听完，忍不住在心里冷笑——都说凡人怕死，都想长生不老，果然是真的。心那么黑，活那么久，真的有意义吗？

不过九尾狐能续命的传闻是真的，然而只有修为极高的九尾狐才能做到。一般的九尾狐，也就比其他妖族多出来一两条命而已。

"好！我答应你，不过八条命都给你了，你又能给我什么呢？"我故意引他上钩。

不管怎么样，先从这里出去再说。

皇帝眼神发亮，往我跟前走了两步："朕能许你宠冠后宫，八生八世荣华富贵不绝！"

我一愣，继而哑然失笑。

第六章 长生之愿

无耻，狂妄！

要我当最得宠的那只金丝雀，要我八生八世都附庸他而活？我九尾狐天赋异禀，能在乎这个？

"不行，有敏妃在，我何来宠冠后宫？"我故意将话题引到不死木上，"你把不死木还给我，我就给你续命，好吗？"

皇帝犹豫了，大概在掂量我的话有几分真假。

我等不及了，索性说："我只给你一盏茶的考虑时间，不然你此生都别想续命！"

皇帝咧嘴一笑，眼中神色微动："你是第一个敢要挟朕的人！行，朕可以把不死木给你……"

我心头一喜，正要再说，不料皇帝凑过来，一把将我的手抓住："不过有个前提条件，你要成为我的后妃。"

皇帝脸上野心勃勃，欲壑难填的模样，我心头厌烦，推开他的手："放肆！没有见到不死木之前，我什么都不想答应。"

话音刚落，我便觉得手背上一阵剧痛。

我心生不妙，忙低头一看，发现手背上不知何时居然印上一道咒符！与此同时，我的身体仿佛被什么东西给制住，一动也不能动。

"你是妖，朕怎么能轻易信你呢？"皇帝从袖中掏出一枚匕首，"听闻剖了九尾狐的红丹，九尾狐就永远是剖丹之人的奴隶。等朕剖了丹，自然会把不死木给你。"

他举起匕首，刀尖在月光的照映下，散发着森凉的光。

我咬牙，决定用内力将这一道符咒破开。短时间内强行破符，非死即残，但我顾不得了，就算死，我也不能被这卑劣的人奴役！

就在我念出第一道破符咒的时候，门窗忽然"哗啦"一声被人撞开，伴随着宫女们尖叫的声音。

我愕然望去，只见一道白色身影如飞鸿般袭来，瞬间击落了皇帝手中的匕首。皇帝受惊，后退数步："有刺客，快来人啊！"

可是外面只有呼喊，无人进来。

白影落在我面前，一转身变出人形，我怔怔地看着辰翊，脸上凉润一片。下意识地伸手去摸，我摸到了眼泪。

"我设了结界，旁人进不来。"辰翊抽剑，一把搁到皇帝脖子上，"把不死木交出来！"

皇帝吓得哆哆嗦嗦，却仍是不甘心地盯着我，他一定是不舍得我承诺给他的八条命。

"师兄，我们要挟皇帝出去，他们不敢不交不死木。"我拉住辰翊的衣袖，轻声说。

辰翊一手执剑制住皇帝，另一只手攥住了我的手，我顿时心如鹿撞，不知道该用何种神色面对他。

"是我不对，"辰翊反倒向我道歉，"我以为姜海生是真心对你，所以才任由你带走一块不死木，如果我当初阻拦了你，你就不会落到如此境地。"

我眼睛一酸，又流下两行泪水，哽咽着说："师兄，我不喜欢姜海生了，再也不喜欢了……"

辰翊往我这边靠了靠："什么？"

我继续说："其实我喜欢的，是你。"

从一开始，我就认错了自己的心。是辰翊陪着我度过了墨山百无聊赖的岁月，是他记下我喜欢吃的食物，是他总是默默地守护着我……

我对姜海生的感情，不过是出于感恩罢了，当姜海生背叛我的时候，我就已经对他彻底死心了。

而且我终于认清了，我真正爱的人，从始至终都是辰翊。

"辰翊，我喜欢你。回到青丘，我们就让族人为我们举办大婚……好不好？"我豁出去了，索性说了个彻底。

我以为辰翊会惊讶、会狂喜，可他并没有什么触动，依然是淡淡的神色。他手上用力，剑刃立即在皇帝脖子上压出一道血痕。

皇帝忍不住痛哼一声。

"走，出去！"辰翊押着皇帝往外走。

他没有接受我的感情。

我心头剧痛，愧疚地低下头，任由他用另一只手拉着我往外走。

终究是我不配。

走出宫门，道长闻讯赶来，见到我和辰翊后，若有所思地问："千年九尾狐？"

辰翊冷冷地说道："把不死木还回来，否则别怪我的剑不长眼睛。"

"快！快把不死木给狐狸。"皇帝吓得瑟瑟发抖，也下了令。

道长冷笑道："皇上，这两只狐狸都有天命在身，不能加害凡人，否则必然遭受

第六章 长生之愿

天谴！你无须惊慌。"

他刚说完，我心头就涌上了一阵不祥的预感。果然，皇帝忽然暴起，伸手就去按辰翊的手背！

皇帝的手心里还画着一个符咒。

我一急，忙挺身去挡，于是皇帝那一掌便结结实实地盖在我的心口。仿佛浑身被无数利剑戳戮，我喉头一甜，吐出一口鲜血。

这符咒，果然厉害。

"灵云！"辰翊放开皇帝，一把将我搂在怀里。他以手推背，将灵力源源不断地输入我体内。

四周罡气激荡，道长就在此时扑了过来，带着无可抵抗的杀招。辰翊左手抢剑，剑气瞬间释放出一圈虹光，将道长击飞数尺。

而此时，皇帝的惨叫声也传了过来。

我转目望去，只见剑气虹光也伤到了皇帝，皇帝此时闭目倒在一片血泊中，明黄龙袍染上了刺目的鲜血。

"师兄！"我哭喊道，"快，快救他！"

九尾狐是灵兽，不能伤了凡人性命，否则必遭天谴！

辰翊却突然搂住我的腰部腾空而起，我看到，道士正在发号施令，无数小道士涌入西华宫，正在空中画着无数咒符。

那一刻，我恨死了姜海生。

他必定将我是九尾狐的秘密提前透露给皇帝，让皇帝得以提前将道士们接入宫中，布下天罗地网。

到底是什么让姜海生如此绝情，难道是我在拒绝嫁给他的那一刻吗？

原来，男子的心竟如此凉薄，经不起一丝半点儿的波折。

"师兄，放我下去，你带着我飞不快。"我拼尽了力气，才勉强说出一句话，"只要逮到一只九尾狐，他们就不会追过来，而且我还能留下去救皇帝。"

辰翊没回答，只是将我抱得更紧。

"灵云，别怕。"辰翊在我耳边说，"出了天大的事，都有师兄在。"

身后箭如雨落，刀气如风，但有辰翊在，都无法伤我分毫。

有人为伞，替我遮蔽千般凶煞；有人为盾，替我阻挡万簇诛杀。我欠他这样大的恩情，却无法去回报。

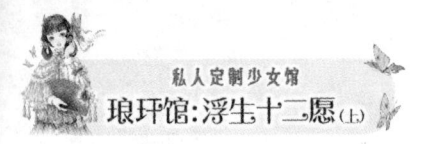

十

辰翊带我逃回墨山的时候,一身白衣已经变成血衣,还有三两支利箭插在他的肩头。

我摸着那恐怖的伤口,痛哭出声:"师兄,师兄,你怎么样?"

"灵云,我没事。"辰翊用内力逼飞那些利箭,靠在山洞石壁上休息。他微微一笑,风华依旧,"我觉得,灵云你伤得比我的要重。"

我哭喊:"我罪孽深重,你不必救我。"犯下这样严重的错误,就算我伤好了,九尾狐一族也不会放过我。

辰翊静默了好一会儿,才说:"灵云,接下来你打算怎么办?"

我茫然摇头。

"听我的话,伤好之后回青丘认错。"辰翊轻声说,"师兄尽快给你疗伤。"

我心头一颤,瞬间想通了一切。如果我死了,那偷盗不死木这项罪责,就只会落在辰翊头上,我不能恩将仇报。

"师兄,我听你的。"我点头。

此后的一天一夜里,辰翊用自身的灵力为我疗伤。那道士虽然道行高强,但造成的伤势并没有伤及元气,所以我很快就恢复了气力。

只是,我倒宁愿这伤势永远好不起来,这样我就能和师兄在这一方石洞中,一生一世。

入夜,辰翊出去找水源,回来的时候,手上多了一只被荷叶包得严严实实的东西。

我抽了抽鼻子,嗅到一股熟悉的香甜。

"灵云,给你。"辰翊笑容温和,将手上之物递给我。我拆开一看,看到一只被烤得渗糖的地瓜。

我鼻子一酸,眼泪掉了下来。

"你看,怎么又哭了。"辰翊抬手为我擦去眼泪,"以前你一看到烤地瓜,就笑得开心,眼睛都能笑成月牙。我就是为了让你笑,才给你烤的。"

我撕开一块地瓜,塞到嘴里,一边吃,一边笑:"我知道,师兄对我最好了。"

辰翊点点头,坐了过来。我顺势将头枕在他的腿上,从洞口望着天幕上挂着的一轮弯月。

第六章 长生之愿

"师兄,我走了以后,你要记得给不死树抓虫,是我对不起它,我来不及偿还它了,只能委托你替我做了。"我絮絮地说。

辰翊一下一下地抚摸着我的头发,没有回答。

"还有啊,墨山的鹿精、孔雀妖向你示好,你可别再板着一张脸了,找个伴,也挺好的。"我想了想说,"我和你朝夕相处,你都没爱上我,可见你的心有多难打动。师兄,你可别这样了,别再孤孤单单一个人。"

他依然没有说话,只是轻柔地为我抚着长发。

说到最后,我哽咽了,再也说不出一个字。

辰翊低头轻声说:"别哭,灵云,有师兄在。"

一股熟悉的香味传过来,是好闻的龙涎香,在这样的香气中,我渐渐地睡了过去。

梦里落了一场雪,我和辰翊在树下手牵着手站着,两个人都没有躲雪,不多时,我们的头上就已经覆盖了一层白雪。

就这样白头,也挺好的。

醒来后,我缓缓睁开眼睛,发现辰翊已经不见了。算算时辰,他应该是去打坐修炼了。

也挺好,这样我离开的时候,就不用再对他眼泪汪汪,相对无语凝噎。

我定了定神,将衣裳整理了一下,施施然往洞外走去,然而走到洞口处,我突然发现面前有一面无形的墙挡住了我,居然是结界!

"辰翊!你在哪里?"我深感不妙,忙去攻击那结界,可是那结界依然纹丝不动。

"不!放我走!"我使出浑身力气,终于破坏了结界。

走出山洞,整个墨山静悄悄的,只有不死树在簌簌作响。

我慌了,辰翊到底去哪儿了?

不死树下挂着一串铃铛,我飞身过去,将铃铛摘下。

很快,辰翊的声音就传了出来:"灵云,我回青丘认罪了。对不住,从一开始,我就打算将所有罪责都担下。昨天,我没有将真正的想法说出,因为我怕说出来,你会阻止我……灵云,不要为我伤心,也不须缅怀我。这一生曾有你相伴,就已足够。"

我呆呆地看着铃铛,泪水滑下。这个傻瓜,不是说好了让我去认罪的吗?他自己

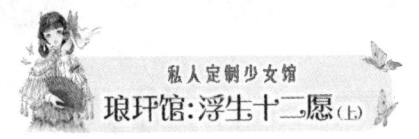

居然把一切都担下了？

没敢多做耽搁，我带着铃铛，急匆匆地赶回青丘，可终究还是晚了一步。

青丘族长告诉我，辰翊一早认罪，已经被罚天谴，他要在灼火炼狱里受上五百年之苦。

"不死木是我偷的，皇帝是我伤的，为什么要罚辰翊？"我急忙拿出铃铛，"这就是证据。"

族长接过铃铛，可是铃铛里再无声息。我急了，使用了学过的所有仙法，都没能让铃铛里辰翊的声音再次响起。

"一面之词，不足为凭。"族长叹息一声，"灵云，你去和辰翊最后告个别吧，他很快就要被押往灼火炼狱了。"

我跪在地上，苦苦地哀求着，可是族长转过身，不再搭理我了。

最后，我只好站起身，飞向大牢，去见辰翊最后一面。他戴着镣铐，被几名族人押着，刚刚走出牢房门口。

他看到我，嘴唇颤了颤，很快扭过目光。

我气冲冲地来到辰翊面前，愤怒地问："为什么？师兄，犯错的人是我，就让我被罚好了！你这样替我顶罪，知道我内心有多愧疚吗？"

辰翊怔怔地看着我，低声说："灵云，对不起。"

"你不爱我，就应该离我远远的！只有让我对你死了心，我心里才好受一些，可是你对我这样好，让我如何放下你？"我心头剧痛。

辰翊闭上眼睛，依旧说："对不起。"

族人打断了我们的对话，冷冷地说："灵云，你其实不必说这么多，反正他也听不清楚。"

我顿时浑身冰凉："什么？辰翊听不清楚？"

"你不知道？"族人眼神奇怪，"辰翊冲破皇宫符阵的时候，灵力使用过度，早已灼伤了耳朵。"

我蒙了，一句话也说不出来。难道说，我在皇宫里向辰翊诉说的情愫，辰翊居然一个字都没听到？

难怪，他没有任何反应。

难怪，看到我如此暴怒，他只会说对不起。

"让师兄回去，让我去灼火炼狱，求你们了……"我哭得喉咙嘶哑，抓住辰翊手

第六章 长生之愿

上的镣铐,哀求着旁边的族人。

族人铿然抽出利剑,指向我:"灵云!让你来和辰翊话别已是破例,你别得寸进尺。"

我急红了眼,手中凝聚了一团力,就要击向族人。辰翊忽然抬起头,清澈的眼眸定定地看向我:"灵云,别乱来。"

他还在瞒着我,以为我不知道他早已耳聋的事。我咬牙:"辰翊,我什么都可以答应你,就这一件事不可以!"

那一刻,我已经下定决心——哪怕我粉身碎骨,也要将辰翊救下来!

那两名族人惊慌失措,连连后退。九尾狐若是不惜毁灭元丹,所迸发出的灵力能够毁掉方圆百里。如果我真的存了必死之心,是肯定能救下辰翊的。

然而就在此时,辰翊忽然将锁链猛然夺在手里,飞身上前,一把抱住我:"灵云,停下来!"

我抬起头,看到自己映在他的眼瞳里。

"你要是敢毁丹救我,我立即自戕而死,你信不信?"辰翊是真的动怒了,将每一个字都咬得很重。

我的泪一滴滴地流下来:"师兄,求你了,就让我为你而死!"

"走!"辰翊将我狠狠一推,"我不要你救!你给我走!"

我被推得狠狠地撞到一棵树上,辰翊深深地望了我一眼,对族人说:"快带我到灼火炼狱去,快!"

族人们巴不得摆脱我,押着辰翊飞上云天,转眼就只留下了一道虚影。我忍痛站起来,飞身去寻,哪里还寻得到他们?

九天之上,清风徐徐,日光柔软,这是一派清明祥和的气象。只有我御在云端,泪流满面。

我最懊恼的是,直到和辰翊分别的那一刻,他还不知道我的真正心意。这一颗心为他欢、为他喜、为他悲、为他碎,早已是他的。

可他,居然还不知道。

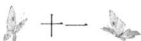

十一

九尾狐说完自己的故事,发出一声叹息,便不再言语。它用一双深邃的眼睛望着

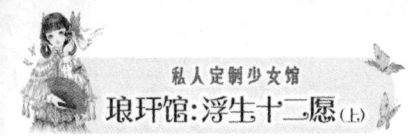

含柔,目光充满悲戚。

含柔怔了怔:"那后来呢?你师兄辰翊,还在灼火炼狱吗?"

"他还在灼火炼狱里受刑。几十年过去,我再也没能见到他……"九尾狐眼睛里沁出一滴眼泪,滑落到地面。

含柔心头酸楚,道:"那其他人呢?"

"其他人……"九尾狐陷入了回忆,喃喃地道,"皇帝受了惊吓,重病一场,余下几十年的寿命里,战战兢兢,惊惶度日。那块不死木并没有救下敏妃的性命。皇帝一怒之下,杀了姜海生。"

含柔浑身一颤:"姜海生死了?"

九尾狐点头:"不死木有了灵性,当它目睹我和师兄的悲惨遭遇,便拒绝为凡人所用。敏妃饮下用不死木煮的汤,病情没有好转。她留下一个孩子之后,便撒手人寰。"

含柔闻言,心头感慨万千。

谋富贵者,到头来反倒为富贵送了性命;谋长生者,却没能喜乐安然地度过余生。讽刺,这真是讽刺。

"难道,就没有其他办法去救你的师兄辰翊了吗?"含柔问。

九尾狐道:"有办法。"

"什么?"

"找到当年那块不死木,交给我,我去墨山求不死树原谅,然后我就能救出师兄。"九尾狐回答。

含柔有些发愁:"可是如今如何找到那块不死木呢?"说到这里,她忽然想到了什么,顿时浑身一抖,心头讶异,"你……你为什么要和我说这个故事?"

"含柔,因为你就是敏妃的后代啊……"九尾狐抖了抖身体,飞落在含柔的肩头。

含柔想要将九尾狐推开,手却穿过了它的身体,她脸色发白,喃喃地说:"你……你是要我偿命吗?"

"你想多了,我只想拿回不死木而已。"九尾狐说,"你把不死木拿回来,我就为你所爱的人续命。"

"那不是我所爱的人。"

九尾狐微微一笑:"别骗我了,我也是爱过一场的人。你的眉间眼梢,全是爱意。"

第六章 长生之愿

含柔沉默了。

的确,她撒了一个小小的谎言。

含柔的爷爷,早已病故,她之所以买下九尾狐,是为了心中的爱人。那个人病入膏肓,药石无灵,所以她只能寄希望于九尾狐。

"留着那块不死木有什么用呢?不死木承载了那么多的诅咒和不幸,是不会给你们带来福祉的。"九尾狐呜咽起来。

含柔终于平静下来,抚摸着九尾狐的皮毛:"我明白了……小狐狸,我会把不死木还给你的。"

说完,她打开房门走了出去。

外面暮色渐浓,用人打开了整栋房子的灯,含柔站在二楼的走廊栏杆后,望着大厅里富丽堂皇的盛景,忽然有一阵恍惚。

"小姐,饭菜马上就好,您要先去饭厅吗?"用人轻声问她。

九尾狐是隐身的,用人看不到含柔肩头的小灵兽。含柔稳了稳心神,道:"我要去一趟库房,你把钥匙找出来吧。"

"可是晚饭这就好了……"用人奇怪地说道。

"拿钥匙吧。"

用人没再争辩,转身回了房,半晌才拿出一串钥匙。含柔接了钥匙,快步走下楼,来到了后院的库房。她颤抖着手,将库房门上的青铜大锁打开,然后使劲推开沉重的铜门。

门后,一阵灰尘轻轻扬起。

含柔咳嗽了两声,有些不好意思地对肩头的九尾狐说:"这都是我祖上留下的,我好久没来了。"

九尾狐抽了抽鼻子,激动地说:"我嗅到了……不死木的气味。"

"真的?"含柔快步走进库房,"在哪里?"

九尾狐纵身一跃,跳到角落里的一只大木箱子上,它低头嗅了嗅:"我感受到它的灵力,不死木就在这里。"

含柔走过去,将大木箱子打开,里面放置着一套笔墨纸砚,并没有九尾狐所说的不死木。

九尾狐却激动起来,前爪按在镇纸上,嘴里呜呜地叫了起来。含柔将长条形的镇纸拿起来,发现那并不是用石头制作的,而是一块质地极为坚硬的黑色木头。

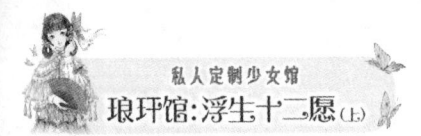

"这就是不死木？"含柔讶然。

就在这时，镇纸上忽然流淌出两行清水，就像是无形中有一双眼睛，因为悲伤而落泪。

九尾狐眼巴巴地看着含柔，目光里充满了渴望。

含柔心头一动，将不死木递了过去："小狐狸，不，灵云，这块木头应该是你的，你拿去救你师兄吧。"

"谢谢你。"九尾狐张开嘴巴，吐出一颗发光的小球，"这是我能付出的所有东西，你把这个放在所救之人的额头上，他就能好起来。"

含柔将小球拿在手里，感激地说："谢谢你。小狐狸，再见。"

九尾狐将那块不死木衔在嘴里，然后腾云驾雾，消失不见了。

含柔怔怔地站在原地，很久才低头看着手里的那个光球。

那光球如同珍珠一般，煜煜生辉。

十二

琅玕馆。

后院的那棵树下，树叶作响如流水。云念薇和林居意坐在树下，听翎七絮絮地说着九尾狐的故事，听得入了迷。

"后来呢？"云念薇追问了一句。

翎七淡淡一笑："后来的故事你也知道，九尾狐被封到这幅画卷里，被含柔小姐买走了。"

"那我去告诉含柔，不许亏待小狐狸。"云念薇站起身。

翎七斜看她一眼："你们大概还不知道吧，九尾狐已经和含柔解除了主仆关系。"

"啊？"林居意惊讶极了，"可是含柔昨天刚把画买走啊！"

"那又如何？缘分尽了，不管时间多久，契约关系都会解除。"翎七略微后倾，将身体舒服地靠在小藤椅上。

林居意皱紧眉，略一思索，便往院子外面走去，云念薇也紧跟上去。翎七及时地喊住他们："你们干吗去？"

"去帮小狐狸。"林居意斩钉截铁地说。

"你们能帮她什么？"翎七露出一抹不以为然的笑。

第六章 长生之愿

林居意狠狠瞪了翎七一眼,闷着头往外冲。翎七叹了口气,幽幽地道:"好了好了,算我怕了你们,我带你们去见小狐狸……"

云念薇惊喜地回头,林居意也满含期待地回头看着翎七。翎七伸手一挥,林居意便觉得眼前一晃,凛冽的风呼啸着扑了过来,刮得他睁不开眼睛。

"臭麒麟,你作什么妖?给我停下!"林居意使劲睁开眼睛,伸手将站立不稳的云念薇搂住,云念薇倒在林居意怀里,被凉风灌得胸口直疼,剧烈地咳嗽起来。

"你不是要去见小狐狸吗?满足你们。"翎七的声音传来。

此时,劲风总算稍微减了些势头。林居意睁开眼睛,发现自己和云念薇居然站在云端,脚下就是万丈高空!

大地为棋盘,密密麻麻地聚满了城镇村落。林居意顿时出了一身冷汗,扭头望去,只见翎七浮在他们前方,一身青竹长衫被风吹得猎猎作响。

翎七扭头看他们:"前方不远处就是灼火炼狱,是你们非要我带你们来的。"

林居意气得翻了个白眼:"打个招呼能死人啊?这样突然到了万丈高空,很吓人啊!"

翎七没说话,只是将手指放到唇上,做了一个嘘声的动作。

林居意和云念薇忙屏气息神,凝神望去,只见彩云尽处有火光万丈,将天边的云彩染得红彤彤的,离火光越近,他们就越感觉到一股热流在身边涌动。

难道这里就是灼火炼狱?

林居意脑中起了一念,立即心头一紧。他征询地看向翎七,翎七表情严肃,微微点头。

"就是这里。"

翎七说完,伸手一拨,眼前的云朵立即消散而去,出现在不远处的是一团火焰,焰心里有一根黑色天柱,柱子上绑着几根铁索,依稀可见一个人影。

云念薇"啊"了一声,轻声问:"翎七,那……那就是辰翊?"

"对。"翎七回答。

火焰十分凶狠,将辰翊包裹其中,他不时挣扎一下,看起来像是忍受着很大的痛苦。

云念薇被这番惨烈的场景震惊了,她心生惧意,往林居意那边靠了靠。林居意感受到她的无助,忙将她的肩膀轻搂过来:"别怕。"

"翎七,你能把辰翊救下来吗?"云念薇眼中蓄起眼泪,"看他这样痛苦,太可怜了。"

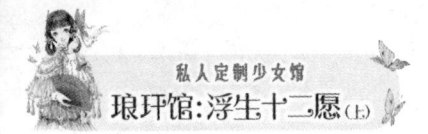

"他不用我救。"翎七意有所指地说,"算一算时辰,她也该来了。"

云念薇心头一动,回头望去,只见一道娇小的身影在云端上跳跃,往这边飞来。凭着记忆,云念薇认出,那就是九尾狐灵云。

九尾狐嘴里叼着一只金黄锦卷,仰头抛向灼火炼狱。锦卷迎风飘展,释放出道道金光,瞬间就劈开了辰翊身上的铁索。

无数火团向九尾狐冲来,九尾狐灵活躲避,可一身雪白齐整的毛发还是被烧焦了几处。

火势渐收,辰翊从黑柱上软软地落了下来。

九尾狐冲了过去,用背部顶起了辰翊,她驮着辰翊飞到翎七的脚下,化出了人形,正是灵云。

"多谢麒麟指点,让我找回不死木,这才换来释放我师兄的天旨。"灵云向翎七深深地拜倒。

翎七低头看了一眼昏迷的辰翊,道:"不用谢我,他在灼火炼狱这么多年,双目已经失明了。"

灵云周身一颤,眼泪滴落:"麒麟,你能帮我吗?我想把我的眼睛给师兄。"

翎七摇头:"不行。"

"为何?"

"他若是知道,必定一世不安。其实看见如何,看不见又如何?你们在一起,他就会幸福。"

灵云低头抹眼泪:"可是,辰翊师兄还不知道我的心意……"

当年她那番话,辰翊没有听到。如今她好不容易将他从灼火炼狱救出来,他却再也听不到她的声音、看不到她了。

云念薇心头微酸,抬头看林居意也是一脸惆怅,林居意轻声问:"麒麟,能帮他吗?"

翎七扫了他一眼:"能。"说着,他伸手在林居意面前虚空一抓,林居意立即感到周围寂静下来,什么也听不到了。

他知道,这是翎七拿走了他的听力。

此时,云念薇忽然捂住眼睛:"我的眼睛……"

林居意心头突突一跳,低头看向云念薇,只见她大睁着眼睛,目光却虚浮得没有焦点。难道,翎七把云念薇的视力也拿走了?

第六章 长生之愿

"我可以帮辰翊暂时恢复听力和视力,时效只有一盏茶工夫。"翎七说,"灵云,抓紧时间吧。"

灵云向他们拜倒:"谢谢你们。"

话音刚落,躺在云朵上的辰翊呻吟一声,睁开了眼睛。他的眼眸清明澄澈,目光落在灵云身上,充满了惊喜。

一如很久很久之前,族长将那个玉雪可爱的小狐狸领到他面前,对他说:"辰翊,从此她就是你的师妹。"

彼时的灵云,像春日里的似雪梨花,如梦似幻。他只看了一眼,便为她心折,为她神伤。

"师兄,你不用再待在灼火炼狱里了。"灵云将他的肩膀轻轻抱住,"我们已经浪费了太多时间。从今往后,我要陪你走遍天涯海角,再不分离。"

辰翊怔住,几乎不敢相信自己所听到的,半晌,他才笑了出来,笑容有些苦涩。

"灵云,你是出于愧疚,才对我说这番话的。"辰翊脸上充满了失落,"可我不需要你的同情。"

他伸出双手,目光怅然地看着手掌:"我能感觉出来——这听力和视力,都不属于我……灵云,从今往后我就废了,我不配和你……"

还没说完,灵云便紧紧抱住他,将他尚未出口的话生生堵了回去。

"不要说配不配!辰翊,我一直没有告诉你,从始至终,我爱的人就只有你一个。"灵云笑着,眼泪滑落下来。

灵云知道,辰翊耳目清明的时间,也只有一盏茶的工夫。所以,她在他耳边轻声诉说,将以前埋在心里的心事说了个痛快。

辰翊静静地听着,眼中微有泪光。他原以为自己长久以来,都不过是单相思,却不承想,伊人早已芳心暗许。

于是,他在她耳畔喃喃地说:"永生永世,此情长存。"

这是他能给她的,最好的承诺。

十三

灵云和辰翊紧紧相拥。九天之上,漫云飞卷,从此以后,再也没有谁能够把他们分开。

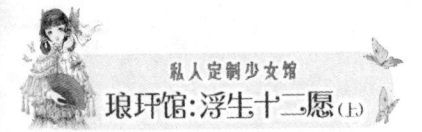

翎七远远地望着这一切,叹息一声:"一盏茶的时间,到了。"

世事残酷,不如意者十有八九。

以翎七的灵力,只能让辰翊有一盏茶的时间可以看到爱人的容颜,听到爱人的诉说。

林居意没有反应,他如今听不到任何声音。

翎七伸出右手,捻起两根手指,一点点闪光在指尖凝聚。

那是他所练就的仙法,只要指向辰翊,辰翊的视力和听力都将失去。

就在这时,一只手忽然伸过来,抓住了他的手腕。

翎七扭头,看到云念薇正抓着他的手腕。那双眼睛虽然看不见,但仍然流露出央求的神色。

"怎么了?"

"翎七,别急着收回来。"云念薇脸颊红红的,语气很是伤感,"我……我想和林居意说几句话。"

翎七挑了挑眉头:"有什么话,不能回琅玕馆说?"

"有些话,只能在此刻说。"

翎七无奈,只得点了点头。

云念薇眼前一片黑暗,什么也看不到,她只是凭借着记忆,摸到了林居意的手,然后轻轻攥住。

林居意这才恍然回神,低头看云念薇。

"林居意,我知道蝶妖不能和凡人在一起。"云念薇哽咽着说,"可是我控制不住自己的心……所以当初对你说过的话,每一个字都算数。"

林居意茫然地看着云念薇,他知道她在说话,可他什么也听不到。

云念薇仰起头,笑靥如花:"我喜欢你,会喜欢一辈子,哪怕你到死都不知道。"

她的眼泪一滴滴地落在林居意的手背上,滑出一道湿湿的痕迹后,便很快消弭。

"念薇,你在说什么?我听不到。"林居意摇晃着她的手。

云念薇摇了摇头,忽然倒在他的怀里,晕了过去。

"翎七!她怎么了?"林居意急了,搂住云念薇,却只看到她小脸苍白,没有一丝血色。

翎七捻了捻两根手指,那团光亮立即向辰翊飞去。林居意只觉得听力突然恢复,各种声音从四面八方向他涌来。

第六章
长生之愿

他很快陷入了一片混沌，意识也无法凝聚起来，像是天和地没有分开，世界一片洪荒。

醒来的时候，林居意发现自己已经躺在琅玕馆的卧室里，窗外鸟声啁啾，阳光明媚。

仿佛他只是做了一场梦。

在梦里，他和云念薇目睹了一场久别重逢，辰翊和灵云这对九尾狐终于可以厮守一生。

就在这时，房门突然被打开，林居意吓得从床上一跃而起。

翎七走了进来，将一碗汤放在床头："醒了？那把这个喝了，去灼火炼狱会耗费凡人很多元气。"

"灼火炼狱？你是说，那些事都是真的了？"林居意蒙了。

翎七白了他一眼："不然呢？"

"那……你还记得云念薇最后对我说了什么吗？"林居意急声问，"我当时什么也听不到。"

翎七歪着头，看上去像在回忆。然后，他一本正经地告诉林居意："她说，她也想从琅玕馆买画，求你给她打个对折。"

林居意愣了愣，随即失落地"哦"了一声："我还以为，她对我说了特别重要的事情。"

片刻后，翎七走出房间，轻轻下了楼。

琅玕馆的院落里，云念薇斜躺在树下的藤椅上，已经沉沉睡去。粉色落花飘落在她的肩头，仿佛是一件华美的云肩。

翎七想拂去落花，手却僵在半空。

"对不起，我骗了他……"翎七望着云念薇，轻轻地说，"可是蝶姬，我觉得'爱'是一种危险的东西。我不愿意你为情所伤，为情所困。"

他望向头顶天空，苍穹明净，了无痕迹。

一生一世，如果就像这澄澈晴空一般无所牵挂，该有多好。

第七章 治世之愿

第六愿

我有一愿,愿现世安稳,战火永灭。

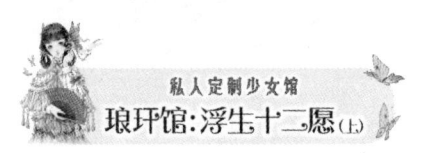

一

昏黄的路灯,辟出一小块光亮。

夜色中,一辆黑色汽车向林公馆驶去。因为未开车灯,车速又慢,汽车像一只无声无息的幽灵。

"小姐,到了。"司机停下车,对坐在车后座的含柔说。

含柔深吸一口气,抱着一只小包裹下了车,她快步走上前去,正要敲门,门却打开了。

门房是个五十岁上下的老人,平日里为人精明。他看清门外是含柔,立即笑容满面:"含柔小姐!就知道你要来,夫人特意让我在这里等着你。"

"云崖的病,怎么样了?"含柔一边迈步进门,一边问。

门房支支吾吾地说:"这个,我们做下人的,其实也知道得不太清楚。要不含柔小姐,您自个儿去瞧瞧。"

含柔皱起眉头:"说病重的是你,说不清楚的也是你。我倒是不明白了,云崖的病况还能是机密不成?"

门房抹着额头上的汗:"含柔小姐,真不是我诓骗您,我身份摆在这儿,好多事不清楚呢。"

含柔皱了皱眉头,不想再和门房理论。

她喜欢林云崖,喜欢他少年英武,喜欢他杀伐果断,喜欢他在军中挥斥方遒的气度。可是她不喜欢林公馆,不喜欢这里的其他人。他们察言观色,见风使舵,嘴里没有半句实话。

当初她得知林云崖病重,并且药石无灵的消息,整个天都塌了。她没有办法可想,唯有去求助一些旁门左道。如今,她终于得到了九尾狐赠送的命珠,可以救林云崖的性命,却犹豫了。

"含柔小姐,请走这边。"有丫鬟恭恭敬敬地走上前,将她带到二楼的一个房间,推开门,她立即闻到了一股浓重的中药味,忍不住打了个喷嚏。

林云崖躺在床上,虚弱无力地向她看来:"含柔,你来了……"

"云崖,你怎么样?"含柔看到林云崖痛苦的模样,心揪成了一小团。

"时日不多,只能是拖一日算一日……"林云崖说到一半,剧烈地咳嗽起来。含

第七章 治世之愿

柔忙抚着他的胸口。

"别怕,我已经见到了九尾狐。"

林云崖眼中立即有了神采:"你去了琅玕馆?"

含柔点头。

林云崖继续追问:"你没有让林居意知道你和我的关系吧?他是馆主,要是知道你用九尾狐来救我,那他肯定会从中作梗。"

含柔笑了笑:"云崖,你想多了,我感觉林居意不是那样的人。"

"那可不一定。我抢了他的所有,他肯定恨死了我。"林云崖眼中透着一丝狠厉,"而且我之前迎娶的夫人露珠儿,也和琅玕馆有关!要不是琅玕馆出售的妖画,我怎么会昏了头?我都怀疑,是林居意故意将瑶草卖给露珠儿,让露珠儿来找我……"

含柔有些尴尬,转过目光,去看桌柜上的黄铜挂钟。林云崖这才觉得说多了:"含柔,我没别的意思。"

"那不是妖画,"含柔忍不住说,"画中灵兽和妖都很善良,而且要是没有琅玕馆,我也找不到救你的办法。"

"是啊……"林云崖目光闪烁,握住含柔的手,"含柔,谢谢你。"

含柔放下抱在胸前的小包裹,从包裹里拿出一只匣子,小心翼翼地打开:"这是九尾狐命珠,能救你一条命。云崖,一切都会好的。"

匣子里的珠子,散发着柔和的光芒。

林云崖睁大眼睛,呼吸顿时变得急促起来,他伸出手,想要将命珠拿在手里。含柔心念一动,忙道:"云崖,我帮你把命珠放在胸口吧。九尾狐说了,这颗珠子会融入你的血肉,然后让你获得新生。"

"别,别……"林云崖忽然揪住胸口,面露痛苦之色,"含柔,这珠子有问题吗?我……我感觉不对劲!"

含柔吓了一跳:"云崖!你怎么了?"她慌忙往门口喊:"医生,医生快来啊!"

门口守着的丫鬟冲了进来,将含柔一把推开:"你做了什么?下午的时候,医生刚说少爷的病情好转了!"

"我什么都没做!"含柔瘫坐在地上,使劲摇头。

门外冲进来许多人,为首的医生拿着听诊器,放在林云崖的胸前,还有人将含柔

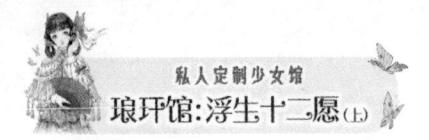

扶起,一直将她拽到门外。

含柔怔怔地看着房门,听到里面充斥着乱七八糟的脚步声,还有呼喊声。林云崖危在旦夕?可他刚才还和她说话,感觉不像是快要死去的样子。

"含柔小姐,您快走吧,这里不欢迎您。"一个老妈子走过来,严肃地对含柔说。她不由分说地抢过含柔手中的匣子,"少爷是看到这个才突然病重的,所以这个东西要留在这里!"

含柔这才回过神来,去抢匣子:"把命珠还给我!"

可是从楼梯口冲上来许多人,七手八脚地将含柔扯住,含柔寡不敌众,几乎被人抬下了楼梯。

她气得脸通红:"放肆!我是你们林公子的贵客!你们林公馆好歹也是名门望族,就这样没规矩?"

"含柔小姐,请吧。"门房不知道什么时候走到她身后,阴阳怪气地喊了一声。

含柔转过身,愤怒地瞪着他,可是门房已经不耐烦了,又催促道:"如今哪,你陈家也不是说什么都算数的主儿了!敬你们陈家一分,是看得起你们祖上。含柔小姐,您让少爷病情加重,没把您押送大牢就够看得起您了。"

"好,我走。"含柔扫了众人一眼,倨傲地仰起头,走了出去。每一步,她都踩得极重,高跟鞋在地面上发出冰凉的笃笃声。

二

林公馆。

二楼的房间大开着,那股浓重的中药味已经散去。房间里只有林云崖一个人,他坐在床沿上,正在整理刚刚穿上的一身西装。

老妈子捧着一只乌木匣子走了进来,恭敬地对林云崖说:"少爷,已经得手了。"

林云崖一边扣着纽扣,一边懒洋洋地说:"人送走了吧?"

"放心吧,送走了,她没看出破绽来。"

"让其他人嘴都牢靠点儿,别什么都往外说,还有,让门房给我备车,我要出去一趟。"林云崖吩咐,他面色红润,双眸有神,全无半点儿刚才病弱的模样。

"是。"老妈子将乌木匣子放下,然后退了出去。

第七章 治世之愿

林云崖将匣子打开,看着放在里面的命珠,咧开嘴笑了起来。

从一开始,他就只是在装病。

装着病重,装着情深,不过是骗含柔去琅玕馆里买画。没想到,含柔真的求来了这颗神奇的珠子!

林云崖将匣子拎好,快步走了出去。他在西装外面又套了一件黑风衣,看上去像是暗夜的幽魅。

汽车早已在门口等候,林云崖悄无声息地坐了进去,说出一个地址,司机便发动了汽车。

他要去的地方,是一处偏僻的宅院。

宅院有些年头了,周围景象有些萧条。

林云崖一个人走进去,立即有一名男子出来接应他,操着一口生硬的普通话:"林少爷,您来了?"

"田佐怎么样了?"林云崖问。

男子摇头:"外面都在追捕我们,局势很不利,更糟糕的是,偷偷请来的医生对田佐的病情束手无策。林少爷,你那边还有没有医生?"

林云崖摆了摆手:"你退下吧,我保证田佐安然无恙。"

男子犹豫了一下,转身隐入黑暗。林云崖推门进去,只见房内只点着一根蜡烛,一名京森军人正躺在床上,呼哧呼哧地喘着粗气。

他有一双阴鸷的眼睛,显得神色有些凶狠。他扭头看向林云崖,艰难地说:"你……来了,我的朋友。"

林云崖微微一笑:"田佐,您病情如何了?"

"让我……活下去。"田佐瞪圆了眼睛,"林,将来统一了这里,我们不会……忘记你的功劳。"

"那就说好喽,让我成为江北真正的王。"林云崖语气轻快,将手中的乌木匣子打开,命珠的光芒顿时逸了出来。

"这是命珠,来自灵兽九尾狐,可以赋予将死之人一条生命。"林云崖拿着命珠走到床边。

田佐颤巍巍地伸出手,眼神贪婪:"果然……这是一片神奇的土地,什么都有。"

林云崖解开田佐的衣领,将命珠按在他的胸口上,轻轻一滚。他原本料想这颗

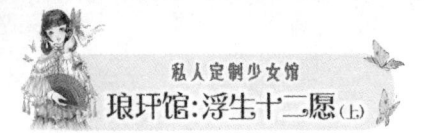

命珠会消弭不见，融入田佐的血肉，却不料，那命珠仍然坚硬，静静地躺在田佐的胸口上。

田佐喘着粗气："快……快让我……好起来。"

"稍等。"林云崖急得鼻尖上都出了汗。他再次滚动命珠，可那珠子依然冰冷美丽，没有半分发挥仙力的架势。

田佐眼睛里蒙上一层绝望的神色："我不要死……我还没……"他的声音渐渐低下去，最后归于死寂。

"田佐，田佐！"林云崖急了，喊了一声，发现田佐的身体开始失去温度，渐渐变得冰冷，才慌乱地站起身来。

"为什么？为什么没有用？"林云崖捏着那颗命珠，恨不得要将它捏碎，他实在想不出，究竟哪个环节出了问题。

就在这时，身后突然幽幽地传来一个声音。

"因为，真正的命珠在我手里。"

林云崖猛然回头，愕然发现含柔站在门口，不知何时，她居然到这个房间里了！

含柔身材婷婷袅袅，昏暗中如同一抹烟，静静浮在这夜色里。林云崖揉了揉眼睛，再看，眼前的人依然是她。

他冷下脸色："含柔，你居然骗我！"

"你也骗了我，不是吗？"含柔绝望地笑了笑，"我没想到，我遇到了和灵云同样的事——她被姜海生骗，我被你骗。"

"含柔！"

含柔只是冷冷地笑，她其实在听完九尾狐的故事之后，心里就存了一抹疑虑。林云崖的病来得汹汹，实在可疑，更关键的是，林公馆上下没有太多的悲伤气氛。若林云崖是真的病重，林公馆怎么可能是这个态度呢？

"人人都有长生之愿，可不是人人都明白一个道理——一条命，可以重于泰山，也可以轻于鸿毛。"含柔冷冷地说。

林云崖上前一步，逼视着含柔："真的命珠在哪里？给我！"

"给你！让你去救这个坏人吗？"含柔指着躺在床上的田佐，眼睛里燃烧着怒火，"云崖，我没想到你成了这种人！"

林云崖怔了怔，鼻翼里忽然发出一声轻笑："含柔，这里又不是你家的，你急什么？"

第七章
治世之愿

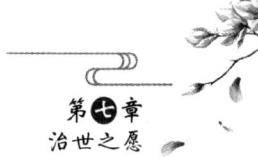

"可我生长在这里!他们在这里都做了什么?烧杀抢掠,无恶不作,大帅早就对他们不满了。"

林云崖摊手:"所以大帅迟早要吃亏。我呢,没什么宏图大志,我只想取大帅而代之,成为真正的王!含柔,你知道我为什么骗你吗?就是因为你不会审时度势。"

"这种审时度势,我宁愿永远都学不会。"

"那我就没办法了。"林云崖从口袋里掏出手枪,对准了含柔的胸口,"真正的命珠在哪里?"

含柔目光鄙夷:"扔了。"

"你!"林云崖咬牙切齿地抬起枪口,扣下扳机,"你这个可恶的女人!"

砰!

子弹出膛!

含柔只觉得迎面冲来一股撞击力,整个人都被冲击到房间门板上,后背被撞得生疼。她呆呆地看着挡在她身前的人,看到那个人软软地倒了下去。

"翎七?"她扳过那个人的身体,看清了他的面容。

翎七胸口出现一个窟窿,汩汩地流着血,他脸色苍白,坐在地上喘着粗气,道:"含柔小姐,外面的人已经被我弄晕了,你快走。"

"不,他会杀了你的。"含柔捂住翎七的伤口,恐惧地看向林云崖。

林云崖举着枪,呵呵冷笑:"没想到,还会有护花使者出现!含柔,你以为你真的能躲过这一劫吗?"

"林先生,我奉劝你不要轻举妄动。"翎七伸出手,手心里漾出阵阵光波,"我是麒麟兽,刚才是我没来得及布结界,才中了你一枪。"

林云崖语气戏谑:"麒麟兽?有意思!不过我照样杀!"

他眼中杀气毕露,对着翎七又扣下扳机!

只是这一次,他并没有看到子弹再次射入翎七的体内,而是看到子弹在距离翎七三寸的位置停止,火花四溅后,忽然拐回到他的方向!

一瞬间,林云崖想躲避开,已经来不及。

他低下头,难以置信地看着自己心口位置的血洞,慢慢地倒了下去,那双眼睛大睁着,透着不甘和愤怒。

"云崖……怎么会?"含柔惊惧地问。

翎七伸出手,将光波一点点地收回手心:"我说过了,不让他轻举妄动。子弹射

在结界上,是会反弹回去的。"

含柔走到林云崖跟前,默默地将他的眼睛合上,叹了一口气:"再见了,云崖。"

那些少女的痴心,所托非人,终究是白费了一场心思。

翎七也有些伤感,想要站起身,忽然觉察到胸口一阵剧痛,忍不住低头发出一声呻吟。含柔赶紧走过来,将他扶起:"你没事吧?命珠在我这里,要不然你用了吧。"

"不,我没什么大碍,用命珠也太浪费了。"翎七强忍着剧痛,"我得回琅玕馆了。"

含柔皱了皱眉头:"不行,你的伤太重,我得送你去医院,把子弹取出来……"话音未落,她捂住了嘴巴。

翎七将右手从胸口上拿开,手心里躺着一枚血淋淋的弹壳。

他居然徒手取弹!

"叮咚"一声,是翎七将弹壳扔开的声音,他起身打开房门:"我说了,我没什么大碍。"

含柔忽然觉得眼前的少年,冰冷自持,和那个挺身为她挡子弹的翎七截然相反。

"为什么你要急着回琅玕馆呢?"含柔问。

翎七淡淡地回答:"没时间了,快没时间了……"

这句话十分奇怪,含柔想要再问,忽然耳边传来一声巨响,整个大地都在颤抖。她蒙了,下意识地看向天边,只见一抹火光将远处的天空照得红彤彤的。

出事了!

三

林居意在睡梦里,被这声巨响震得从床上掉到了地上。他揉了揉惺忪的眼睛,从地上爬起来,打开了窗户。

只看了一眼,他就惊呆了——

东边的天空,火光冲天。

他顿了顿,扭头冲出房间,径直闯入了隔壁。云念薇还在睡梦中,睡颜浸在月光里,格外恬静。

第七章 治世之愿

"云念薇,这种时候了还睡?给我起来,逃命了!"林居意一把将云念薇的被子掀开。

云念薇睁开眼睛,不由分说地一拳打了过去:"你干什么?色狼!"

林居意捂着眼睛,后退两步:"嗷嗷——痛!你下手干吗这么重?"

"怎么了?"

"外头有爆炸声,你不知道啊?"林居意将手拿下来,往镜子里一照,果然发现右眼乌青一片。

云念薇吃惊,待看清楚窗外景象后,才问:"翎七去哪里了?"

"不知道。"林居意这才记起结界的事,"房子周围有他布下的结界,所以应该没事。"

话音刚落,一枚炮弹从天而降,正中不远处。

轰!

爆炸所产生的气流冲破窗户,将两个人一直冲到了房间另一边,与此同时,房中什物也被冲得东倒西歪。

林居意忙护住云念薇:"可恶,翎七的结界失效了?"

"林居意,结界失效只有一个可能——"云念薇身体微微发抖,"翎七出事了。"

林居意心头一沉,也想到了这个可能性,但他嘴上仍然云淡风轻:"也不一定,麒麟兽哪有那么容易出事?"

他看向半空中,只见讹兽浮在半空,静静地看着他们,目光悲悯。

林居意心里咯噔一下,对讹兽道:"讹兽,我现在要转移那些画卷,你知道琅玕馆有什么密室吗?"

讹兽点了点头:"知道,随我来。"

林居意扶起云念薇,跟着讹兽下了楼。讹兽让他们搬开院子一角的青石板后,一条台阶便出现在眼前。

他们顺着台阶走下去,发现下面居然是一个非常庞大的地窖,里面还储存了食物和水。

"翎七真是太有先见之明了,居然提前准备好了这些。"林居意感慨。

讹兽说:"没办法,谁让你们凡人易挂。"

"说得好像你们不容易挂一样。"林居意翻了个白眼。

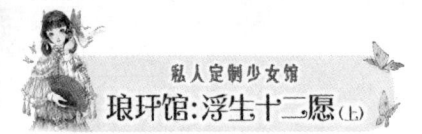

"我们有饥寒之虞,你们却有战争。"

一刹那,林居意和云念薇都沉默了。两个人明白,战争所制造的悲欢离合太多太多了。

就在这时,洞口刮进了一阵劲风,无数画卷飞进了地窖。画卷们像是生了眼睛,在地窖的墙壁上纷纷挂好。

"主人,琅玕馆所有的画卷都已经安置妥当,要把地窖关上吗?"讹兽摇了摇长耳朵问。

"不用,我要出去一趟。"林居意提步就往外走。

云念薇一把将他拉住:"外面很危险,你出去做什么?"

"只是关店门而已,你放心,我很快就回来。"林居意语气温柔,转头命令讹兽,"你跟我来。"

云念薇还是不放心,抓着他的衣角不肯松手。林居意稍一用力,便挣脱了她的手。他深深地看了一眼云念薇,眼神从未像此刻这样用力,这样深情。

那是他最在意的人,而这一眼,很可能是最后一眼。

"林居意……"云念薇往前走了一步。

林居意强忍住想要留下的冲动,头也不回地走出了地窖。他走得很快,生怕自己下一秒钟就会后悔。

"讹兽,你能感知到翎七在哪里吗?"林居意一边匆匆往外走,一边问飘在自己身旁的讹兽。

"他的气息很弱,可能受伤了。"

"再感知一下,他到底在哪里?"林居意七手八脚地将红药水、消炎药、医用纱布都塞到一只布袋里,背起来就往外走。

讹兽吸了吸鼻子:"大概在城北方向。"

林居意出了琅玕馆,径直往城北的方向走。讹兽追了上来:"主人,你不能离开琅玕馆!"

"顾不了那么多了,翎七要是死了,我这辈子都不会心安!"林居意眼眶通红。

在他走投无路的时候,是翎七带他进入了新世界;在他危难的时候,是翎七一次次地将他解救。而且更关键的是,翎七是他父亲领养的灵兽,他不能坐视不管!

讹兽静静地看着他,没有反驳,也没有反对。

林居意掉头继续走,一直走出了胡同口,就在这时,不远处忽然传来了一声枪

响,还有人惊恐地喊:"杀人啦,杀人啦!"

"主人,快躲起来!"讹兽惊叫。

林居意脚步一滞,下意识地没有再往前走,他听到有人在咒骂,有人在狂笑,接着便是噼里啪啦的一阵枪声。

"全部将他们杀光,一个不留!"风里带着血腥味,还有这句笑骂。

林居意贴在墙壁上,听着那阵杂乱的声音由近及远,他强忍住心头的恐惧和愤怒,走出拐角,便看到眼前的惨状。

都是普通的民众,横七竖八地躺在地上,鲜血从他们的身体下蜿蜒流出。他们大概是准备逃难的,每个人身上都背着一只小包裹,可是那些无情的枪子,已经夺去了他们的生命。

林居意呆呆地看着,被这死亡的气氛压抑得想哭。

此时正是黎明,天就要亮了。

可是对于很多人而言,再也看不到升起的太阳。

四

一夜之间,敌人发动了进攻,将这座城市瞬间变成了修罗地狱。

这一路上都有京森军在扫荡,林居意凭着机敏躲躲藏藏,总算避开了危险。

"讹兽,我们已经到了城北,你再感知一下。"林居意躲在一处废墟后说。

讹兽闭上眼睛,似乎在冥思:"已经很近了,翎十就在附近。"

林居意心头一喜,正要说什么,忽然听到一声低微的抽泣:"阿爸,阿爸……"

他忙循声望去,只见十步开外的地方,一个大约四五岁的小男孩正伏在一名中年男子的尸体上哭泣:"阿爸,你醒醒……"

林居意一阵心酸,忙走过去:"小朋友,你叫什么名字?"

小男孩奶声奶气地回答:"我叫豆豆。"

"你的阿爸睡着了,咱们不要打扰他,让他好好睡,可以吗?"

豆豆抹着眼泪:"不,我要阿爸起来陪我。"

"哥哥陪着你。"林居意还是第一次用这样温柔的语气哄一个孩子,"哥哥有个画馆,里面有许多漂亮的小动物,哥哥可以带你去。"

豆豆果然被吸引了注意力:"哥哥的画馆好棒呀!"可是他很快就萎靡下来,喂

嚅道，"可是这附近有好多坏人……"

"他们都在跟豆豆玩游戏呢，所以豆豆别怕。"林居意将豆豆抱起来，往外走去。豆豆的身体小小的、软软的，抱在怀里像是在抱着一只小猫，让林居意忍不住就想要保护。

可就在这时，耳边忽然响起了一声高喝："站住！"

林居意想逃，已经晚了。

一个乌洞洞的枪口对着他，阻断了他所有的退路。林居意冷冷地看着围墙后面走出的京森军人，忍不住抱紧了豆豆。

"孩子是无辜的，你可以杀了我，但是请放了他。"林居意一边说，一边缓缓地后退。

那名京森军人却依然端着枪，杀气腾腾："把手举起来！"

林居意一边压抑住心头的愤怒，一边缓缓下蹲，低声在豆豆耳边说："豆豆，我们又要做游戏了……等一会儿，叔叔喊'跑'，你就赶紧跑，不要回头。"

豆豆小声地说："好。"

林居意将豆豆放在地上，然后举起了双手。京森军人拉开枪的保险，瞄准了林居意的胸口，林居意箭一般地飞奔上去，堵住了枪口，同时喊了一声——

"跑！"

豆豆扭头就往相反的方向跑去。孩子总是很轻易地就相信大人的话，他还以为这真的是一场游戏。

所以，他没有看到血腥惨烈的一幕。

一颗子弹，瞬间射入了林居意的胸膛。一阵剧痛袭来，林居意往后仰去，轰然倒在地上。

尘埃飞扬。蒙眬中，他看到讹兽浮在自己头顶，红眼睛里沁出泪水。

"主人！"讹兽哭着扑上前去，"我太没用了，如果我有实体，一定要为你而死！"

林居意感到体内的力量在迅速地抽离，但还是喃喃地说："保护……豆豆，别让我，白死……"

讹兽怔了怔，身体不由自主地往上飞去，这一刻，它和林居意的契约解除，也要为他完成遗愿。

那名京森军人走上前来，发现林居意还没死，便将枪口抵在他的额头上，打算再扣动扳机。林居意立即感觉到，额头上传来冰凉的金属触感。

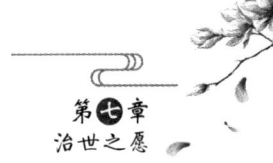

第七章 治世之愿

他真的要死了。

然而就在这时，身后传来了一声："住手！"

林居意心头一沉，转移视线，果然看到云念薇站在五步开外，正满眼是泪地看着自己。他用尽了浑身的力气，喃喃道："走……你给我走……"

他忍着剧痛撑起来，奋力向云念薇爬去："快走，走啊……"

"求你了，别杀他。"云念薇哭着向那名军人跪了下来，"我愿意拿自己的命，换他。"

军人却狞笑着举枪："你也要死。"

"不要！"林居意吐出一口血，咬着牙往前爬，"念薇，你给我走，走啊！你是蝶姬，你可以做到……"

云念薇将他扶起，摇着头流泪。

她想说，情之一字，就是能让人抛却生死，从见到他的第一眼开始，她就已经爱上他了。如果他死，她也不独活。

云念薇伸出右手，右手顿时化作一只巨大的蝴蝶翅膀。京森军人惊呆了，不由自主地将枪放下。

阳光下，蝶翅上流光溢彩，鳞毛上发着柔美的光。

"你还想杀我吗？"云念薇问。

京森军人眼睛都看直了："蝴蝶姬！"他目光贪婪，"你跟我走，我就放了他！"

"一言为定。"

林居意使劲抓住云念薇的袖子："不……"

"林居意，"云念薇的笑容有些苦涩，"这是最好的选择。"

她轻轻松开，让他背靠着围墙，然后站起身对京森军人说："我们走吧。"

"别耍花样！"京森军人用枪抵着她的腰，让云念薇走在前面。云念薇深深地看了林居意一眼，扭头向京森军人所指的方向走去。

"不，回来……"林居意咬紧牙关，齿缝里挤出几个字，他用拳头抵住地面，想要站起身来，却无能为力地看着云念薇越走越远。

就在云念薇即将消失在拐角的时候，一道银光破空而来，"嗖"的一声袭向京森军人。

那道银光犹如闪电，那名军人来不及反应，闷哼一声就倒在了地上。

五

林居意晕了过去。

等他醒来,发现自己已经躺在琅玕馆的卧室里。看天色已是日暮,床头柜上的一碗桂花粥散发着淡淡的香气。

如果不是胸口传来剧痛,林居意还以为发生的一切都只是做梦。在梦里,敌人没有发动进攻,没有民众被杀,他也没有因为救豆豆而被射中。

可是,痛楚提醒着他,那一切都是真的。

"豆豆,豆豆……"林居意挣扎着坐起身,然后看到了坐在床沿上的云念薇。她估计守了一夜,正以手支腮,打着盹儿。

"你醒了?"云念薇睁开眼睛,看到林居意苍白的脸色,顿时哽咽,"你别急,我们已经帮助豆豆找到了他其他的亲人,他现在很安全。"

含柔正在门口拧毛巾,听到声响赶紧走了过来,她嘱咐道:"林兄弟,别动,你的伤太重了。"

林居意低下头,这才发现周身笼罩着一层淡淡的光晕。

"这是翎七的结界?他在哪儿?"

云念薇低头抹泪,转身将身后的一面屏风掀开,屏风后,翎七闭着眼睛浮在半空中,头发在空中轻轻飞扬。他脖子上挂着的黄铜兽头项链,也在半空中飘舞着,那只兽头的两只眼睛,居然散发着红光!

"翎七!"

翎七慢慢睁开眼睛,表情无波无澜:"你醒了。"

"翎七,以我的伤势,肯定是要死了。"林居意苦笑着说,"你何苦耗费灵力保护我?让我死掉算了。"

翎七看他一眼,目光里充满了悲悯:"我答应过你的父亲,所以无论如何,也要将你保护到最后。"他低头看含柔,"含柔小姐,请开始吧。"

"这……"含柔面露难色。

林居意忽然觉得有些不对劲:"你们要做什么?"

含柔勉强一笑:"九尾狐送给我一颗命珠,这颗命珠可以让你活下去。"

林居意紧紧盯着她:"没这么简单吧?"

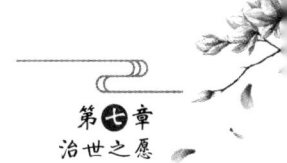

第七章 治世之愿

"林居意,别犹豫了,翎七的结界撑不了太久。"云念薇走上前,示意含柔取出命珠。

"我用命珠活下去,那翎七呢?他的伤也很重!"林居意挣扎着,扭头看向翎七。

翎七一怔,眼中有了触动的神色:"谢谢你,在生死关头还想着我,但是主人的遗愿就是保护你,为了让你活下去,我宁愿付出生命的代价。"

林居意浑身一震,使劲挣扎起来:"不!我不能让你死!翎七!"

含柔深吸一口气,走上前去,将那颗散发着淡淡光辉的命珠放在林居意的胸口。很快,命珠便融入了林居意的胸口内,他顿时感到一股力量从体内源源而生。

可他还是呜咽着:"求求你,让翎七活下去。"

"林居意,现在我可以告诉你琅玕馆的秘密了。"翎七突然开口,"琅玕馆,其实是四维空间的一个站点。"

林居意痛苦地摇头:"我听不懂!"

"你必须要听懂。在四维空间里,时间是一条长轴,人们可以从这一端走到另一端,即是从你十八岁的时候,可以走到你八十岁的地方!琅玕馆就是这样一个特殊的存在。"

云念薇惊呆了:"翎七,你的意思是,琅玕馆能让我们从十八岁走到八十岁之后的时光?"

"对。"

含柔摇头:"我不懂。"

"如果你们生活在几十年后的时代,你们就会明白的。"翎七飞快地说,"京森人很快就会占领这里,这座城市将会生灵涂炭,我只能把你们送走!"

"不!能救救那些无辜的人吗?"含柔惊慌地喊起来。

翎七悲伤地低下头:"对不起,我改变不了命运……"他很快抬起头,沮丧神色一扫而空,"你们现在给我听好!四维空间的隧道里有许多有害的磁场,会让凡人殒命。但每一幅空白画卷都具有结界的力量,能组成一个封闭空间,挡住那些磁场。"

林居意愣住了。

笼罩在他身体上的结界渐渐散去,他从床上坐起来,喃喃地说:"难道你要我卖掉那些画卷……就是为了今天?"

"对。"

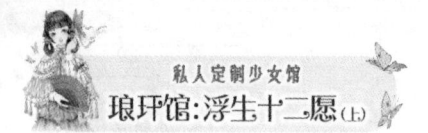

"我不走。"林居意抬起眼睛,认真地看着翎七,"你可以把云念薇和含柔送走,但,我要守在这里,直到最后一刻。"

云念薇眼眶微微发热:"我和你一起留下来。"

"我也要留下来,"含柔目光坚定,"越是在这种时候,我越是不能退缩。"

话音刚落,外面忽然轰然作响,整个房屋都颤抖起来,无数灰尘簌簌落下。

"轰炸又来了!"含柔惊慌地喊。

翎七略蹙眉头:"再不走就来不及了。林居意,你和云念薇放心地走吧,我已经安排好了一切。"

说着,他扬了扬手臂,一阵风顿时刮入室内。林居意纵身跳下床,推开窗子一看,发现外面居然不再是青天白日,而是白茫茫一片。

林居意顿时明白过来,那是空白的画卷!

"翎七,我不走!"林居意冲了上去,却被一股看不到的力量推开,他整个人往后飞去,狠狠地砸在床上。

他支撑起身体,想要再扑上去,眼前景象却遽然变幻!

房间、物什全都消融不见,取而代之的是一片雪白。云念薇惊慌失措地抱住林居意:"林居意,翎七要强行送走我们,怎么办?"

林居意伸出双手,想要探知这个白色空间的边缘,却发现这个空间很大很空旷,无奈之下,他只得走回来。

"不,他不能就这样把我们送走!"含柔痛苦地揪住头发,"活是活下来了,可是几十年后的时代,根本不是我们的时代啊!"

林居意颓然地坐在地上,却发现手边触到了一些异物,他扭头回望,顿时大吃一惊。

五六十只画卷,都堆在他的身后,成了一座小山。他张口结舌地看着:"翎七这是什么意思?"

"六张画卷可以组成一个空间,他想要让你继续卖画,这样就能在四维空间里来去了。"云念薇猜测。

林居意看着那些画卷,黯然地道:"如果有可能,我宁愿把空间让给那些无辜的百姓。"

他的同胞,纷纷惨死。

有的是懵懂无知的垂髫孩童,有的是风华正茂的少年,还有的是本该享受天伦之

第七章 治世之愿

乐的老人,他们原本美好的生命,全部在京森人的枪下戛然而止。

林居意正在惆怅,忽然听到含柔低声说:"你们听,有声音。"

果然,有一阵隆隆声隐隐传来。

林居意忍不住握住了云念薇的手,将她往身后藏。他已经失去了翎七,不能再失去她。

云念薇紧紧靠着林居意,侧耳倾听了一会儿,说:"好像是……是一种巨物在崩塌。"

那声音震天撼地,有摧枯拉朽之势。与此同时,周围白色的画卷渐渐变得透明,显现出外面簇拥的人群。

这是哪里?

几十年后的第一个站点,是哪里?

很快,画卷彻底消失,林居意站在人群中央,愕然地打量着周围。在他们身边,围着许多十三四岁的少男少女。他们正兴趣盎然地看着前方,完全没有注意到身边突然出现了三个"不速之客"。

"快看!"云念薇伸手一指。

林居意抬眼望去,只见墙壁上挂着一只巨大的黑边框框。黑边框框里有一个黑色的巨大火山,正在往外喷着火红的岩浆!

"快逃啊!你们还在等什么?"林居意大声喊。云念薇和含柔也惊呆了,指着黑边框框喊:"那是火山!岩浆会烫死人的!"

周围少男和少女们愕然地看着三个人,忽然仰头哈哈大笑起来。

"笑什么笑,你们没看到火山爆发了吗?"林居意有些生气。

一个男生朗声说:"你们到底是哪个年代的人?连电视机都不知道?这些都是电视里的画面,不是真的!"

"电……视……机?"云念薇和含柔面面相觑,都是一头雾水。那是什么东西?

一名扎马尾辫的女生甜甜地说:"电视机都不知道?你们是不是故意恶作剧来吓唬我们的?现在你们看到的火山,是画面,不是实物!"

林居意四处打量了一下,发现置身于一栋宽敞的建筑物里,墙壁上挂着许多字画,靠墙还放着玻璃柜,柜子里放着看上去上了年头的东西。他皱了皱眉:"这是哪里?"

"啊?你连这个也不知道?"马尾辫女生睁大眼睛,"这是在博物馆。"

林居意还想问什么,云念薇赶紧拉了拉他的衣袖,示意他赶紧离开。林居意轻咳一声,对少男少女们说:"我当然知道这是博物馆,刚才问你们,是在考你们!"

"喊——"少男少女们发出了嗤笑声。

林居意赶紧转身离开,迎面却撞上了一名穿长筒靴的年轻女子,年轻女子"哎呀"喊了一声,手中拿着的方盒子掉在了地上。

林居意一边弯腰捡起方盒子,一边充满歉意地说:"对不起,我不是故意的……"

在看清楚方盒子的那一刻,林居意浑身的血液顿时凝固!

方盒子的框框里,一名长相甜美的小女孩正在说话,她扫了一眼林居意,哼了一声:"哎呀,刚才手机晃得我头晕!你行不行啊?"

"啊!妖怪!"含柔最先叫起来,指着方盒子大叫,"里面有小人,还会说话!"

林居意后退两步,伸开手臂挡在云念薇和含柔面前:"别怕!"说是别怕,可他的身体在微微颤抖。

他在有生之年还从来没见过这样可怕的东西!

"神经病!这是手机,我正在视频通话!"长筒靴女子捡起手机,对着屏幕说,"阿莉,有人居然连手机都不认识哎!从哪里来的老古董啊?"

年轻女子一扭一扭地离开了,剩下林居意三个人大眼瞪小眼。

"看来,我们真的来到了几十年后,一个高速发展的时代。"许久,林居意才说。

他们无法理解这个时代,因为有太多的新事物需要去面对。三个人走出博物馆,看着高楼大厦和车水马龙,发出阵阵的惊叹。

"天哪!居然有这么多的汽车,还跑得那么快。"含柔兴奋得脸都红了。

云念薇仰头看着二十米远的高楼大厦,惊叹:"太高了!居然有四十多层!太伟大了!"

"咳咳,你们注意一下,说话小声些。"林居意发现来往行人都用看怪物的眼神看着他们,不得不提议。

含柔却又像发现了什么了不得的事情,忽然一指前方:"你们看!"

远处有一个大广场,广场中央竖着一面旗子,红色旗子迎风招展。许多行人在广场上游玩、谈笑,惬意十足。

林居意愣了愣,忽然明白了这意味着什么,他的声音因为激动而微微发抖:"没

第七章 治世之愿

有战争了，没有了……"

云念薇也激动起来，攥住了他和含柔的手，紧紧地。

这一刻，他们什么也没说，可是千言万语都凝结在彼此的眼神中。不必多言，也能明白彼此的心声。

那个兵荒马乱的时代，终于过去了。

六

某天，京北的胡同里多了一家画馆，画馆的牌匾上有三个字，琅玕馆。

画馆处幽静，门口种着一棵大芭蕉树，芭蕉叶落下一大块阴影，偶尔会有猫咪来这里纳凉、打闹。

掌柜的姓林，名居意。他长得很年轻，看上去不过是十八九岁，眉宇间英气朗朗，站在柜台后的阴影里，很长时间都在伏案看书，坐成了一幅极为清俊的剪影。

翎七最后对他们说的一句话是："我已经安排好了一切。"林居意没有想到，翎七所说的安排，居然是帮他们打理好了一切生活。

当时，他们刚来到这个时代非常不适应，对各种新鲜事物感到不理解，最大的问题是，他们发现自己并没有这个时代所需要的钱。

就在他们饥肠辘辘的时候，林居意在口袋里摸到了一串钥匙，还有一张写有地址的纸条。找到地方之后，他们发现这居然是一间画馆。

画馆里有食物、有钱，还有一份生活指南。含柔捧着那份生活指南看得爱不释手，当下就决定去上学，学习这个新时代的各种知识。

所以，琅玕馆里就只剩了云念薇和林居意两个人。

这是一个最好的时代，可他们偶尔还是会做噩梦，噩梦大多数都是同样的内容，那就是枪林弹雨，无数同胞的生命迅速消散。

所以，他们还是做出了一个决定——努力卖画，攒够空白画卷，再次回到那个战火纷飞的年代里。

不过画馆的生意很冷清，只有旅人会被画馆正统的复古风吸引，来这里转一转。时间久了，便有人会向林居意问价："老板，你店里的画卖吗？"

"卖，一千块钱。"林居意回答。

问的人多，买的人少。在这个时代，一千块钱不多，但很少有人会为了一幅抽象

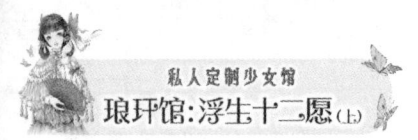

难懂的画付出一千块钱。

还有人会问云念薇："小姑娘，你能给我们优惠一些吗？"

云念薇穿着蓝衣黑裙，一身女学生的打扮，她坐在躺椅上，摇着一把绢扇，抬了抬眼皮，看询价的小伙子。

小伙子很英俊，笑容很阳光很干净，他看上去很喜欢明丽的云念薇，又问了一遍："小姑娘，给哥哥打个折，好吗？"

云念薇很认真地告诉他："按年龄，你应该喊我'奶奶'。"

小伙子呆了。

"不对，我算算。"云念薇心算了一下才说，"严格地说，你应该喊我'老祖奶'。"

于是这场交易拉倒了。

小伙子夺门而逃之后，林居意冷静地评价："云念薇，你这样是卖不出去画的。"

"我有说错吗？"云念薇摊手，"我可是比他大上快一个世纪！"

"不过这样确实是个麻烦。"云念薇从躺椅上站起来，苦恼地望着墙壁上一幅幅的画，"以前还能说，画中灵兽和妖能够帮助凡人满足愿望，可是现在根本就没戏！他们只会说，这是怪力乱神！"

林居意定定地看着她，没有说话。

云念薇被他看得有些发毛，扭头回望，才发现门口站着一男一女，目光怔然地望着这边。

男子和女子都很年轻，二十多岁。男子一身利落的西装，女子则穿着一身黑色蕾丝裙，细节考究，一条黑色的颈链显出细白修长的脖子。

云念薇第一眼就看出男子和女子是情侣，只是两个人之间保持着距离，看起来彼此都在刻意疏远。

"你刚才说什么？画中的灵兽和妖能够帮人满足愿望？"年轻女子走上前来，急声问。

她的表情癫狂而痴绝，眼眸里闪着疯子一样的光。

林居意快步走上前来，站到云念薇身前，警惕地问："你想做什么？"

女子想要拉云念薇，用的却是左手，右手一动不动地垂着，云念薇忽然有一种强烈的感觉，她的右手有问题。

"居意，别这样，让她慢慢说。"云念薇拉了拉林居意的胳膊，引女子进屋。女

第七章 治世之愿

子这才冷静下来，走到八仙桌前坐下。

站在门口的男子也匆匆走进来，声音颤抖："你们说的是真的？"

"当然是真的，本店童叟无欺。"林居意淡然回答。

说完，他不由自主地和云念薇对视一眼，今天真是稀奇，生意居然两个同时上门。

"坐吧，一边喝茶一边说。"云念薇摆出功夫茶具，开始泡茶。琅玕馆的时光闲暇而自在，她学会了茶道，一壶茶水能打发一下午的时光。

很快，茶碗里蓄了一泓清亮碧绿的茶水，茶烟袅袅，两个人都放松下来。

女子首先介绍自己："你们好，我叫余生。"她低头看自己的右手，眼眸里蒙上一抹痛苦之色，"我的右手，是假肢。"

说到这里，余生垂下眼睫，不再言语了。云念薇不由得生出一些同情，这样美丽优雅的女子，身体却有残缺，不得不说命运爱开玩笑。

气氛沉默下来，坐在一旁的男子只好开口："你们就叫我大勇好了。"

林居意问大勇："你为什么想要买琅玕馆的画呢？"

"当然是实现愿望啊。"大勇急切地回答，话说出口，他忽觉有些不妥，才又问，"你们的画……卖多少钱呢？"

"一千块。"

大勇沉默地低下头。

余生轻蔑地弯唇一笑，从包里掏出一叠钞票放在桌子上："我买了。"

林居意笑了笑："可是余小姐，你还没告诉我，你要买哪一幅画呢？"

"我不管，只要能让我再次潜水，实现我的梦想。"余生一脸悲伤，"在一次潜水中，我遇到了鲨鱼……失去右手后，我已经很久没有潜水了。"

她捂住脸，低低地啜泣起来："你们明白吗？那种没有梦想的生活，生不如死，每一天都活得像行尸走肉。"

清风吹进琅玕馆，一幅画卷忽然动了动，画轴敲打在墙壁上，发出笃笃的声音。林居意看了看那幅画，忽然心中明了。

他说："你可以买丹鱼图。"

"丹鱼？"余生站起身，匆匆走到丹鱼图面前，那是一幅普通的锦鲤图，图中丹鱼金光灿然，形体优雅地徜徉在绿水中。唯一的缺憾是，丹鱼没有眼睛。

"丹鱼怎么没有眼睛？"

林居意回答："你为它添上一笔，丹鱼就可以活，并且为你所用。"

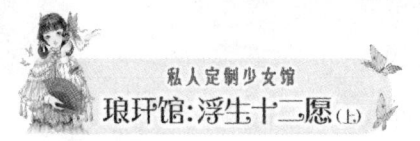

余生再仔细端详那幅丹鱼图,蓦然看到图的右下角有一行小字:丹鱼,《山海经》中所记载的妖类,长约一寸,握在手中,可履水如路,入水如鱼。

"履水如路,入水如鱼!"余生惊喜地叫起来,"丹鱼可以让我在水面上来去自如,在水中畅快游泳!"

"对。"

"快拿纸笔,我要为丹鱼添上眼睛。"余生兴奋地催促云念薇,然而就在这时,大勇忽然站起来,有些为难地问:"余生,你可以把丹鱼让给我吗?我也有用。"

余生目光灼灼地盯着他,语气里含有一丝怨恨:"我们都要分手了,你还在抢我的东西?"

"余生……"

"我好不容易看到了一丝生机,你却还要堵我的路!"余生那双美丽的眼睛里沁出泪水,"你背弃我,放弃留在这座城市的机会,去那么远的地方……如今还要灭了我最后的希望!"

大勇低下头,一句话也没说。

林居意和云念薇对视一眼,都有些为难。他们以前推销画卷百般困难,从来没有想到过,还会有两个人抢同一幅画的情况。

"无论如何,我都需要丹鱼。"大勇涨红了脸,向余生鞠了一躬,"我欠你的,以后再还。"

余生气得浑身发抖:"大勇,凡事先讲个先来后到吧?是我先说要买的!你就这样不讲往日情分?"

"求求你了,余生……"

"不说别的,就说最现实的问题,你出得起一千块钱的画钱吗?"

大勇被呛了一通,吭吭哧哧的,更是说不出一句完整的话。

眼看火药味飙升,云念薇赶紧劝说:"你们别吵架,好好商量。"

"抱歉,本店打烊了。"林居意忽然搬起门板,下了逐客令,他毫不客气地将余生和大勇赶出了店。

琅玕馆又安静下来。

"丹鱼,你告诉我,你选择的主人究竟是谁?"等到店门关了,林居意对着丹鱼图,语气平静地自言自语。

可是丹鱼图静悄悄地悬挂在墙壁上,再也没有发出一丝动静。云念薇有些失望,

轻声说:"居意,画卷其实是一种禁锢,此时的丹鱼无知无识。"

林居意黯然说:"如果翎七在,他就会告诉我该如何做。"

"是啊!可是……该如何回去呢?"云念薇怅然若失。

在琅玕馆的日子,他们每天都恶补各种知识,想要弄清楚四维空间究竟是怎么一回事。可是他们很快就发现,对于四维空间,这个时代也只有理论,没有实践。

身处三维空间,没有人见过四维空间。

七

入夜,琅玕馆陷入了一片寂静。

这间画馆面积不大,一楼是门面,二楼只有三间卧室,云念薇睡在最中间的那一间。

一束月光泻在枕上,照得缎面微微发亮。云念薇翻了个身,醒了,她想继续睡,却听到哪里传来了奇怪的声音。

咯吱咯吱的,像是有人在撬锁。

云念薇莫名就警醒起来,蹑手蹑脚地起了床,悄悄打开门,她走到楼梯口,探出身子往下看,那个奇怪的声音却消失了。

她大着胆子走下楼梯,赤足踩在木质台阶上,没有一丝声音,走到一半,她忽然看到琅玕馆的门开了,一道身影潜了进来。

有贼!

云念薇吓得心脏扑通扑通直跳,赶紧蹲在楼梯上,幸好她穿的是深色睡衣,昏暗中不容易被发现。

只见那道身影走到柜台前,居然开始从口袋里掏东西。一边掏,他还一边小声地说:"一块、五毛……"

最后,他把堆得小山一样的零钱放在柜台上,才长舒一口气,悄悄走到柜台后的墙壁上。那上面挂着一排排幻兽画卷,静静地垂挂在夜色中。

"对不住,丹鱼,只能用这种方式把你带走……"那贼口中喃喃自语,语气还挺内疚。

他伸出手,想要将丹鱼图取下来。云念薇赶紧摸到开关,将一楼大厅的电灯打开。那个偷画的黑影,果然是大勇!

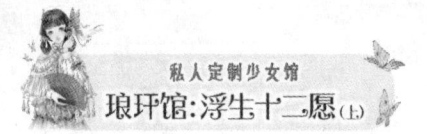

"喂,不卖给你,你居然敢来偷画?"云念薇无语。

经过这么一折腾,林居意也醒了,从楼上冲了下来,他看到靠在墙上、冷汗直冒的大勇之后,顿时明白了事情的来龙去脉。

"你想偷画?"林居意问。

"不,我想买,可是我钱不够。"大勇赶紧辩解。

云念薇快步走到柜台前,翻了翻那堆零钱,居然在最下面发现了一张欠条。欠条上写:购买丹鱼图,还欠琅玕馆七百八十四块五毛——大勇。

"我会还的,以我的人品保证!"大勇面红耳赤。

林居意皱起眉头:"不问自取是为贼,就算你放了钱也不行!你一个贼,还拿人品保证。在实行偷盗的那一刻,你的人品就欠费了!"

大勇低下头,俊朗的脸上充满了难过之情:"我知道我没有资格要求什么了。但是求你们了,就算你们不把丹鱼卖给我,也不要卖给余生。"

"为什么?"云念薇好奇地问。

大勇从口袋里取出一张照片,颤巍巍地递了过来。云念薇接过来,看到照片里有一位头发花白的陌生老者。

"这位是?"云念薇一头雾水。

"余生出身优渥,家族里有不少亲人在国外做生意。照片里的这位老人就是余生的伯伯,是在国外经营的企业家。某天,他要回国了,据说得了绝症,要把遗产留给余生继承。"大勇说着说着,眼神暗淡下来,"可是不幸的是,船沉了,余生的伯伯葬身鱼腹……"

林居意问:"那这件事,跟丹鱼有什么关系呢?"

"余生想要从沉船里找到那份遗嘱,可是船打捞上来之后,并没有找到余生伯伯的遗体,也没有见到遗嘱。于是余生一遍遍地去那片海域潜水,寻找!后来,她遇到了鲨鱼,失去一条手臂……"

林居意倒吸一口冷气:"你是说,如果把丹鱼交给余生,她还会去潜水?"

"对!"大勇眼睛里闪着痛惜的光,"钱财乃身外之物,我不想让余生再去冒险了!哪怕有丹鱼,也不一定能保护她。"

林居意和云念薇对视一眼,不知道该如何做决定。

云念薇叹了一口气,将钱交给大勇:"虽然你们分手了,但你还爱着余生吧?"

大勇神情黯淡,喃喃地说:"我很爱她,可是我对不起余生。她希望我能留在她

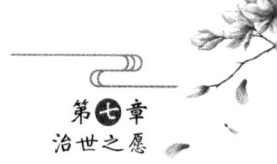

身边，可是我有我的打算。"

就在这时，门外忽然传来一个清冷的声音："你不爱。"

林居意和云念薇转眸望去，只见余生从外面走了进来，她面色冰冷，眼神锐利，很显然听到了他们刚才的谈话。

大勇看到余生，立即局促起来："余生，我……"

"是你自私，是你看不起我的残疾，所以才选择离我而去，哪怕逃到一个穷乡僻壤！"余生冷笑，"你这是爱我？"

"那不是穷乡僻壤，那是一个山村，有很多没学上的孩子……"

余生打断了他的话："我不想听这些大道理！"

大勇默默地看着余生，没有说话。

余生不再看他，而是走上前来："不如就让丹鱼自己选择吧，谁能为它添上一笔，谁就是它选定的主人。"

林居意无奈："好吧，目前也只有这个办法了。"

很快，云念薇就准备好了笔墨，先将蘸墨的笔递给了大勇。平心而论，她希望丹鱼能够选择大勇。

说实话，她并不希望余生再为了钱财，去海中潜水冒险。

大勇深呼吸一口气，在丹鱼空白的眼眶里添了一笔。然而，添上的那个墨点，居然很快就消失了！

丹鱼没有选择他！

云念薇怔愣，看了看余生，将笔递给了她。余生走上前，执笔在丹鱼的眼眶里添了一笔。很快，那墨点儿便动了动，丹鱼活了！

丹鱼从画上"砰"的一声跃起，浮在半空中，对余生说："主人，你需要我为你做什么？"

余生泪流满面，颤声回答："带我去潜水，我要再看一看大海。"

很显然，丹鱼已经选定了余生作为主人。

大勇失望极了，默默地向云念薇和林居意鞠了一躬，转身就要离开。林居意忙喊住他："留步。"

他拿起柜台上的零钱，全部塞给大勇："这些钱是你的，拿回去吧。"

"这……就当我私闯民宅的赔偿好了。"大勇挠了挠后脑勺儿。

林居意不由分说地将零钱塞给他："不行，这钱你拿回去。"

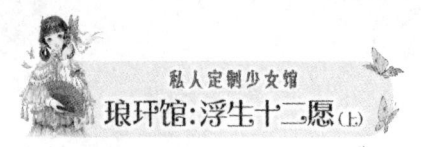

大勇眼睛里有泪光，点了点头，默默地转身离去。

林居意转过身，瞪着浮在半空的丹鱼，冷冷地说："余小姐，请你回避一下，我想和丹鱼说几句话。"

八

丹鱼在大厅里游来游去，一副满不在乎的样子。

林居意咬牙切齿地说出了两个字："念薇，食谱。"

"你是想要红烧鱼，还是清蒸鱼的食谱？"

"都要，越多越好。"

"鲤鱼两条、生姜、大蒜、干红尖椒、白糖、酱油、料酒！先将鲤鱼去除内脏后洗净，在侧面划上几刀，用少许的盐……"云念薇开始说起食谱来。

丹鱼立即崩溃地大喊大叫起来："别说了别说了！云念薇，姑奶奶，求求你，别说了！"

云念薇得意地一笑，抱着胳膊看它。

"我现在恨不得将你做成红烧鱼。"林居意有些生气地问丹鱼，"你为什么不选大勇，要选择余生？"

丹鱼哼了一声，不回答。

云念薇淡定开口："清蒸鱼做法，准备葱姜蒜，切片，然后剖开鱼腹……"

"我说我说！"丹鱼崩溃地飙泪，"我愿意选余小姐为主人，谁能管得着啦？那个大勇好是好，可是很穷哎，能养得起我吗？"

"自私。"云念薇评价。

"肤浅。"林居意毒舌。

丹鱼扭着身体往门外游去："不管你们怎么说，我已经决定了。关键是，你怎么知道余小姐不是一个好主人呢？要是翎七还在，他一定会尊重我的意见的，才不会跟我说什么红烧鱼菜谱……"

它飞出门口，忽然摆动着身体，退了回来。

余生一步步地走了进来，看着林居意和云念薇的眼神有些异样。她开了口："你们和其他人都一样，都觉得我冒险潜水是为了找到遗嘱，是为了钱？"

"难道不是吗？"

第七章 治世之愿

"我是为了找到伯伯。"余生眼眶有些泛红,"生要见人,死要见尸,他是我唯一的亲人了。"

林居意有些触动,他虽然和余生不是生在一个时代,可他们的境遇是相同的,都是孤身一人,没有亲人可依靠。

"可是,没人理解我,包括大勇!就连他也以为我利欲熏心!"余生愤愤地说,"他和我抢丹鱼不说,还嫌弃我的残疾,要离开我。我恨,我恨这个世界!"

云念薇皱了皱眉头,感受到余生周身散发出来的恨意。她有些担心,余生的意念里充满了恨意,到底还能不能供给丹鱼足够的食物呢?

"你不理解大勇。"丹鱼忽然开了口。

"有什么不可理解的?"余生脸上滑下两道泪水,"你没有看到他对我做的一切吗?"

丹鱼摇了摇尾巴,飞到余生跟前说:"主人,你只知其一,不知其二。"说着,他从嘴巴里吐出了一张报纸。

余生疑惑地接过来,发现那是一张半年前的报纸。报纸的角落里,有一篇报道,大致意思是某山村有一条河,许多孩子都要蹚水过河,结果某天发生了悲剧,一名小学生脚下一滑,被河水冲走。

"这……这……"余生变了脸色。

丹鱼说:"我趁大勇不注意,把他口袋里的报纸叼了出来。这个山村,就是他即将赴任小学教师的地方。主人,他并非不爱你,而是他的爱不全是给了你,之前和你抢着买我,也是不想让你再冒险罢了。"

余生沉默了一会儿,忽然苦笑一声:"是吗?可是他内心深处还是嫌弃我是一个残疾人吧?"

"他到底嫌不嫌弃你,你跟我来看看就知道了。"丹鱼说完这句话,转身往外面飞去。

余生迟疑了一下,跟了上去。云念薇和林居意对视一眼,也同时跟了上去。

丹鱼一直飞到了大厅门口,才停了下来。大厅里,大勇失落地坐在桌子旁,正在喝一杯热茶,只是,他拿茶杯的手,是左手。

余生顿时睁大眼睛。

丹鱼低声说:"看到了吗?他一直都不是左撇子,可是你失去了右臂,他就开始训练自己多使用左手。这一切是为了什么?是他想要训练左手,好总结出经验来帮助

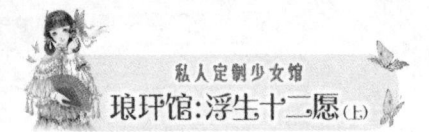

你尽快习惯没有右手的生活。主人,你到现在还觉得他不爱你吗?"

余生怔怔地站在那里,泪流满面,只是这泪水,刚才还饱含悲愤,此时却都是感动。

云念薇小声地劝说:"余小姐,你去和大勇说几句话吧。"

"不用了,我要走了。"余生哽咽着回答,转身向林居意和云念薇鞠了一躬,"谢谢你们,再见。"

临走时,她已经恨意全无。

有时候,所谓的放下,也不过是一瞬间的事情。

云念薇望着余生和丹鱼消失在路口,扭头看林居意在发怔,便问:"你在想什么?"

"我想翎七了,他也算我的一个亲人。"他回答。

天快要亮了,东方浮现出鱼肚白,璀璨的红日就要升起,可他的心里却是凉凉的一片。

如果翎七还在……

多么悲伤的一个假设。

很多时候,他都不敢去想象,当时的翎七留在那里的结局是什么。他会活、会伤、会死、会灭?

无数次,林居意都在想象一幅画面,翎七还在琅玕馆做一名管家,平日里不苟言笑,眸子清澈又冰冷,带着生人勿近的冷漠。

可是,他其实是只正直而善良的麒麟兽。

"念薇,你说,如果翎七还在,他会怎么做?真的会让丹鱼自己选择吗?"许久,林居意才问。

云念薇歪着头想了想,笑着说:"我想,他会的。"

九

琅玕馆终于开始认真做起生意了。

以前,云念薇和林居意三天打鱼,两天晒网,常常不开门,就算开门也只是懒洋洋地卖画。现在,他们去了批发市场,买回了一大包旅游纪念品之类的小东西,开始向来到这里的旅人兜售。

他们渐渐开始有了一些收入。在云念薇眼里,那些不是钱,而是一块块砖,可以

第七章 治世之愿

帮助小山村建起一座桥。

三个月后,他们总算积攒下一笔小小的财富。可是琅玕馆原本留下的钱就不多,加上平日的开销花费,这些钱也只够他们在外面生活一个月。

林居意有些失落:"这钱根本不够修建一座桥。"

"没关系,就算修不了桥,我们也可以帮他们改善一下生活。"云念薇信心满满。

他们将琅玕馆大门锁好,一起踏上了旅程。经过漫长时光的火车,在公路汽车上又颠簸了十几个小时,他们终于来到了报纸上所说的那座大山。

青山如画,可是小山村却闭塞、贫穷。云念薇看着那个破旧的房屋,心里微微发酸。

她是蝶姬,本不知世间疾苦,后来又有了凡人身份,得以生活在富贵人家。虽说尝了些人间冷暖,却也不知,在这个世界上还有这样落后贫穷的地方。

云念薇忍不住落泪,林居意赶紧递过来一张纸巾。

"别哭了,等会儿还要见大勇呢。"

云念薇点头,使劲擦去眼泪,就在这时,大勇的声音在身后不远处响起:"是你们?"

回过头,大勇站在五米开外,正向他们憨憨地笑,他眼睛里闪着惊喜的光芒:"还真的是你们?你们怎么从京北到这儿了?"

"大勇,是这样的,我和林居意决定来这里帮助孩子们。"云念薇不好意思地说,"可是我们做得十分有限,要修桥的话,可能还要过一段时间。"

大勇却嘿嘿一笑:"不用啊,我们已经修起桥啦!"

"啊?"云念薇和林居意惊讶。

大勇向他们挤了挤眼睛,一指远方:"走,我带你们去看桥。"

"你们筹到钱了?"云念薇追问。

大勇神神秘秘地说:"等到地方,你们就知道了。"

云念薇困惑,可是再也不能从大勇嘴里问出其他的话来。他们跟着大勇一路爬山越岭,来到了传闻中的那条大河前。

大河果然很宽,水不是很深,可是水流很急,许多黑色的石头露出水面。可见,平时孩子们都是踩着这些黑色石头过河的。

可是现在不用了,河面上已经架起了一座石拱桥。

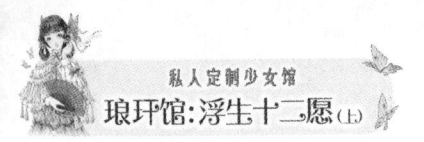

"这桥是谁修的?"云念薇又问。

大勇摇了摇头:"不知道,是一个神秘的资助人,她今天要来这里看望我们!"

说着,他往远处一指:"看,有车来了!肯定是她!"

果然,远处有一辆吉普车越来越近。三个人快步走上前去,到了跟前,吉普车上跳下了一个窈窕的身影。

大勇脸上的表情顿时凝固了,他像看到了西出红日一般,难以置信地看着对方。

余生站在他面前,那身黑衣不见了,取而代之的是一袭红裙。她笑靥如花:"又见面了。"

丹鱼浮在半空中,在余生的身边畅快地游来游去。

它咧开嘴笑起来:"云念薇,我想死你啦!主人给我提供了许多美味的食物,我现在胖得都要游不动了。"

余生微微一笑,宠溺地摸了摸丹鱼的额头。

"余小姐!"云念薇惊喜地迎上去,紧紧地握住她的手,"难道说,这桥是你修的吗?"

"严格地说,不算。"余生笑眯眯地指了指丹鱼,"是丹鱼的功劳。"

"这是怎么回事?丹鱼还能挣钱?"林居意追问。

余生回答:"丹鱼帮助我继续潜水,我终于找到了伯伯,将他安葬,也了却了我一桩心事。然后我就用伯伯留给我的钱,修建了这座桥。"

云念薇心生感动,轻轻地抚摸着丹鱼的额头,丹鱼撒娇地往她手心里蹭。原来,丹鱼真的没有选错主人。

"还有,我在伯伯的箱子里发现了一个东西,看上去很像是琅玕馆的……"余生从背包里掏出一只纸盒子,递给了林居意。

盒子很轻,里面装的东西应该不多。林居意挑了挑眉,有些惊讶:"是我们琅玕馆的?"

余生点头。

"余生,真没想到是你。"大勇打断了他们的谈话,红着脸问,"不过,你这次来,打算待几天呢?"

余生莞尔一笑,用左手从裤兜里掏出一个笔记本,递给大勇。大勇翻开一看,惊讶地说:"这是我送给你的笔记……"

在这本笔记里,他记录了如何用最快的速度,来适应用左手做事。当时,因为余

第七章 治世之愿

生情绪激动,不肯接受医生任何建议,所以大勇不得不亲自尝试,并将自己使用左手的各种经验画成可爱的漫画,以此来记录。

"是这本笔记本,让我彻底明白了你的心。"余生眼中深情款款,"大勇,我决定爱你所爱,愿你所愿。只要你在这里,我就在这里。"

大勇抬起头,震惊地看着余生。两个人眼中闪烁着泪光,还有久别重逢的深情。

云念薇脸红了,赶紧扯着丹鱼的尾巴,低声说:"走,别当电灯泡。"

丹鱼挣扎:"放开我!情敌出现了,我不能退缩,我要和大勇一战!"

"想成为红烧鱼吗?"林居意斜了丹鱼一眼。

丹鱼哼了一声,放弃了挣扎。云念薇赶紧将丹鱼抱走,走了十来步,她回过头,看到大勇和余生紧紧相拥。

云念薇笑了。这是最好的结局,她有幸目睹。

"哦,对了,余生说潜水的时候发现了一个东西,可能是琅玕馆的。"林居意一边说,一边打开盒子,"我觉得她应该弄错……"

他没说完,就看着盒子里的东西发起了呆。

云念薇觉得奇怪,凑过去一看,顿时吓了一跳。盒子里的东西是一根黑皮绳项链,链坠是一只黄铜兽头。

这是翎七的!

"翎七到过这里!"云念薇激动得声音都在发抖,"他没死,也从四维隧道过来了!"

"是啊……"林居意哽咽了,"他没死,真好!云念薇,我们去找他,好不好?"

云念薇重重地点头,牵住了林居意的手。

丹鱼翻了个白眼:"喂喂,我可是能帮助你们潜水的神物呢!给你们个机会,快来巴结我……"

"不会让你成为红烧鱼的。"林居意斜了它一眼,然后牵着云念薇的手,转身就走。

丹鱼倒吸一口冷气,使劲摆尾巴:"什么?这算什么?我说的是巴结,讨好!你们不一人亲我一口,我是不会善罢甘休的……喂,等等我。"

丹鱼使劲摇动着尾巴,想要追上两个人,可是它太胖了,速度不比以前。很快,云念薇和林居意就将丹鱼远远地甩在身后。

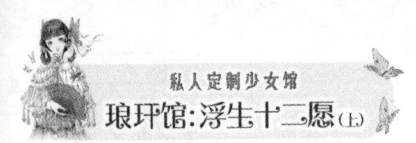

"算了,我丹鱼肚里能乘船,原谅你们。"丹鱼浮在半空,对着两个人的背影哼了一句。

山村学校位于青山绿水之中,有读书声遥遥传来:"少年强则国强,少年智则国智,少年富则国富,少年独立则国独立,少年自由则国自由。"

林居意望着那所学校,目光悠然。

"你在想什么?"云念薇轻声问。

林居意一笑:"我在想,原来翎七从未离开。这万千世界,每一分都如他所愿。"

他们之所以能够和翎七成为最好的朋友,是因为他们有共同的愿望——愿现世安稳,战火永灭。

"无论如何,我们都要找到他。琅环馆,永远是他的家。"

天地玄黄,宇宙洪荒。日月盈昃,辰宿列张。寒来暑往,秋收冬藏。闰馀成岁,律吕调阳。

天下之大,远远超过所有人的想象。每个生灵不过是一粒红尘,在世间飘飘荡荡,渺小不堪。

若心中有爱,便有方向,有了归宿。

他们是彼此的伙伴,也是彼此的牵绊,所以命运终究会让他们重逢。

那将是另一段传奇。

——本季完——

浮生录
梦计划の手札

Monday	Tuesday	Wednesday	Thursday	Friday	Saturday
					Sunday

Monday	Tuesday	Wednesday	Thursday	Friday	Saturday
					Sunday

Monday	Tuesday	Wednesday	Thursday	Friday	Saturday
					Sunday

Monday	Tuesday	Wednesday	Thursday	Friday	Saturday
					Sunday

Monday	Tuesday	Wednesday	Thursday	Friday	Saturday
					Sunday

Monday	Tuesday	Wednesday	Thursday	Friday	Saturday
					Sunday

Monday	Tuesday	Wednesday	Thursday	Friday	Saturday
					Sunday

Monday	Tuesday	Wednesday	Thursday	Friday	Saturday
					Sunday

Monday	Tuesday	Wednesday	Thursday	Friday	Saturday
					Sunday

Monday	Tuesday	Wednesday	Thursday	Friday	Saturday
					Sunday

Monday	Tuesday	Wednesday	Thursday	Friday	Saturday
					Sunday

Monday	Tuesday	Wednesday	Thursday	Friday	Saturday
					Sunday

Monday	Tuesday	Wednesday	Thursday	Friday	Saturday
					Sunday

Monday	Tuesday	Wednesday	Thursday	Friday	Saturday
					Sunday

Monday	Tuesday	Wednesday	Thursday	Friday	Saturday
					Sunday

Monday	Tuesday	Wednesday	Thursday	Friday	Saturday
					Sunday

Monday	Tuesday	Wednesday	Thursday	Friday	Saturday
					Sunday

Monday	Tuesday	Wednesday	Thursday	Friday	Saturday
					Sunday

Monday	Tuesday	Wednesday	Thursday	Friday	Saturday
					Sunday

Monday	Tuesday	Wednesday	Thursday	Friday	Saturday
					Sunday

Monday	Tuesday	Wednesday	Thursday	Friday	Saturday
					Sunday

Monday	Tuesday	Wednesday	Thursday	Friday	Saturday
					Sunday

Monday	Tuesday	Wednesday	Thursday	Friday	Saturday
					Sunday

Monday	Tuesday	Wednesday	Thursday	Friday	Saturday
					Sunday

Monday	Tuesday	Wednesday	Thursday	Friday	Saturday
					Sunday

Monday	Tuesday	Wednesday	Thursday	Friday	Saturday
					Sunday

Monday	Tuesday	Wednesday	Thursday	Friday	Saturday
					Sunday

Monday	Tuesday	Wednesday	Thursday	Friday	Saturday
					Sunday

Monday	Tuesday	Wednesday	Thursday	Friday	Saturday
					Sunday

Monday	Tuesday	Wednesday	Thursday	Friday	Saturday
					Sunday

Monday	Tuesday	Wednesday	Thursday	Friday	Saturday
					Sunday

Monday	Tuesday	Wednesday	Thursday	Friday	Saturday
					Sunday

Monday	Tuesday	Wednesday	Thursday	Friday	Saturday
					Sunday

Monday	Tuesday	Wednesday	Thursday	Friday	Saturday
					Sunday

Monday	Tuesday	Wednesday	Thursday	Friday	Saturday
					Sunday

Monday	Tuesday	Wednesday	Thursday	Friday	Saturday
					Sunday

Monday	Tuesday	Wednesday	Thursday	Friday	Saturday
					Sunday

Monday	Tuesday	Wednesday	Thursday	Friday	Saturday
					Sunday

Monday	Tuesday	Wednesday	Thursday	Friday	Saturday
					Sunday

Monday	Tuesday	Wednesday	Thursday	Friday	Saturday
					Sunday

Monday	Tuesday	Wednesday	Thursday	Friday	Saturday
					Sunday

Monday	Tuesday	Wednesday	Thursday	Friday	Saturday
					Sunday

Monday	Tuesday	Wednesday	Thursday	Friday	Saturday
					Sunday

Monday	Tuesday	Wednesday	Thursday	Friday	Saturday
					Sunday

Monday	Tuesday	Wednesday	Thursday	Friday	Saturday
					Sunday

Monday	Tuesday	Wednesday	Thursday	Friday	Saturday
					Sunday

Monday	Tuesday	Wednesday	Thursday	Friday	Saturday
					Sunday

Monday	Tuesday	Wednesday	Thursday	Friday	Saturday
					Sunday

Monday	Tuesday	Wednesday	Thursday	Friday	Saturday
					Sunday

Monday	Tuesday	Wednesday	Thursday	Friday	Saturday
					Sunday

Monday	Tuesday	Wednesday	Thursday	Friday	Saturday
					Sunday

Monday	Tuesday	Wednesday	Thursday	Friday	Saturday
					Sunday